林燿德——著

時間龍

時間龍

特別收錄

楔子

「奧瑪變種蝶」

奧瑪變種蝶

戰爭結束以後廢墟間萌芽新綠的光澤，
死者得到了勳章生者卻遺失了存在的依據，
沉重的星艦一排排被蒐藏在冷寂的地底，
鬥爭的殘像寄託在變幻的雲層，
用不盡的子彈只好隱匿在隱痛的胸口。
往前走去，鋪滿銹桔梗的曠野中，
玄祕的雕塑種植在鴿羽灰的天光間，
廢鐵文明逸散著草莓的甜味；
那是一尊無動於衷的女體，
巨樹般的電纜連貫她的下肢，
精緻得幾近殘酷的金屬迴路，

盤繞在高聳的乳房。
沒有表情，她的手勢指向
半空中的一扇銅扉。
門啟處，人類的前身蹲踞在
冰河深處的凍色中。

△

中校將登山用的鋼爪扣住一塊凸出的電路板上，繼續朝向鴿羽灰的天光接近。灰濛濛的天外有無數懸浮的星球，有的帶著七彩的光環，有的孤絕得像一團冰塊，有的是虛妄的氣團，有的只是一塊燃燒的大廢鐵。

中校繼續向上攀爬。攀登這尊三百九十五公尺高的雕像，曾經是他一生最大的願望之一。這尊古怪的巨像是五個世紀前一度興盛於澳洲大陸的廢鐵教所建立的。

廢鐵、鋼筋、被棄置的車輛、報銷的骨董電腦、缺了門的冰箱、折斷的電鋸、生鏽的釘書機和圖釘、金屬百葉窗的殘骸、狗鍊、鬧鐘殼、拆散的貨櫃、扭曲的下水道鐵蓋、死人口中拔下的金牙、舊海軍制服上拔下的銅扣、從大廈卸下的鋁門窗、無數不同口徑的電纜線以及一千多萬公噸的合金，組構了地球歷史上最詭異的一座神像。

三十萬教徒整整花費了七十五年才建立起這個無名神像，然後這些徒眾像清晨的霧一樣消失在歷史之中。

一個沒有教主、沒有教義的宗教，這三十萬人如何凝結在一起恐怕永遠是宗教史上的一個謎。

神像靜肅地站在大草原的中央。

中校正爬上神像乳房的尖端，他突然醒悟了五個世紀以前那些螻蟻般的廢鐵教徒在想些什麼。因為中校感受到的，只是一片空茫。五個世紀以前的人類，他們所追求的也只是一片空茫。

神像左乳房的部位，一架巨無霸客機的機首巧妙地突出成為乳暈。中校以非常勉強的姿勢，倒懸著，用鋼爪和膝蓋上的吸盤緩緩爬行在巨大的弧度上，他仰首望見的不是灰色的天幕，而是呈現銹桔梗色的大草原，他停放在神像腳下的豐田機車像是掉落在紅褐色地毯上的一粒芝麻。

在神像的乳部，距離地面兩百多公尺的高度，中校依稀看出古代修築的公路。

一道道筆直寬敞的公路以神像為核心，從全澳洲的城市匯聚來此，墨爾本、雪梨、烏斯班爾、國木市、新台北、愛德華霍克堡、阿諾城……，從澳洲二十七個自由市伸向荒原中央的二十七條主幹線，已經荒廢了幾個世紀。

五個世紀以前，源源不絕的車陣，運載著廢鐵教徒從二十七個城市中蒐集來的金屬，一座冶金廠在神像預定地的一側建造起來，一排排巨碩的煙管聳立著，將整片天空渲染成淡墨色澤。

在建造神像的第七十四年，亦即地球紀元二二〇一年，三百多名教徒持著鍋鏟、菜刀、高爾夫球棍和霰彈槍，衝進了佔地三公畝的墨爾本聯邦雕塑博物館。在那一次的浩劫中，包括紀元前五百年的中國上古銅鼎和二十世紀西班牙超現實主義大師米羅的雕塑，全部被洗劫一空，各種珍貴的古代藝術結晶整整裝滿了五十三個貨櫃。

中校相信，那些教徒絕沒有鄙視藝術品的意思，他們如果不珍惜這些藝術品，也不會讓它們鑲嵌在雕像的表面；只不過，教徒們所以珍視這些藝術，是因為它們被視為最昂貴的垃圾。

那是中校在聯邦軍事學院〈人類近古藝術史〉選修課程時留下的記憶，那門課是中校唯一沒有拿到九〇分的課程，教授給了他七十五分，卻是這位華裔教授一生中給過的最高分數；中校那年的期末報告是《廢鐵教巨像與近古人類生物輻射指數之關係》。

中校停頓了一刻鐘，血液源源流入倒懸的腦部，他的意識被鮮紅的血球自空濛的境界中衝回現實的岩岸。

繼續向天空的方向緩緩挪動，他絲毫也不恐懼自己處身的高度；在他的職業生涯中有大半是在這個星球的大氣層之外幾十萬、幾百萬光年的地方度過。

中校只是地球的過客。

他是出生於磁氣星的地球移民後裔。

多年來，他一直認為地球政府和其敵人新麗姬亞帝國兩者不過是一丘之貉，唯一的差別，是地球政府提供他兵器和軍隊，而麗姬亞人和他們的母艦則是他消耗彈藥的巨大玩具。

因為聯邦教育當局的洗腦策略失敗，中校對於地球前途的關切遠遜於他對女人的喜好，而他所攀爬的這座巨像，廣義的說，也算是女人的一種。

但是，這一切，都比不上他對戰爭的狂熱崇拜。

一陣陽光穿越積雲，投射在巨像五顏六色、光怪陸離的表面上，一層層波浪般的金屬光澤迴環著，站在乳房上的中校感到強烈的暈眩。

閉目吐納之後，中校右手勾住一具戰車的防彈殼，輕盈縱跳，躍上一片凸露的鋼板，左手的鋼爪脫掌火速射出，釘入十公尺上方接近巨像胸骨中央的位置，恰好那位置嵌進一尊二十世紀華人塑像，鋼爪的四指沉沉插入塑像的心臟部位；幾乎就在同一瞬間，他的身軀也隨著鋼爪末端絲線的縮短，面向上空騰躍。

就在騰躍的霎時，他也發現一隻變種蝴蝶。

一隻變種蝴蝶，展開三·五公尺長度的一對翅翼，盤旋在神像頭顱的正前方。牠穿越陽光形成的白色光束，靛藍色的粉末靜靜地，隨著翅膀的飄動而散揚在大氣中。中校注視著變種蝴蝶的移動，一種帶著邪惡感的優雅，蝴蝶腹部的鬼面圖案，似乎正不斷變換著眼神和笑容，帶著嘲弄的惡意展現在他的眼前。

一隻變種蝴蝶幽然朝向巨像頭頂浮升，接著是兩隻、五隻、十隻、迅捷地，從中校視角所不及的巨像後頸部位，匯集成彎曲的河流奔湧出來，幾乎遮蔽了中校的視野，大氣中不斷擴散著藍色的鱗粉。

數以千萬計的變種蝴蝶，集體搧動空氣的沉悶聲響，使得中校產生被捲入海潮中的幻覺。

這種奧瑪變種蝴蝶，在原產地奧瑪星的曠野中只有手掌般大小。半世紀以前牠們因為觀賞價值被引入地球的澳洲，因為生態環境的改變，產生了展翅達三公尺半的巨型突變種，五十餘年來已經使得澳洲所有的農業區一蹶不振。但是，牠們結合了廢鐵教巨像，卻造成了獨特的星際奇觀——「神像光環」。

受制於唐氏跨星集團的地球聯邦政府，根本無力防治這種對任何藥物及放射線都產生免疫力的奧瑪變種蝴蝶；他們唯一的功績只是讓牠們不擴散繁衍到澳洲之外的地區。理由非常諷刺，因為，牠們的生命周期不足以橫越廣大的海洋。

到了繁殖期，奧瑪變種蝴蝶便在神像頭部的位置盤桓，成羣迴翔，從遠方望去，如同神像頭上浮現了一道閃爍著幽藍色環的光圈。在二十七世紀的最後一年，聯邦首都的三千五百二十七名外星裔記者將這個景觀票選為地球十大奇觀之九。

正當中校沉醉在變種蝶的幻境時，胸前的紅鈕以獨特的頻率響亮起來。中校懂得訊號的意義：一個強制取消休假的緊急任務。他放鬆鋼爪、切斷膝蓋吸盤的能量，讓自己從兩百多公尺的高樓墜落而下，地面升起的風獵獵吹貫他的耳際，他閉目計時，用牙齒咬開口中的隱藏開關，背後的推進器立即發動。

澳洲的假期結束了。在中校緩緩降落在地面之前，他仰望著天空苦笑，逐漸接近地面，覺得自己就像是一顆在墮胎手術中被金屬器械活生生刮成血漿的胚胎。

七年前，當聯邦與新麗姬亞帝國的「二十年戰爭」（地球紀元二六七四年～二六九四年）結束時，身在前線戰區的中校也曾經擁有類似的感受，而且更為強烈。很少人能夠理解，除非他本身是一個真正的軍人；一個真正的軍人才會理解遠離戰爭的恐懼。

中校知道，這件迫使他取消澳洲假期的緊急任務，頂多是一樁小兒科的劫機案，或者是追捕一個無聊的流鶯獵殺者。這些任務使得他感到自己正在急遽地退化。

無數的中校，遍布在地球本部和它的殖民星中。停戰協定使得他們逐漸枯萎，逐漸變成無法適應平凡生涯的平凡人類。

基爾篇：「追隨者」

追隨者

自然的呼吸與生命的抑揚頓挫，
奇妙的秩序在交握的掌心、
焊接的唇間流動。
我們是沙漏的兩端，
互傾細瑣的子音；
舔開，妳的溫柔，
不因時間流程的通行而變得稀薄；
妳的溫柔，帶著光，
沿著髮際瀉下銀河的全長。

用自己青春的脊柱，

釣起整座大海……
所有心事，同時沉淪喚不醒的海溝。
回憶，是遠方凹陷的谷地，
那裏有我們失去的貧窮：
一個曾經擁有妳我的年代。
在貧窮的年代，
乾涸的焦土上照樣能夠豎起一株株浪漫，
不需要任何肥料與灌溉。

星圖上的虛線
割裂諸神原本企圖共享的黃昏。
馬蹄、齒輪和履帶輒過人類不癒的傷口。
哭泣之後，我們的面頰似笑非笑，
一種名喚無奈的果實，
像第三枚乳房，懸掛在人類胸口。
我們所擁有的一切戰爭，
都屬於一個老舊金幣的翻模：

共同的本質
以及模糊的面值。

◁

她翻過照片，背面題著熟悉的字跡：「給荻姬吾愛。妳的盧卡斯。」在酸楚中她感到一絲逝去已久的甜蜜。

帶著鹹味的、壯碩的男性軀體……

唐荻姬將凝視已久的金髮男子，仔細地放置在胸前的夾袋中，然後按下把手上的調整器，直到確定靠背的斜度已經降至她休息時習慣的三十五度，才鬆開手指。她闔上眼睛，錫利加的《安魂》柔和地在耳機裏迴盪著。

雖然行前她強調希望和其他的移民安排在一起，但由於荻姬肩負領隊的頭銜，謹慎的旗艦艦長仍然執意將她安排在艦橋中的特別艙位，這個艙位本來是由艦長專用的。荻姬雜亂的思緒瞬即在音樂的撫慰下平息，朦朧的白袍出現在腦海中，錫利加慈祥的面容帶著無限的悲憫，她感到他多骨節的修長手指正輕按住她的額頭。

醒後，她放下耳機，一面撩撥著及肩的黑髮，通過由五道羽狀金屬翼組合的艙門，進入了艦橋的主室。

「夫人。」忙著謄錄航行日誌的艦長起身行禮，荻姬微微頷首，艦長未刮淨的短髮刺癢了她的手背。

艦橋的正面是用透明金屬製成的，前方的景觀一覽無遺，在高速航行下倒退的各種星體，流竄著絢爛的光彩。科學官座前的巨大顯示器記錄著這艘梭形運輸艦的電子掃描圖像，以綠色線條組成的艦身不斷地在螢幕上做三百六十度的旋轉，任何輕微的損害都立即會在該部位顯出紅色的警示。十六名駕駛棋佈在寬敞的平面上，他們被包圍在各式閃亮的儀器間。中心處矗立著立體的四度空間座標儀，在主電腦的精密測量下繼續地顯示著龐大船隊和星體間的相對位置。艦橋正下方二百公尺的船體內，主機室尚有四百餘名一、二級技術人員在維持著這艘龐碩旗艦的運作。

◁

三百零二艘運輸艦組成的船隊排列成三個錐形，以七千馬赫的秒速前進。在已知的歷史中，這是星際中最大規模的一次移民行動：六百餘萬人預定在《地球聯邦反基爾星移民法》生效的兩日前，即地球紀元二六七一年七月二十四日到達地球。

◁

他輕輕推開妲．塔特兒，她鬆懈下來的肢體無力地飄開，妲放任自己漂浮在無重力的半空中。盧卡斯滑動逐漸恢復元氣的手臂，拉下了重力裝置，兩人都緩緩沉下柔軟的海綿床墊，停止低吟的女人依舊陶醉在高潮的餘韻裏。愛氣的缺點就是在事後對男性會產生一些不快的嘔吐感，儘管它對官能的刺激有著奇妙的功效。

盧卡斯走進豪華的浴室，圓壁上簽滿上品的水晶磁片。他站在旋轉臺上，讓霧氣蒸滿膽汁型的勻稱體格。一片空白而近乎虛脫的感覺通常在放射精液後的蒸浴中湧出，但是今天他卻想到了荻姬，自從數週前他發現荻姬留下了項鍊，就一直耿耿於懷。新婚之夜，盧卡斯把金質的項鍊掛在荻姬的頸上，墜子上是他英挺的側像，多年來她從未拿下過這串項鍊。

◁

盧卡斯走出浴室，妲正仔細地挽束髮髻，同時輕柔地吟唱哀傷的曲調。他的眼神留滯在她的背影上，檯高的前臂使得粉紅色的乳頭隱現在側身柔和的線條外。

能夠同時認真地擁有兩個女人是否真是一種幸福？也許使得男人偷情的誘因，正是對於那份罪惡感的嚮往。盧卡斯想起荻姬特別不喜愛在無重力下做愛，「那使我沒有安全感。」她磁性的聲音清晰地浮現在他的耳際。

總督官邸的主臥房中懸掛著一幅合照，擁抱著一簇可思莫思花的荻姬含笑佔據中央的位置；她的父親站在右邊，目光矍然，是個氣度不凡的長者；金髮的盧卡斯則伴隨在左邊，一個充滿野心的男人。

◁

「各位乘客，本艦即將進入這次旅程中第十三次的躍進飛行，請按下自動安全系統的綠鈕。」

主電腦選用嬌憨的女聲播音。八十個容納兩百八十名乘客的艙位中，變賣了一切家產來換取乘坐證和移民證的旅人們紛紛遵照指示按下綠鈕。

荻姬讓合成纖維製成的環帶自動地圍繞住腰身，啟動時帶著嘶聲的護盔貼上耳際。她失神的雙眼望著粉紅色的艙壁，每次聽到由機械模擬出來的人聲，就有一股荒涼的寂寞感襲上心頭，就是因為太逼真了吧。荻姬已準備好迎接對呼吸器官略帶壓迫感的躍進過程。

艦橋上立即陷入全面動員的緊張氣氛，這是到達目的地前最後一次躍進。有數十億宇宙里航行經驗的艦長，仍然不敢掉以輕心，尤其是統領著如此龐大的船隊，必須在不容絲毫計算誤差的情況下，瞬間通過黑洞。

「輔助引擎全開！」艦長下令。

幾乎在同時，劇烈的震撼伴隨轟然巨響，整個艦橋的工作人員都滾跌到地上，艦長抓住一座儀器，他的嘴角因為撞擊而滲出血絲，「我們受到攻擊了！」他狂吼。

座標儀上突然出現數十個黃點，將船隊包圍住，「異次元潛艇！」科學官驚叫，「只有躲藏在異次元空間的潛艇才能躲過偵防系統的掃描，現在它們完全浮現出來了！」座標儀上代表船隊的星點一個個碎裂開來，然後消失。又一陣巨響，顯示器上旗艦的腹部出現恐怖的裂縫，紅色的部分正迅速地擴大、向主機室延伸。重力調節器顯然已經受損，暈厥的工作人員一一漂浮起來了。

「第一類緊急狀況。第一類緊急狀況。」主電腦僵冷的聲音迴盪著。

◁

妲回去了。進入密道的傳送帶，她很快地會在一公里以外的一棟民宅出現，專用司機會在那裏等她，離開時她將乘坐一輛不起眼的國民車。身為在野黨的領袖，她的確有許多的顧慮。

盧卡斯陷入沉思。幼時他常常在種滿稞類作物的田中仰望著夜空，基爾的三顆衛星正進行著它們漫長的競賽，他特別喜歡大甘姆，「我的名字將來一定要像金色的大甘姆一樣，永遠和基爾結合在一起。」對於一個只擁有四十幾個柴基達人的中下家庭而言，盧卡斯十二歲起便必須負擔起相當的工作。那時新麗姬亞帝國尚未在M七十七銀河中完全壯大；「唐氏跨星企業」

的巨形字體，在全基爾唯一的一座空中浮壘的底部，周而復始地不斷流動著。當浮壘經過田野時，整個星空都被遮住，燃燒般灼亮的字樣佔滿了仰望者的視野。

他點起一支訂製的煙捲。菸草是來自許多光年外的地球極品，其中以無害的比例滲入一種地球聯邦立法禁用的興奮劑；紙捲上精緻地用金質燙上他的名字以及象徵基爾的三環標識。進入唐氏跨星企業是他一生的轉捩點，盧卡斯永遠無法忘懷第一次踏上浮壘的興奮和感動，當時他幼稚地以為這是宇宙間最偉大的科技結晶，日後他漸漸體會到這座浮壘對於整個唐氏企業而言，不過是隻微不足道的花瓶。

憑藉著唐氏企業的力量，他在巴那省的地方議會崛起，最後他終於成為基爾邦第二十八任民選總督。但是，他卻成功地運用邦聯會和大農戶的力量完全驅除唐氏企業在基爾星的地位，邦政府接管了唐氏企業所有的壟斷事業，這是地球聯邦除母星地球外十九個殖民星球唯一脫離唐氏企業控制的先例。

四年前他連任時的情景仍然歷歷在目，盧卡斯站在總督府前的閱兵臺上接受人羣的歡呼，整齊的邦政府軍列隊通過，重型坦克、三棲吉普和機動飛彈在《基爾頌》的陪襯下接受檢閱，他感覺到自己是基爾邦真正的執政者。他的銅像在同時揭幕，矗立在首都廣場之上，和一百七十餘年前率領第一艘殖民船進入基爾星的基爾．史匹貝爾的銅像東西對望。

這一切榮光即將成為過去。一百七十餘年前被基爾．史匹貝爾驅逐的麗姬亞人重建了龐大的新麗姬亞帝國——他們曾經以優越的宗主身分統治這顆原名柴基達的星球達千年之久，闊大帝這個傳奇性的英主在晚近的二十年中橫掃雙螺狀的M七十七銀河，除了基爾星以外，只有螺臂外圍的十九個獨立行星憑藉著較先進的阻嚇武力而得以倖存。

三年前，亦即地球紀元二六六八年底，地球聯邦以放棄基爾星為條件而換取了新麗姬亞帝國的和平保證，在條約中新帝國寬大地給予基爾政府三年的緩衝期間。一夜之間，三千萬基爾公民陷入混亂和悲傷中，土地、公債、股票和被地球聯邦立法禁止輸出的二十億柴基達農奴的交易價格都狂暴地跌至冰點。真正令基爾公民恐懼的是，在新帝國征服下的異族都被裝置上心智控制系統以及施加遺傳工程手術，使他們成為徹底的生產工具。

「還有一百零三天。」盧卡斯喃喃自語。燃盡的煙尾燙醒了他，盧卡斯在十六格監視螢幕上看到錫利加的身影。監視螢幕上的十六個分割單位，清楚地將通往總督辦公室中途的空間顯示出來。

除了防衛長官田宮元帥之外，錫利加是唯一不須經過通告安排而逕行進入總督室的基爾公民，不僅因為他是全星信仰的中心，更因為他和總督之間分享著深刻的友誼。

◁

錫利加穩重的步伐漸漸接近這座環形巨廈的核心，他的影像在一格螢幕中消失，又瞬間出現在另一格螢幕上。

門啟處，錫利加削瘦的臉龐出現在盧卡斯的眼前。

他筆直地走到桌前，坐在昇出地面的客椅上，他習慣性地將雙手分別擎住把手的端處。

「我有很不好的預感，盧卡斯。」

「你指麗姬亞？」

錫利加搖頭：「是移民船隊。我感覺到爆炸，很強烈的爆炸。」

盧卡斯在手邊的鍵盤上找到幾個他要輸入的符號，桌前凹槽中的小型顯示器上立即列出一串資料。

「他們應該正通過G七十九地區，已經進入聯邦游騎部隊的巡弋範圍之內。」盧卡斯想到荻姬，他有些憂鬱地望著錫利加，就算六百萬人都炸得粉碎那也沒有關係，他只要荻姬平安。

「錫利加，但願你的預感是項誤失。」

通訊電視適時嗶嗶地響了。盧卡斯用遙控器打開壁上的光幕，田宮蠟黃色的臉孔出現在兩人之前。

「總督閣下，錫利加主教。」他顯然也看見了錫利加在場。

「元帥，這個時間你不是都在靶場嗎？」

「我剛從靶場趕回。地球方面的超空間電傳，移民船隊出事了，在G七十九地區全部罹難，原因正由聯邦方面調查中。」

「荻姬？」

田宮停頓了一下，有些吃力地說：「盧卡斯，我很遺憾。電傳資料上表示不可能有任何生還者。」

盧卡斯神經質地望著田宮影像消逝後留下的空白。他甚至沒有注意到田宮沉重的告辭，事實上他的雙眼只看到一片漆黑。

錫利加按住盧卡斯的肩頭，觀念動力暫時平服了盧卡斯的情緒。

「明天傍晚，我在首都廣場為他們追悼。」

說完，錫利加轉身走了，半痲醉狀態下的總督，看見錫利加轉身時披肩的黑髮，紓緩地散成一個優美的弧度。

▽

將近三十萬的基爾公民聚集在龐大的露天廣場中。地球紀元二六七一年七月二十三日傍晚，錫利加在總督府對面的首都廣場舉行追悼的音樂會。

偉大的音樂宗教家，錫利加教的創教者和教主，錫利加，他站在圍成半圓形的樂器組中，即興演奏著，將他充滿悲憫的感情藉著音樂的聯結，而使得數十萬人的心靈融為一體。他五指按動著磁波琴的圓鍵，另一手握鎢製的權杖敲擊著編磬和錫鑼。一襲白衣翩翩地閃動在不同的樂器間，他抓住每一個應該適時出現的音韻，錫利加已將自己的呼吸和宇宙生息的脈動調節成一致，羣眾的呼吸也被他強大的力量誘導著。兩排「追隨者」——也就是錫利加的入室子弟——跪坐在演奏臺的後方，規律地拍打著小型皮鼓；常松和阿躅，錫利加最賞識的兩個「追隨者」，正配合著錫利加傳入他們腦中的感應而開闔著雷射和鏷光，在葫蘆形的演奏臺周沿和上空映射出變換的抽象圖案。

整個臺座像是在燃燒中緩緩升起，即使是緊閉著眼睛，也可以看見在光芒中膨脹、拉長的錫利加，他的幻象一直增長，直到超過了總督府的高度。

◁

離場時，盧卡斯領導下的執政黨閣員隨著總督步出專用的陽臺，他在簇擁的警衛間看到了姐，女人用有距離的眼神和總督示意，她現在是以人民黨總裁的身分出現。

虜卡斯又在雜沓的羣眾中看到幾雙有敵意的眼睛，是幾個穿著單肩皮衣的青年，在基爾星上只有第三黨人才做這種搶眼的打扮。在聯邦放棄基爾之後，一些原本屬於人民黨的激進青年組織了這個地下政黨，他們的基本主張和人民黨並沒有不同，都主張基爾脫離聯邦，只是他們更為激進。第三黨人宣言反對一切既得權者，不論是執政黨的或是人民黨的，他們甚至指控錫利加是一個騙子；盧卡斯還從資訊局局長李庸那兒聽說他們有一份以錫利加為榜首的、叫做「基爾之癌」的暗殺名單，總督、阿部、田宮、沙德是名列前茅的當然人選，就連形象良好的新聞署長迪尼洛和雙博士出身的農業總長米高也被列入其中，更別說其他的閣員和各省的民政長了；名單上敬陪末座的竟是妲・塔特兒。

◁

地球紀元二六七一年八月二十日。新麗姬亞帝國特使烏雛中將抵達基爾邦首都，迎接他的是基爾邦全權代表星際協調會主委王帆遠。

◁

地球紀元二六七一年八月二十二日。妲以基爾邦副議長和在野黨領袖的身分來到已封鎖數週的G七十九地區。地球方面的調查工作早在事後的三天內停頓了，他們草率地認定是柴基達組的星際土匪所為。

海豚級偵查艦上，基爾星來的調查團員們在窗前望著懸宕著無數靜止殘骸的前景。妲凝立著，她首次貼切的體會到什麼叫太空墳場。殘骸散播的區域相當於土星光環內的範圍，因為移民船的體積相當驚人，有些碎片的體積有偵查艦的數倍大。

偵查艦的外形像一隻胡蜂，兩隻觸角在前端伸出；在相當於蜂腰的部位，八十餘名穿著外骨骼裝的工作人員乘坐著單人式的椅式輕艇，魚貫地出現在漆黑的宇宙中。

同日，基爾邦的特務最高主管基爾中央資訊局局長李庸以及巴那省民政長科涅特分別在自宅和省政府被第三黨暴徒槍殺。總督發表措詞強烈的譴責，誓言整肅第三黨一干人等。

◁

地球紀元二六七一年八月二十三日，王帆遠剛在船塢中送走新帝國的特使。在基爾政壇中被尊稱為「王老」的王帆遠素以脾氣好見稱，但是他對於這個滿口「吾皇萬歲」的藍皮人感到深惡痛絕，坐上座車之後，他不禁破口咒罵，窗外戒嚴中的馳道顯得格外冷清。王老身側的財政總長阿部臉色黯然，他的妻子安娜留下一紙離婚協議書，兩天前和青梅竹馬的表弟一起搭車離開首都，這個打擊使得他幾乎崩潰。

王帆遠和阿部兩人神色疲憊地步入總督府的會議廳。總督鐵青著臉坐在主席的位置，幾個核心人物個個容顏灰敗，已經等候多時。

王帆遠語調平淡地報告了談判破裂的經過。

盧卡斯向阿部示意。

財政總長阿部回過神來，他撥開安娜的幻影，打破了沉默：「沒有任何迴旋餘地。最後通牒已經下來了，對方拒絕我們提出的自治方案，也拒絕過渡政府，我們必須要在十一月三日以前做好一切打算。」他望一望田宮元帥。

田宮接著說：「地球聯軍早已在兩個月前撤走，新帝國進一步要求我方在十一月二日前解除邦屬部隊的最後武裝，打開大氣層外的防護磁場，並且解散邦政府和邦議會。要打要降，這是我們做最後決定的時刻。」

農業總長米高擦拭著淚水。

邦議長尼可金正從他最後的一盒卡提爾中抽出一整支來，他憤怒的抱怨打斷了田宮的話：「最後一艘聯邦貨輪昨天離境了，他們沒有進卡提爾。」

田宮瞪了議長一眼，繼續說：「此間還有一千多萬的公民沒有撤離。我們能夠坐視不顧嗎？」

老成持重的星際協調會主委王帆遠接口：「元帥說得有道理。」

尼可金冷哼了一聲：「王帆遠你這個全權代表是怎麼幹的？現在，在座的各位能夠安全地撤離就已經是大幸了。」

盧卡斯依舊鐵青著臉一言不發。

王帆遠索性閉目養神。

田宮抗辯：「尼可金議長，你去談判，也不會有結果。十九個獨立星球都能自給自足，為什麼我們不能獨樹一幟？如果我們團結起來，也許能夠抵抗新帝國的侵略？」

「也許？在你說是也許，我的電腦卻告訴我任何抵抗的成功機率都是零。荒謬得可以，」

尼可金文不對題地說下去：「如果不是那些把持聯邦的黃種人，今天我不會沒有卡提爾。」他用夾菸的右手用力地捶擊桌面，煙灰被震落了一片，「沒有卡提爾我怎樣生存下去！」

田宮說話的音調明顯在壓抑一股強烈的憤怒：「去你的卡提爾，你為什麼不試試別的牌子？G七十九地區死了六百萬人；現在連外圍的獨立行星也完全封鎖和本邦之間的航線，他們顯然已經受到麗姬亞方面的警告。獵龍星還趁機扣留本邦四十七艘商用星艦。我們不能棄下這一千多萬人不顧。」

王帆遠瞇著眼，欲言又止。

「元帥，有話好說。」新聞署長迪尼洛權充和事佬。

尼可金冷靜了下來，他的臉色充滿了輕視和嘲弄。他刻意針對著田宮說：「元帥大人你怎麼變成第三黨的發言人了？你會弄得我們在星際間無處可走。也許你可以在大甘姆的岩洞裏搞個流亡政府，但是我一點也沒有興趣。告訴你，田宮，我一點也沒有興趣。」

「請不要低估本邦的自衛能力，」田宮漲紅著臉說：「新麗姬亞帝國的實力被誇張得太厲害了。」

「你用什麼去抵抗新帝國超現代化的改造人部隊？他們首先會毫不在乎地用遊星炸彈轟爛我們頭上的那圈寶貝磁場，然後率先剷平這座總督府和田宮你的星球防衛總部。」尼可金的聲音高昂起來，他似乎沒有注意到盧卡斯和田宮的臉色都很壞。

王帆遠搔著白髮，溫吞地開口：「多年來大家在這顆星球上投注了無數的心力，邦政府不能不考慮幾代以來地球移民的建設成果。」他輕咳一聲，接著說：「沒有到最後關頭，不宜輕言棄守。」

米高突然哭出聲來。

盧卡斯閉起雙目，不知在想些什麼。

新聞署長迪尼洛在一旁點頭，綠色的頭髮非常顯眼。

「最後關頭？」尼可金說：「我們早已經走到最後關頭了！」

「太偏激了，」田宮說：「尼可金議長，你忘了這顆星球上有多少公民支持你擔任這個職位？」

「我何嘗願意放棄這裏的一切！我一生的心血都灌注在這裏！尼可金家族名下的八百萬農奴在一夜間變成了廢物！」邦議長激動地站了起來。

以精幹著稱，在現場卻一直保持沉默的首都市長沙德感到情況不對，他看了藍斯一眼——藍斯是邦議會的祕書長、尼可金的死黨。沙德發現祕書長並無勸阻之意，於是他自己對著尼可金開口：「議長，你把話題扯遠了。」

尼可金根本忽略了沙德的提醒，他沒有顧慮到在座的王帆遠、阿部和田宮，鄙夷地吼出：「從聯邦中央到這張會議桌，把持的都是一些黃臉孔的豬玀……」接著，沙德顧慮的事情終於發生了。

「乒」、「乒」二聲，尼可金連著座椅向後摔出，倒在大理岩的地板上。阿部看到田宮拔出錙槍時已經來不及阻止。全場的人登時都愣住了；兩個柴基達僕人看見主人們相殘，手足無措地站在原地。尼可金臃腫的身軀掙扎著，胸前兩個黑色的洞穴發出白煙和焦肉的氣味，他勉強用右手顫抖地指著田宮，發不出聲音的口中溢出了黏稠的嘔吐物。

米高停止了啜泣，王帆遠混身顫抖，迪尼洛張大了嘴巴，阿部的面頰抽搐著，沙德反而無動於衷。

田宮斜對面的藍斯想奪下錙槍，他的手橫過寬敞的桌面而使得瘦長的身體呈現不自然的斜度，田宮的槍口正對著他的眉心發射出令人目盲的光束，米高驚叫的同時，藍斯扭曲的身體斜倒在桌面，燒焦的腦漿噴散在王帆遠身上。

「夠了！」盧卡斯竭力狂吼：「我們已經有夠多的血腥和殺戮！」

全場安靜下來，田宮佈滿血絲的眼睛驚疑地注視雙目圓睜的總督。

地板上尼可金掉下的半截雪茄，正燒到卡提爾的銀色標識，銀色的部分在燃燒後便再也分辨不出來。

錙槍鏗然落地。

◁

八月二十六日。G七十九地區的海豚級偵查艦上。

「不錯，是海克力斯飛彈，從移民船炸裂的痕跡，殘彈的檢驗以及本區放射能含量的分析種種來看，一切證據都指向這種高性能的新型飛彈。」首席科學官對著妲說。

「此種飛彈專門配用在地球聯邦軍所屬的異次元潛艇上。這也說明了為什麼龐大的移民船隊能夠在如此接近地球的地區被完全消滅的原因。」偵查艦長也提出自己的意見。

經過冗長的分析和推測之後，針對妲提出的疑點，科學官繼續說明：「旗艦上裝置的偵防系統涵蓋範圍的直徑長達三千宇宙里，其中任何動、靜態物體都經過主電腦的分析和過濾。在發現攻擊性的艦隊或是飛彈後，即使全部船隻都來不及進入躍進點，也有充分的時間緩衝，得以分散船隊，發出求救訊號，或是進行棄船。

「只有躲藏在另一個重疊空間的異次元潛艇才能規避偵防系統的掃描。況且這些潛艇本身就是聯邦的武力。」科學官說完，凝視著妲，等待她的結論。

妲凝重地嘆了一口氣：

「剩下的只是動機問題。」

◁

迪尼洛出現在中央電台的頻道上，宣讀邦政府對於邦議會兩個要角的哀悼文告。

尼可金議長和藍斯祕書長的喪禮在基爾人民英雄堂盛大舉行。典禮由治喪委員會主任委員田宮元帥主持，他簡潔地報告兩人對於基爾邦付出的偉大貢獻，以及對於他們在總督召開的臨時府會協調會議中雙雙中風去世的事件感到的無限遺憾。「這是全基爾星的損失。」他帶著勉強的語調被羣眾誤認為是過分哀悼後當然的表現。

在農業總長米高的前導下，兩具覆蓋著三環邦旗的棺木由數名邦政府軍的低階軍官抬出正堂，準備移置靈車。這時近千名邦政府軍士正驅散著候在堂外的第三黨人，他們提著侮辱死者的標語。有幾十人即刻在槍托下倒地，當場被逮捕。

缺席的總督此刻正在專用的船塢上準備登船，他剛剛接到姐自G七十九地區發回的超空間電傳。他向送行的錫利加說：「這時離開基爾真是很不妥當，但是為了荻姬，我必須到現場一趟。」錫利加握著盧卡斯的手，交給他一枚磁片。「好久以前就答應親自為你錄一曲，這次恰好能排遣旅途中的寂寞吧？」錫利加笑道。

盧卡斯回報以感激的眼神。

「這是新曲《幻海》，你是第一個聽眾。」說完錫利加轉身離去，白色的長袍劃開一道閃逝的鴻跡。

一會兒，阿部匆匆趕到，他向著進入升降機中的盧卡斯大喊：「頭子！奧瑪方面的事情已經安排好了！」

盧卡斯在升入艙口前轉身回答阿部一句：「一切務須謹慎！」

◁

一個第三黨的特務，突然伸懶腰一般挺直脊柱，從兩隻拇指導入的電流貫穿他的神經系統，僵硬、扭曲、蜷縮、舒展，各種痛苦的姿勢急速變換著。「升到四百。」田宮冷峻下令，操作的中士望了元帥一眼，繼續拉動搖桿。防震玻璃後的受刑人好像被一雙巨掌擊中，猛然撞擊白色的塑鋼牆壁。

「我不相信他死也不說。」田宮注視那從牆壁彈回地面的男人。

「報告元帥，」中士指著生命跡象儀上歸零的指針：「犯人已經『除籍』了。」

◁

出發後第三天，盧卡斯接到了代理總督田宮元帥的傳真報告，邦議會已被他解散，田宮的說詞是法定人數已經不足了。

盧卡斯傳回這樣的回覆：「有沒有議會都是一樣的。」

他有些矛盾自己為什麼要趕到G七十九地區和調查團會合，真的是為了荻姬之死嗎？還是為了見妲？荻姬死後，他心底的罪惡感一直無法除卻，喪失荻姬，對妲的愛竟然完全失去了根據。這是一種多麼奇異的感覺，盧卡斯想。

盧卡斯把玩著荻姬留下的項鍊，他一生中從未到過地球本部，雖然他的妻子出生在地球。這許是他最長的旅程之一，漫長的時間使他擁有充分思考的餘裕。

他反覆地聽著錫利加給他的音樂，磁片中同時錄進了教主的腦波，錫利加的心智力量得以和盧卡斯的精神聯結。

◁

當《真空》演奏完畢，數十萬羣眾的心靈都已進入澄澈的真空中。

錫利加站在首都廣場的演奏臺上，兩排「追隨者」分列左右，他以綿長而宏亮的聲音發表演說：

「……對於任何生靈的迫害和殺戮都違反了宇宙間的正義；地域性的狹隘感情促使了各種人類互相的傷害。

「暴力與暴力相易的結果，舊的勝利者在新的失敗中滅絕；被侵略者在翻身後成為更強大的侵略者。

「對於物質的迷信，使得心智的美和真被人類遺忘了。

「讓我們用善意識的集體力量、用沉思得到的信仰來消除爭奪的貪慾和仇恨吧……」

◁

靜坐中的羣眾間忽然傳來一聲長哨，十幾個裝上耳塞、扮成農夫的第三黨人站了起來齊向台上射擊，十餘道綠色的閃光飛竄著，「追隨者」們用身體擋住了教主，幾個「追隨者」被射中了，他們仍強忍著痛楚張開了雙臂，又一波閃光，五、六名「追隨者」立即不支倒地。常松拉著錫利加往臺後退，一個狂吼著「錫利加是基爾之癌！」的棕髮青年用一枚榴彈射入常松的脅下，他的胸腔炸開來，激射出來的血液濺滿錫利加的全身。

臺下亂成一團，有些人想抱住刺客，第三黨人立即將火力移轉到羣眾身上，成排的人們被射倒在地上，臺前很快空出一片堆滿屍身的地帶。

浴滿常松之血的教主悲憤地長嘯，他的頭髮豎立了起來，強大的觀念動力將十幾個第三黨徒舉起，他們瞪大著布滿紅絲的眼睛漂浮在半空中，僵硬的手指再也扣不下扳機，像沸水般的羣眾也靜止下來。錫利加張開雙臂，他們便冉冉上升，他再發出一聲悽厲的巨吼，十幾個人在高空中像煙火般爆炸成粉末。

◁

九月二十五日，盧卡斯和妲會合；見到妲之前，盧卡斯撕碎了一張田宮具名的電傳報告，內容是田宮處決了七個省級地方議會的議長聯合請願團的所有成員；在同一份被撕碎的報告中，田宮指出首都斷糧的警訊。妲以調查團長的身分登上總督的座機向盧卡斯做簡報。

「明天我就要航向地球，面見執行長。」盧卡斯聽完妲的簡報後說。他示意妲暫坐，一面點菸，一面打開內線通訊，交代發報主任向地球方面聯絡。

「如果可能的話，今天妳留在這兒吧。」盧卡斯抬起疲倦的臉龐，懇求他的愛人。

妲點頭。在《聯邦太空航行法》中規定，超過二十天的航程中和非配偶性交可以阻卻違法，換言之，即不在法律和道德的譴責範圍，這使得長程太空船中有關女性乘員的法定比例的規定不成為具文。這種規定不但是基於人道要求，更主要的目的在於維護航行安全；在太空中長期的禁慾極易導致暫時性的精神失衡，立法前有相當比例的空難事件即肇因於斯。

盧卡斯帶著妲進入臥艙。

「妳瘦了。」

「就是太陽，也會變成白矮星。」妲回答。

也許是因為疏遠太久的關係，盧卡斯竟然不知做愛前還該說些什麼。他帶著傷害性地詢問：「這些日子有沒有值得懷念的性遊戲？」出口後他即時後悔了。盧卡斯拉住轉身要走的妲，將她按倒在床上……。

喘息平伏以後他將項鍊掛上妲的頸項。

盧卡斯金色的側像，躺臥在沉睡的乳房間。

所有的線索都通向一顆藍色的行星。

△

盧卡斯乘坐著聯邦派至G七十九地區迎接的專機，通過太陽系的三道防護磁障，在二天後到達上海機場。對於一個即將喪失政府地位的地方首長，聯邦方面可以說是備加禮遇了。

不過盧卡斯很快理解到自己的新聞價值。十餘名尉級軍官推開蜂擁而至的記者羣，「總督請發表對於空難事件的調查結果……」、「請對數週前基爾議長和祕書長的死亡發表意見……」、「請您說明此行的目的……」盧卡斯緊閉著雙唇，閃爍的鎂光燈下他的視野變得模糊。在機場正門前已經有輛杜蘭沙氏陸上噴射艇等候著，兩旁各有四輛高速輕裝裝甲車，在坐上盧卡斯的噴射艇啟動後立即隨行，盧卡斯有著被遞解的惡劣感覺。

地球和基爾有著相當奇妙的巧合，那就是自轉一週時間完全相同，但是在人文景觀上卻有重大的差異。噴射艇迅速地通過天津，兩小時後到達聯邦首都民主市。寬敞的街道兩旁矗立著三百層以上的燭台型建築，天幕上擠滿了雷射組成的懸浮看板，絢爛的光線幾乎沒有替夜空留下半塊純淨的藍黑色，在這個都市中布滿了商業的氣息。民主市是一種計劃性的純人工都市，市中心正位於東經一百三十五度和北緯四十度的交點上。這個地區在二個世紀以前還是日本海，在地球聯邦聯合開發本部的設計下才將整個日本海填成陸地；民主市建立後，聯邦的首都就由基輔遷至此處。

盧卡斯在聯邦內政聯席會議大廈前下車。

◁

內政聯席會議大廈是高達七百層樓高的紫色建築，佔用了都市幾何中心的龐大地區。從空中鳥瞰可以看到整座建築呈現中空的五角星形，九十餘萬的高級事務官員在此掌握著整個聯邦。

執行長的球狀辦公室懸浮在中空處，由五道透明金屬製成的輸送道連接在星形的五個凹角上。執行長——長谷川太郎是這個偉大聯邦的實際統治者；聯邦主席不過是由母星上各邦總督輪任的虛位元首，而外星各邦總督甚至不具輪任元首的資格。

盧卡斯正站在輸送道上平穩地接近圓球，它的外表就是一顆碩大的地球儀。盧卡斯舉目所及都是星形大廈的內壁，室內的建築都被高大的內壁擋住，唯一能夠看到的是座蕈狀的紅色建築，聳然地超越了聯邦內政聯席會議大廈，「唐氏跨星企業」的金色字樣清晰可見。

圓球的入口處，探測儀在七分之一秒的瞬間核對過盧卡斯的腦波型態，在確定無誤後立即開啟入室的鋼門，兩名護送的軍官留候在外。

「歡迎！盧卡斯閣下。」長谷川滿臉笑容地招呼著，他站在寬如足球場大小的空間中顯得異常短小精悍，聲音尖銳了些，但是神態十分高雅。「人類信愛」四個漢字佔滿了大半片的室壁。一個形容寂寞的綠袍老人坐在長谷川的辦公桌旁喝茶。

「這位想必不用介紹了？」長谷川指著老人，老人頭也不抬，面無表情地品賞茶葉的甘味。

「老爹！」盧卡斯喊道。這個老人就是唐光榮；唐氏跨星企業的主宰，荻姬的父親；當然，也是盧卡斯的岳父。

執行長請盧卡斯在沙發上坐下，一個機械人端來兩杯紅酒。如果不是設計者刻意在眉心部位鑲嵌著一些突出的烤漆機件，以如此自然的體態和亂真的皮膚，幾乎使盧卡斯誤其為真人。

▽

針對「道德重整運動」發表了冗長的看法之後，執行長喝了一大口波特酒：「對於基爾邦六百萬同胞的不幸我深表遺憾。」

他接著說：「至於緝捕兇手方面，聯邦軍已在領空範圍內搜索柴基達組的星際匪徒。」

忍耐不住的盧卡斯打斷了執行長：「閣下不必再造作下去了。」

「你的言語相當不客氣。」

「閣下的謊言更加地不高明。你不了解柴基達人，他們不僅僅是一羣農奴，當一百多年前我們從麗姬亞人手中接管柴基達人時，他們就已經是家畜了。柴基達是麗姬亞語，它的意義就是高級的家畜，他們天生有著服從和被管束的基因，家畜是不可能背叛主人的。」

「柴基達組的存在是個事實，這似乎和你的理論矛盾吧？」執行長仍然保持著高雅的微笑。

「不錯，是有突變存在，在三十萬分之一的機率下，這些突變後的柴基達人具有人類的叛逆性。在二十億農奴中，只有七百多個變種，其中三百五十七人已被邦政府動過改造手術，恢復成無害的農奴。剩下的部分偷了一些船艦而組成柴基達組，問題在於他們無法喚起一羣家畜來推翻主人，這也是僅佔總人口百分之一點三的地球人能夠完全地控制基爾的原因。

「早在二十餘年前柴基達人即被禁止在一切太空船艦和機場、船塢工作，不但竊取航空器的可能性降至零；更可嚴防未被發現的突變者學習新的駕駛和戰鬥的技術。」

盧卡斯用甜膩的紅波特酒沾濡下唇，他看到執行長很熱心地傾聽著，便繼續地說下去：

「柴基達組在邦艦隊的掃蕩下，只殘餘一些輕型的砲艇和部分改裝的商船，連進行一些小型的騷擾活動都十分吃力，更何況他們根本不具備躍進飛行所需的逆轉熵能引擎。

「在到達G七十九地區以前，從基爾附近出發的艦艇至少必須經過十二次躍進，如果柴基達組只使用航行引擎，那麼他們在未到達前已經全部老死了。難道閣下要告訴我他們在三百年前就開始這項計畫嗎？

「就算他們能夠到達吧，他們也沒有異次元潛艇，不是嗎？執行長。全地球聯邦只有你才有權力祕密動用異次元潛艇部隊。」

長谷川仰頭大笑：「電腦已經告訴我們，能夠欺騙閣下這種優秀人才的機率有多麼低；不過它也告訴我們能夠欺騙聯邦公民的機率有多麼高，百分之九十九點七。就算閣下現在到電視上發表演說，也沒有人會相信你，更沒有人會同情你，在崇尚自由民主的聯邦沒有人會同情一個來自奴隸社會的總督。」

盧卡斯懷疑地問道：「你口口聲聲的『我們』莫非是指……」

長谷川保持著微笑，無邊眼鏡旁的魚尾紋更深了。

他說：「閣下似乎也犯下了不瞭解聯邦的錯誤。」

盧卡斯突然想到那座蕈狀的紅色大廈、基爾的浮壘……，他把視線移到綠袍老人的臉龐，脫口呼喚：「老爹！」

綠袍老人依舊像一尊石像般沉靜。

他終於抬起了視線。

「唐氏公司是這個聯邦的真正支持者。」唐光榮緩緩開口。

「這麼說來連割讓基爾星的陰謀，也是由你們計畫的？什麼聯邦議會，也不過是你們操縱下的投票機器吧？三千多萬人的幸福就斷送在你們一念之間？」盧卡斯憤怒地質問。

執行長打開他們面前的螢幕，「人類信愛」四個字消失了，出現立體的座標儀。

「現在你看到橙色的部分是聯邦現有的勢力範圍。」執行長指著螢幕上西北角，地球和十八個殖民邦間用紅色的線條聯結起來。

「這裏是麗姬亞人的勢力範圍。」他指著東南角上藍色的區域，幾乎囊括了整個M七十七銀河。

「這是我們所知道的，有人類生存的全部領域。聯邦和新帝國之間相隔著遠遠的距離，而基爾，」執行長指著地球和基爾間的一條紅色虛線，幾乎有螢幕的對角線那麼長：「和地球聯邦的核心部分脫離得太遠了，麗姬亞人只要一天能夠抵達。當初新帝國向我們提出要求時，聯邦方面也曾考慮過出兵和對方決戰。」

唐光榮接口：「唐氏企業已經成功地將人類浪費在軍備和戰爭的精力、生命和資源移轉到星際的開發上，唐氏幾代以來努力地締造了人類歷史上最長，而且繼續下去的和平。

「目前聯邦的武力，如異次元潛艇、遠程轟炸機和母艦的數量和總噸位都遠超過新麗姬亞帝國；但新帝國在遊星炸彈和闇雷方面的領先已足以抵消我們全部的優勢。

「一旦戰爭爆發，聯邦本部至少必須保留百分之六十三的軍力，才能維持最低限度的社會秩序和航道安全。低於這個比例，聯邦政府很可能就會垮臺，這片橙色的區域將會陷入黑暗時期。

「百分之三十七的武力在通過漫長的征途中，在以逸待勞的新帝國軍伏擊下，我很懷疑是否能夠有半數的殘部到達基爾。

「更重要的是，基爾對於唐氏企業已經沒有意義了。母星以及十八個殖民星球，都使用唐氏企業和衛星公司的機械製品。我們可以不斷地創造需求，給他們最新式的耕耘機、跑車、飛艇、遊樂器、機械人以及你能想像得到的所有東西。柴基達人的存在已經使得基爾對機械製品的仰賴減低至驚人的程度，而你的野心也未免太大了，甚至進一步完全攘奪唐氏企業在基爾的所有財產。」

盧卡斯冷笑一聲：「你們在本質上和闇大帝有什麼不同呢？甚至他還比你們誠實，他公開地獨裁、公開地控制人民思想。」

執行長瞇著眼說：「不錯，但是問題在於做法。這就是你不成熟之處，事實上你又有什麼資格批評這一切？沒有我們就沒有你。當年你替唐氏企業在奧瑪販賣禁藥的故事，相信你不會輕易地淡忘吧？」

「就算你們擁有捨棄基爾星的一切理由，G七十九地區的空前屠殺又能夠帶給你們什麼樣的利益？」基爾總督的聲音有點顫抖，「還是純粹只為向我們證明你們的力量！」

執行長推了推滑下的眼睛。他說：「在G七十九事件前，陸續移居地球的基爾公民已有六百多萬。這些負擔得起高旅費的人士，大部分已經變賣一切財產了，在到達地球後，他們成為不折不扣的難民。在完全不同的經濟結構和生產技術要求下，他們根本無法投入聯邦的人力資源市場，因此造成聯邦政府上的沉重負擔。

「如果他們只是安分地按期領取失業津貼和難民救濟金，然後躲在大廈中的三流出租套房裏，重複著他們的性愛遊戲，那倒也罷了。不，他們根本在陌生的地球上成為一羣真正的文化異族，於是他們開始淪落為娼妓、強盜、走私者、毒品掮客和職業殺手，形成一股強大的反社會力量。大紐約地區在湧入大量基爾人後，犯罪率已經上升為百分之七百五十；東京則上升百分之六百以上。

「二百億人口的地球根本無法再容納另外六百萬的基爾人，我們不能冒著被顛覆的危險來收容他們，但是一方面由於《聯邦反基爾星移民法》在立法程序中受到延宕；另一方面我們也沒有預料到這麼龐大的移民計畫能夠付諸實現。

「我們確實是不得已的。」

唐光榮等執行長說完，才放下他的茶杯：「盧卡斯，如果你不是這麼性急的話，也許情況尚不至於如此。當年我確實想提拔你作為唐氏企業的接班人，否則我也不會將獨生女嫁給你。」

盧卡斯感到整個面部的肌肉都僵硬如冰，他用神經質的眼神望著唐光榮。

「老爹，難道你沒有考慮到荻姬嗎？」這是盧卡斯最後的疑問。

「是她自己選擇的。」

「荻姬事前已經知道了你們的計畫？」

「在出航前我已經派人通知她了。」

「不可能，荻姬沒有理由自殺；她更沒有理由坐視六百萬人進入墳場！你這個兇手，連自己的女兒都不放過。」

唐光榮的眼裏充滿了晶瑩的淚光，他的聲音卻出奇地柔和：「是你殺了她。」

「荻姬知道你和妲的事，她為了你不惜背叛我，甚至為了維持你們的婚姻而放棄唐氏企業的繼承權；但是你卻背叛了她。

「對於一個被背叛的女人而言，她已經失去生存的目的。」

盧卡斯發覺老人眼神中的寂寞和軟弱。

「老爹，也許荻姬以為你會為了她而放棄計畫。」

「為了公司和聯邦，我已無所選擇。」

「你們犯下的最大錯誤，就是把六百萬人當成一個統計數字。」盧卡斯起身告辭，他發現螢幕上的座標儀已經消逝，壁上恢復成「人類信愛」的字樣。

這次漫長會談的內容永遠成為星際歷史中的謎。

◁

盧卡斯一路上反覆聆聽《幻海》。

漫長的航程摧折心志。

四周的漫長航程經過，總督座機裏的侍從們以及偵查艦上的工作人員終於重見基爾和他的三顆衛星。盧卡斯看著桌上液晶顯示的時刻，「在這樣廣大綿邈的宇宙中，時間有什麼意義？權力、名位又有什麼意義？」在《幻海》的蕭疎音律中，他自語著。

妲進來，從背後搭住盧卡斯的雙肩，十指透過衣料輕輕地按捏著：「還有兩個小時。」他一邊說，一邊仰過頭，枕在她胸前柔軟的凹陷間。

「等錫利加為我們證婚以後，到奧瑪去。那裏的都市站滿了宏偉的大廈，那裏的海底潛泳著額頭長出寶石的時間龍……。有一筆外匯存在奧瑪星際銀行，絕對足夠我們安排一切；阿部也已經取得奧瑪大統領克里斯多娃對於我們政治庇護的保證。」

盧卡斯凝視著妲，互相的臉孔在互相的視線中顛倒過來，女人明亮的雙眸以及略帶細紋的眼角清晰地映現在盧卡斯的瞳孔上。她遲疑了一會，眼睛流釋出一股哀傷，什麼也沒有回答。妲接著輕吻他的額角；觸及稍嫌冰涼的唇，盧卡斯肯定自己已經完全脫離喪妻的悲慟。妲的長髮垂落在他的臉緣，在銀色的簾幕中，他同時感到一絲難以捉摸的幸福。

「不要離開我，妲。」妲仍然保持沉默，但是盧卡斯從她的眼裏，看到奧瑪首都力王市從湛藍的瞳仁深處浮起。他的確有能力買下力王市商業中心地段的一整條街，帶著妲，下半生必須另起爐灶，盧卡斯默默盤算。

◁

田宮坐在總督的月晶石大辦公桌中，他正從瞌睡中緩緩轉醒。

他望了一下座鐘，還差四十分鐘總督就返回基爾。田宮正準備趕赴船塢，他不經意地發現十六格監視器的螢幕上有幾個黑影通過大廳前的長廊，另一格顯示著大門處的警衛已經癱倒在階梯上。田宮連忙把映像放大，十幾個穿著單肩裝的青年正拿著重型槍枝奔跑。「該死的第三黨徒！」田宮猜想他們必然事先破壞警報系統的電路。此刻他們已出現在另一格螢幕上，幾個驚訝的衛兵被射倒，還有一個斜飛了出去，直到牆壁阻擋住他的去勢；螢幕瞬間黑暗下來，顯然這格螢幕的監視鏡頭已被流火射毀。

田宮決斷地按下備用的警鈴，這根線路直接通往總督府旁的安全中心，紅燈亮起來了，這表示機動部隊將會在三分鐘內湧入現場。

黑影們已侵入最後一格螢幕，田宮看著座鐘，還有一分半鐘。辦公室外的長廊傳來第三黨人雜沓的腳步聲。

◁

兩名穿著追隨者白色長袍的第三黨人，低著頭步上錫利加殿的石級，這是第三黨「抗癌計畫」的另一環節。

數百名「追隨者」像椎形白石般盤坐地面。他們寂靜地穿過靜修中的「追隨者」們，走向通入內殿的高聳拱門。

阿躅在背後喚住了他們，「兄弟，我似乎沒有見過你們。」

錫利加坐在蒲團上，周圍插滿火把，使得穹形的內殿照得通明，布滿乳色的氛圍。主教有數週的時間沒有步出內殿一步，自從他在廣場事件中殺死十幾個刺客後，便深深陷入自我疚責的泥沼中。十三歲那年，錫利加為了保護一個即將被處刑的柴基達人而覺悟到自己的異稟；之後，他便將自己的生命投入人道信仰和宇宙和平的建立。

他生平第一次使用恨的力量，這使得錫利加感到無比的恐懼，他擔心恨會像心靈的癌細胞一樣吞噬自己，那麼自己驚人的能力不但會推翻過去的努力，更足以對有機生命的歷史成重大的斲傷。他嘆了一口氣，難道愛的力量無法將宇宙間的人類從仇恨和爭奪中解放出來？只有錫利加自己明白：他的觀念動力足以引爆一整顆星球，更足以毀滅整個新帝國艦隊。

沉思中，即使已經切斷所有和外界溝通的感官機能，錫利加還是突然察覺一股仇恨的力量正向他迫近。

阿蠲想警告教主，但是距離內殿太遠，而且他根本發不出聲音，一片刀尖自他的背後戳出，紅色的圈圈急速地在白袍上渲染開來；另一雙鐵箍似的手掌扼緊了他的咽喉。他漸漸地停止掙扎……

阿蠲無力的身體緩緩地倒在迴廊的巨柱間。

◁

銅門的中央漸漸開始起泡、銷鎔。

還有三十秒。

田宮看到第一格螢幕上，執鋼盾和肩式機槍的機動部隊正衝入大廳。銅門被鎔開一個大洞，田宮就地掩蔽在桌後，用標準的跪姿，持穩重型的鍶槍，二十釐米的口徑對準了銅門。田宮感到自己潮濕的手掌微微顫抖著，他吞了吞口水，心臟跳動劇烈，頰部的顏面肌肉不斷非自主的抽搐。他想到那該死的噩夢，一度他總是重複地做著同性質的噩夢，夢魘化身為種種難以形容的恐怖幻象折磨他的精神，然而無論出現的是垂掛無數腐敗乳房的鷲鳥或是長滿蛇髮的女妖，他都了解自己面臨的是相同的東西。在無數逃避、掙扎後，田宮終於徹底自心中驅除了異形的幻覺。當幻象出現，他的意識便集中成為一粒光球，衝向那軟體邪魔的核心……。

邊緣發出「嗞」、「嗞」聲響的洞口正愈加擴張，超過熔點的銅合金如燭淚般滑滴地面。洞口繼續發出足以盲目的強光，已經有充分空間允許一個成人從容通過。

二十四秒。

「機動部隊在搞什麼鬼？」田宮試著深深吐納，果然心跳減緩下來，兩側的太陽穴仍然被熱辣的血液撞擊著；他努力制約全身緊繃的神經和肌肉，不要讓它們在對方第一波射擊來臨時就反射性地使軀體跳出掩體，那麼他絕對沒有任何反擊的機會。絕對沒有。

距離機動部隊到達辦公室的時間還有二十二秒。

濃厚的煙霧中，幾個模糊的高大身影相繼竄入室內，他們看起來就像是巨人的指頭，田宮感到他噩夢中的怪物終於在現實中現形了。

第三黨人橫列一排，大膽地暴露自己，這是因為透過團隊意識而產生的情緒，一種超越自我的狂熱情緒和自信，他們拉開雙腿站定，開始掃蕩，十幾桿不同口徑、型制的槍枝激射出繽紛的色彩。由左至右，由上至下，到處都是爆裂和碎片落地的聲音，他們已不在乎田宮躲藏在哪一個角落，他們射域的涵蓋範圍根本不會留下任何反擊的可能。

從狂暴中，他們舔嚐到無限的快感，打碎一切、毀滅一切，光爆和音爆遮蔽了所有的感官機能，室內各種儀器都放射著連串的火花和各色煙霧，金屬被瞬間燃燒後的焦臭瀰漫每一寸角落。

劇烈的騷動、不安；狂暴之後一切歸於沉靜。

一切歸於沉靜。

靜。

他們鬆開扳機，試圖在不良的視野中搜尋田宮的碎片。

田宮猝然發難。

他自桌後躍起的身形震懾住這羣暴徒，就在他們驚訝而不及反應的那一微秒，一道紫色的強烈光束橫掃過去，在一陣慘烈的嚎叫後，第三黨徒都被攔腰砍成兩段。

這時，機動部隊的跑步聲整齊地傳來。

△

迴廊的巨柱間，阿蠲傾倒中的身體突然消失。兩名刺客立即了解錫利加已經洞悉一切，他們明白成功的機率也已經趨近於零了，但是使命驅策他們繼續衝向內殿。這兩個亡命徒是全盤計畫中人數最少，但是實力最強的一個執行小組；接受命令之後，他們馬上成為徹徹底底的行動機器，成功與否，他們都要成為第一等的烈士。

同時，阿蠲的身體顯現在教主端坐的身前。

錫利加用溫柔的眼神撫視被觀念動力瞬間挪移至此的弟子，阿蠲平躺在半空中，緊閉著雙眼，上半身蘸滿鮮血，白色的袍角垂飄著，教主的意志力輕輕地把懸宕的肉體放落地面。他將掌心緩緩伸向阿蠲被刺穿的心臟上方，他的意識掃描著傷口。被整齊割斷的冠狀動脈迴旋枝貼伏在裂開的平滑肌上，血管開始接合，平滑肌、心包膜都在裂縫處再生出新的組織，被割傷的肋骨迅速地填補缺口，背部和胸部的傷口也痊癒了，瞬間結出糾纏的疤痕，新生的嫩皮透紅而鮮亮，完全停頓的心臟，間歇地縮、張數次後，又開始由弱轉強。

錫利加忽然收回了手，長嘆一聲。

即使能夠讓阿蠲的心臟回復機能，也不過是撿回一具空殼而已，教主已經找不到阿蠲的腦波。錫利加驚覺自己的力量已經削弱，在試圖制衡自己內心的衝突之後，他內在宇宙的秩序正疾速地瓦解、崩潰。畢竟無法挽救阿蠲的生命，又一個心愛的人為他犧牲了，無力感像棘草爬滿他的心頭，兩行熱淚簌簌淌下。阿躅新癒合的胸肌平靜地裸露在破裂的血袍外。

◁

兩名第三黨徒已進入內殿入口，舉起手槍瞄準錫利加不動的背部。

「噗」、「噗」、「噗」……，五、六個血洞在他的背後爆開。

錫利加鎮定地轉過身說：「我原諒你們。」

從正殿衝來的「追隨者」們都不能相信教主竟然傾躺在血泊中，這些非暴力主義者在內殿口停了下來，望著聖血像蛛網般放射滲流。

◁

在船塢附近預備伏擊總督的第三黨人業已全數落網。田宮將剛接獲有關錫利加遇刺重傷的消息告訴盧卡斯和妲，三人迅速地趕往錫利加殿。

錫利加殿，全基爾千萬人類信仰的幾何中心，位於基爾首都近郊的廣大草原中央，像一面龜殼的扁平建築吸附在基爾星的地表，整個建築由七塊主要部分結合而成；六塊體積均等的六角形金剛烏石構成微穹頂形巨殿的周壁；穹頂是一塊相同大小的月晶石，這種採自大甘姆的金色缽金屬晶體的抗壓係數是精鋼的二十九點七七倍，必須使用終極光纖束才有可能切割。鑲嵌在六塊烏亮巨壁頂端的月晶石如同金色的瞳孔，整座聖殿就像是一顆巨大無匹的獨眼，無休止地瞠視著宇宙變化，監督著金、綠、黃三種色系的衛星繼續它們在軌道上宿命式的循環運動。

然而在地平面上趨近錫利加殿的輕裝甲車隊中，微型高解度光幕所能看到的全景，只是逐漸迫近的梭形物體，金剛烏石閃亮的黑色和夜色截然劃分開來。這就是錫利加殿，使得基爾建立真正獨立文明的精神動力所在。

盧卡斯等人分乘三部單人浮載具脫離停頓下來的輕裝甲司令車，直接進入大殿的雄偉磐門。

象徵錫利加教聖諦——大光明體——的紫色活體金屬被供奉在正殿前端，柔軟的觸角無限制地突出、潛埋，淡淡地反射著絨毛似的滑移光刺，錫利加心愛的樂器都擺設在四周。盧卡斯想起《幻海》的旋律彷彿是為了今日的訣別而作，心中一陣酸楚。

浮載具上的反線性加速器轟轟的噪音唐突地打破正殿的空曠寂寥，三人迅速航向通往內殿的迴廊。

「撐下去啊，我敬愛的人。」盧卡斯默禱。

迴廊上連續的彩色壁畫、柱間優美的刻飾以及一道道的拱門飛快地竄逝，他們的浮載具和地面的相對距離保持固定，但是距離大陸平面的絕對高度卻漸次提高，事實上，整道通向內殿的迴廊正環繞著六塊巨石的內緣，一圈圈地向穹頂接近。在上升螺線的終點，就是內殿的入口，換言之，內殿位於正殿的正上方，也就是整座聖殿的最上層部分。

錫利加仰躺在內殿的中央，左手緊握他慣用的鎢質權杖，雙眼凝視著覆蓋整個殿頂的金色月晶石；「追隨者」們一重重圍住教主，構圖出一環哀悼的白色花圈。

妲首先跳下載具，撥開一重重低聲啜泣的弟子。她抱起錫利加黏滿血汗的臉，幾撮長髮纏貼他大半邊的面頰。錫利加已不能言語，他的眼眶深陷下去，雙唇也失去豐潤的光澤，教主勉強地抬起右手，握住妲的掌心，錫利加使用最後的力量，將他的念波和妲接通：

「我永遠和宇宙同在……」

田宮用他粗厚的手掌闔上教主的雙眼。

▽

一陣暴雨，清晨就把首都廣場的地面沖刷得閃閃發亮。

地球紀元二六七一年十一月二日，新麗姬亞帝國接收基爾星的前一日。

一些無主的柴基達農奴用粗短的毛手將闇大帝的畫像高掛在茅舍前的鐵竿上，他們已準備好迎接新的主人。他們早上還在《基爾頌》的伴奏下向基爾邦旗肅立致敬；明天換了一面旗，他們仍然會抱著同樣的虔誠和自卑去仰望著。

田宮、迪尼洛和妲在船塢替盧卡斯等人送行。

盧卡斯最後一次對妲說：「妳真的不跟我到奧瑪去？」

妲堅定地回答：「我要和田宮元帥並肩作戰。」

盧卡斯在她的眼中發現熾烈的火焰，令人聯想到錫利加的火葬，在熊熊的燃燒中升起一道巨大的光爆……

盧卡斯拍拍田宮的肩膀：「替我問候米高。王帆遠和沙德還在船上等我。」

他轉身進入透明管狀的升降機，阿部抱著荻姬唯一的孩子馬帝尾隨在後。妲跑過來，「這個！」在玻璃門合攏前的瞬時遞了一包東西給盧卡斯。

妲望著移出船塢的太空船，直到它成為一個黑點，然後消失；迪尼洛寬厚的手掌搭上妲抖動的肩膀。

◁

「沒有多餘的時間了。」站在一側的田宮探看著腕表。

就在此刻，米高正把自己的脖子套進繩索中。他踢開椅子，在一幅基爾星農業分佈圖的前面扭動掙扎，糞水滴落在黑白方格的地磚上。

田宮匆匆趕到廣場前校閱七百多名的志願敢死隊，其中包括了獄中釋出的四百多名第三黨徒，他們的任務是在基爾磁場外截擊新帝國的先頭部隊。他們打著赤膊站在單人攔截機的左前方，田宮每經過一人，就在他們結實的胸膛上重重捶下一拳。

「我知道你們帶種。」獨立基爾臨時軍政府的大元帥田宮雄立廣場中央：「帶種的人絕對不甘成為稞田裏的肥料！」

◁

如果不離開一顆星球，就無法看見它的全貌。

權力之夢，世代傳承永無醒時。

來世的權力，色澤幻麗卻遙不可及。

現實的權力，陰影巨大而本質脆弱。

盧卡斯在船上注視著縮小的基爾星，他一生的奮鬥結果也似乎隨同基爾一齊越縮越小。盧卡斯不再是總督了，他卻有個奇異的念頭，自己不就是基爾的第四顆衛星？他正脫離基爾引力的束縛，也脫離了生命的根源。他突然在光幕上看到錫利加的面龐朦朧地出現。

「宇宙的節奏……」

「希望……」

「愛……」

「永恆的星球生命……」

錫利加的聲音溫柔地迴盪在飄渺的宇宙間。

盧卡斯回到臥房，他想起臨行前，妲給他的那包東西。打開紙包，盧卡斯感到無限的疲憊，紙包裏的項鍊掉落地上，項鍊墜子中的側像在燈光下閃閃生輝。

奧瑪篇

「巨像族
新大陸
時間龍」

巨像族

在充滿音樂的天空，
彩虹的昆蟲演唱永不停歇的歌；
被黑闇嚇壞的隕石，
沉沉撞進一道乾涸的河床。
誰也不願喪失自己的星座，
但是無法擁有才能檢驗擁有的禍福；
愈短促的弦彈奏出愈高亢的音域，
愈迷濛的街景襯托出愈清晰的痛苦。
記憶的蝶翅已經被風摧殘，
污垢的錢幣含在苦澀的口中，

金屬的甜味融混著發酵的唾液，
無法抗辯的同時，
流亡者遺失了他的身世，
五線譜上的符號獨缺愛的鼓聲。

◁

奧瑪星，它璀璨的夜空浮泛著藍中透綠的光澤，而且比地球的天空令人感到更為曠遠。雲層的深處常常湧現一道道綿長的閃光，在滾湧的大氣中，像是不斷游走的斷虹；如果自太空望回奧瑪星的大氣層，就會發現無數鮮麗七彩的蟲體，以億萬計，環流在星球的圓周上。

這種叫做「伊蓮」的動物，生活在四萬到五萬公尺的高空雲層，牠們的軀體長達三百公尺以上，全身以將近一百個瘤節組織起來，每個瘤節都在兩側平伸出一對退化的滑翔肉翅。牠們只有在夜間才能被地面的人類窺見，因為白晝時牠們身上發出的閃光被奧瑪的太陽光所蓋過，到了夜晚那神異的軀殼才幽幽映現在慘綠的天幕。

伊蓮蟲在天空中不斷旋轉，牠們仰賴四萬公尺以上的高空氣體維生，死亡了以後，就默默地飄流，被奧瑪太陽中獨有的K輻射線慢慢蒸發；也因為伊蓮蟲吸收了大量對生物有害的K輻射線，才使得奧瑪的地表能提供生命存在的場所。

當流亡的盧卡斯乘坐星艦穿越奧瑪星大氣層的時候，就在景觀窗前目睹了伊蓮蟲的真面目，那真是令人驚駭的視覺經驗。

伊蓮蟲通體光潔，彷彿是一個個龐碩的圓燈籠連結而成。當單數的節瘤收縮的時候，雙數的節瘤就猛然膨脹起來；當雙數的節瘤收縮的時候，單數的節瘤又相應地膨脹。牠的頭部如同被放大數百萬倍的蠶首，這是牠全身唯一不放射出光芒的器官。

伊蓮蟲在天空中移動的姿態，就好比是樂譜中的高音部記號：𝄞。牠反覆地巡曳同樣的軌跡，半透明的軀體的每一個節瘤，都在彼此擦撞的時刻散射出七彩瑠璃般的電子束，同時也敲擊出舒緩而沉厚的音響。

奧瑪的天空飄揚著無數的音符。一旦兩隻伊蓮蟲撞擊在一起，便形成扭絞的鎖鏈，在一陣纏繞之後，又分成兩股朝向各自的方向飄移，這時，奇妙的音籟在天空瑰麗地迴盪，璀璨的光焰流宕在令人心盲的交會剎那。

三十年前，當星艦通過奧瑪星的大氣層，盧卡斯沉醉在伊蓮蟲所繪畫的神祕夜空，即使是帶上了旅客專用的濾光鏡，那收縮又舒張，盤旋流竄的蟲體，曳空的光影還是奪人心志。

◁

奧瑪的天空是超現實主義大師米羅的畫布。

伊蓮蟲的神話是奧瑪原住民的想像力結晶，自從第一批地球移民來到的時候就已經出現，據說那些虛空中飄浮的長蟲，是宇宙間所有抑鬱而死的音樂家精靈。一般的定期星艦在穿越奧瑪碧綠色的大氣層時，客艙中的播音都會以輕柔的女聲娓娓敘述那些虛幻卻又優美的奧瑪創世神話。

◁

伊蓮蟲進行生殖的時間恰好每隔奧瑪星公轉一周，這時同體生殖的蟲蜷曲成環狀，全身充斥著紅色的閃電；每一隻伊蓮蟲都可以產下數十枚透明的卵。成蟲和卵的比重都比空氣輕，牠們在五萬公尺的高空間，沒有思想、沒有欲望，牠們只是靜靜飄浮。

自各星系航向中立奧瑪的流亡者，一旦在大氣層中看見了伊蓮蟲，通常都在莫名的情緒下無端相信了那些無稽之談的地域性神話，因為他們的際遇，他們開始瞭解生命的真諦可以是一無所有，一無所有也就是擁有一切，無知就是最終的幸福。

從來沒有任何人類豢養過伊蓮蟲，除非他買下整座星球的天空。只要在一萬公尺以下的高度，三百公尺長的伊蓮蟲就會被壓擠成一顆膠囊大小，如果牠們飄逸到大氣層外，就會爆炸成裂帛。伊蓮蟲只是寂寞地活在牠們的虛空中，無憂無懼，甚至連死亡也恐嚇不了牠們，因為生死齊一，物我相忘，牠們永遠沒有意識，沒有政府；一隻伊蓮蟲就是一億隻伊蓮蟲，一億隻伊蓮蟲也只是一隻伊蓮蟲，個體的生命融入整體的生命，整體的生命又融入奧瑪的大自然；牠們沒有聽覺，所以聽不見自己發出的曼妙音響，牠們也沒有視覺，所以看不見自己輻射的繽紛色彩，牠們活著而沒有知覺、沒有痛覺、沒有味覺也沒有觸覺。所以伊蓮蟲的歷史從來不曾建立，牠們也從來不曾滅亡，牠們只是其他生物幻想中的神話，介於生命與礦物之間的一種次生命體。也許，牠們是錫利加生存的另一種形態。

伊蓮蟲在奧瑪的大氣層間建立了一個沒有個體意識的「氣體文明」，也許那才是古代地球人追尋的涅槃境界。

三十年前，當盧卡斯穿越奧瑪大氣層時，熟悉的歌聲縈紆腦海：

昆蟲們漂流在靜靜的天空
金屬的碎片流離在永恆的軌道
失落的愛人裝入紫色的棺木
像一根葦草在黑暗的盡頭航行

三十年後，那段刻骨銘心的視覺經驗，以及悲感交集、幾乎使他人格崩潰的心情，使得奧瑪大氣層中的神異經歷，成為他個人對於「崇高」一詞的唯一詮釋。

三十年間，僅次於伊蓮蟲世界的體驗，是他多次處身於洲際超高速地下隧道中的冥想，再敏感的人處身其中也絲毫感受不到速度的變化。

車廂的模樣像是環節蟲中空的腹部，一環環的穹頂連接密閉式的兩側金屬壁，為了防止乘客刺眼，四處的合金都噴鬆上一層霧光漆劑，像是蟲複眼一般的小型探照燈羅列在穹頂的中央線，映照出銳角三邊形的空間。

超高速地鐵自星都力王市沿著星球圓周貫通到奧瑪星的另一半球表，全程只需要地球時間九十五分鐘。

終站自由市，恰好位居自力王市貫穿奧瑪星地心的另一個軸端上。

地鐵隧道在地下一公里深度穿越不同結構的岩層和伏流，並以懸架式管道通過兩萬公里寬的路西海，是進行了一百二十五地球紀元、損失了四百多萬名獵龍星奴工才完成的巨大工程，自力王市中心地下一公里處通到自由市邊界的多巴哥車站，共三五六二五公里，恰好是奧瑪星球圓周的一半長度。

超高速地鐵以每小時二二五〇〇公里的速度連接奧瑪星東西兩塊大陸，在目前人類可知的可住居星球中，這條以奧瑪星古史英雄人物命名的「色色加越洋地鐵」在總長度上名列第五，在大氣層內運輸速度則僅次於新麗姬亞帝國的環星公路，而路西海兩萬公里的懸架隧道則為宇宙第一長的越洋隧道。

光是這些數據就令人湧起一種莊嚴的感覺。

盧卡斯第一次乘坐「色色加越洋地鐵」的時候，只有阿部一個人隨行，那時忠誠的阿部仍然年輕，謹慎多智謀，懂得在任何狀況中理財，而且恭順沉默，扁平的臉龐上沒有一絲皺紋。

「各位旅客，我們即將進入路西海懸架隧道，在我們進入舊大陸地層之前，將有六十七分又三十秒的時間通過路西海域……」親切的女聲用高昂而興奮的語調介紹著超高速地鐵的行程，但是在密閉而沒有窗景的車廂中，這種抽象的親切反而顯得虛幻不真。

「也許這列車根本就沒有開動咧！」任何一個首度乘坐奧瑪號特快車的乘客都會不自覺地產生這種狐疑，盧卡斯的第一次也絕不例外，忠心耿耿的阿部完全可以信賴，但不是一個有趣的聊天對象，盧卡斯感到自己好像是一個人坐在候診室外的長椅上。

超高速地鐵列車奧瑪號特快車採用一〇七號合金焊製而成。長達三五六二五公里的隧道，全部抽除空氣，形成完全真空狀態，使得空氣阻力達到零的效果。

列車懸浮在隧道中央高速前進。它的三十節車廂底部裝置了兩排平行的液氦超導體，以抗磁效應疾馳；或者說：「飛行」於「絕對值級塑鋼」環構而成的隧道外殼之中。

沒有電阻的導體稱之為超導體，早在二十世紀就被地球人類採用在工業用途上。許多金屬化合物在不同的溫度下都可以形成超導體，超導體可以大量節省能源消耗量，並且具備「完全抗磁性」，對於外加磁場具有絕對的排斥性。

「色色加越洋地鐵」的軌道由三千五百多萬單位的二十九號合金環連結而成，列車底部的超導線圈通電後產生強力磁場，在二十九號合金環中感應方向相反的感應磁場，形成抗磁效應，便能在軌道上空懸浮起來。在真空管道中既無空氣阻力、也無軌道摩擦阻力，使得列車運行毫無阻滯，在高動能的驅使下達成每小時二二五〇〇公里的超高速度。

列車底部的液氦超導體，包裹在攝氏負二七〇．九七度的低溫液氦中，攝氏負二七〇．九七度的液氦又稱為超流體，粘滯度只有水的十億分之一，可以通過直徑只有頭髮七十分之一的毛細管。任何一個毫無缺漏的杯子，看似沒有間隙，實際上卻有細微的孔穴網絡，只有具備超流性的液氦可以穿越那些細孔。

在光潔的敞口杯中，注入液氦，一部分液氦會一滴滴自敞口杯身中滲漏出來；另一部分液氦則在容器內壁擴展成只有幾十個原子厚度的薄膜，自杯底倒溢出杯口。所以在超流體的奇異特質中，如何製作無滴露性物質以便成功地包裹液氦超導體，成為整個地鐵工程的成敗關鍵。

車廂內女播音員總是以高昂而興奮的語調報導著高速地鐵的種種構造：「各位旅客，『絕對值』塑鋼就是解決問題的鑰匙。小至包裹液氦、防止液氦滲漏的超導體包裝，大至整個隔絕海洋腐蝕性的隧道外壁，在一百七十五年前，當時負責捷運部研究發展科工作的包定博士終於發展防杜一切酸鹼腐蝕和低溫氣體滲漏的『絕對值塑鋼』，使得整個工程得以在一百六十二年前順利展開……」

在奧瑪星仍然採用以地球紀元為準的星際通用紀元，雖然它的一晝夜是兩個半地球日。親切的女聲以穩定的速率喋喋不休，使得九十五分鐘的沉悶旅程幾乎延展成九十五個小時。

「我必須見到克里斯多娃，」三十年前的盧卡斯有些焦躁：「我們到奧瑪已經一個月了，我不只是要她的政治庇護而已。」他一面低聲說，一面側頭望著阿部，阿部顯得有些迷惘，不知該怎麼回答。

「你還在想安娜？」盧卡斯問到阿部的傷心處，堅忍的男人只以搖頭代替回答。

「能夠信任的，除了沙德以外，只剩下你一個人。」盧卡斯掏出他的皮質菸盒，裏頭只剩下一支菸，他盯著菸紙上的三環標誌，霎時熱淚盈眶；擁有這種標誌的紙菸只剩下這麼一支，而且再也沒有人製作了。

沉默的阿部突然浮露出難得一見的微笑，寧靜地說：「頭子，我來設法。」

◁

三十年後，設備逐漸老舊的「色色加越洋地鐵」如同往昔穿越了路西海懸架隧道，通過奧瑪星舊大陸的地層，抵達自由市邊界的多巴哥車站。

九十五分鐘，從星球的黑夜通向星球的白晝。

各懷鬼胎的商賈、騙子、殺手、浪人、娼婦、男優、間諜和陰謀家混雜在旅客中，徐徐進入自動步道。每當人羣自地底月臺的升降機向地面浮升之後，無數的故事即將展開序幕。多巴哥車站外一公里遠的一座大農莊附近，一個頭髮灰白與蒼黃交間的中年男子安祥地站立山坡上，瞭望著遠方。在無數故事中，他顯然擁有極不平凡的一個。

白晝的時候，大氣層頂那些已經被他司空見慣的億萬隻伊蓮蟲隱沒在奔湧的雲氣後，碧綠色的天空散逸著奧瑪太陽鬱綠色的綠外線。

一羣羣藍色的奧瑪蝶帶著牠們的銅銹味穿越赤豔豔的的紅稞田。奧瑪舊大陸的主要作物，一塊塊向平原傾斜的紅稞田，像流動的血一般，隨著布滿靛色微塵的大氣而舞動著長達一公尺的纍纍穗實。

所有奧瑪的作物都顯現出巨大化的特徵，在六十個小時的自轉過程中，兩年一穫的紅稞吸吮著星球的濕氣和精氣，那遲緩的成長過程，使得舊大陸的生活像是慢鏡頭中的世界，人更加渺小，被星球生命的本身所折服。

中年人靜靜地步行在奧瑪紅稞田間的埂道上。夾緊著他的視野的是兩側高如喬木的「稞牆」，牆一般直矗矗站立著，一株挨著一株的紅稞。

收穫的季節已經快到了。

收穫是哀傷的，他想。

一旦帶著酸味的空氣變得略帶苦味的時候，收穫的季節已經快到了。

中年人沿著埂道的斜坡，望向自由市區連綿的色色加式建築聚落。S形的建築外壁沿襲著舊大陸南方沙暴區的建築傳統，雖然這裏並不存在舊大陸南方那種無時不刻捲舞天地的紫沙嵐。南方的色色加古文明和獵夢者色色加本人都只能成為奧瑪星史中的遙遠記憶，但是S形的垂直大波浪樓壁依舊被承襲下來，成為牢不可破的傳統風格，就像是地球人種在臀部殘存的尾椎以及羅密特星人在腹部遺留的兩排退化的廢足。

虹色繽紛、大小各異的大波浪樓壁散布在自由市的稜線前，整座城市如同火山爆發之刻被凍結住的熔漿，燦爛地挺立在盆地的中央。

就像是他自己的生命，凍結而挺立，中年已經走到了尾端的男人，保持多年來的習性，靜靜地冥思人生和事業的下一個決定。

綠色的陽光，溫和地照射在他紅潤的臉龐上，一種貞定的力量迴盪在眉宇之間。

很多年前，他的雕像曾經矗立在另一個星球豐沃的土地上。

二十八歲的時候他就已經步上權力的高峰，成為一個殖民邦星球的執政者，即使時隔三十八年，他仍然記得在《基爾頌》的伴奏下，自己首度傲岸站立閱兵臺上檢閱機動武裝部隊的飽滿感覺。

三十八年以後，他的左臂依舊有力，空手握緊的時候，也如同抓住一個星球，能夠把星星上的海洋擠落成一道瀉落的飛瀑。

他仍然記得是誰在三十年前出賣了他、奪去了他所建立的一切。他記得自己如何在流亡之刻，在機艙的窗口望著縮小中的基爾星，記得他在那一刻感受的劇烈顫抖。

他輕輕哼起一支熟悉的曲調，錫利加的《安魂》。

靈氣充沛的錫利加，他是盧卡斯一生中唯一願意承認的信仰。

偉大的音樂家，錫利加教的創教者和第一代教主。當他在基爾星總督府對面的首都廣場演奏的時候，每次都集聚了二、三十萬激動的羣眾，他的音樂傳送念力的節奏，使得數十萬羣眾在不知不覺中融化成一個完整而巨大的意識體。

盧卡斯苦思了三十幾年，他總不明白錫利加為什麼不願意將他的力量用在對抗新麗姬亞帝國，竟然坐視自己以及他的宗教的敗亡。他仍然鮮明地記憶著錫利加慈祥的音容……

「讓我們用善意識的集體力量，用沉思得到的信仰來消除爭奪的貪慾和仇恨吧，寧願追求循環的永生而坦然犧牲。」錫利加高張雙臂，面對著完全寂靜的天空，無數激動的信徒們頓時安謐如一望無際的黑石平原。

「永生就是一種無悔的犧牲，在大宇宙中，星球和星球之間錯綜複雜的引力產生了冥冥中的神妙秩序，戰爭和暴亂殺害的不只是人類，而是星球的生命。」

錫利加的聲音綿長而洪亮，音傳數里而不減威懾，那種絕對的悲憫和溫柔所藏的威懾。

他的眼神總是充滿了對生靈的憐惜，以及令人心痛的情感：「追求真信的人，必須具備拋擲肉體的信念，追求真愛的人，將會在廢墟中重生，只要星球的大生命被保存下來，……我們必須向自己痛誓，將此世微渺的生命，化入黑闇和光明交疊的大祕儀中……」

演奏台上，音樂就是至高至聖的大祕儀。

他祥和的身軀直立在圍成半圓型的樂器組中，就連他隨意地擺動著肩膀，也會逸散出折射的光彩和貫入羣眾的奧妙節拍，他的感情化為龐大的磁場，左手的五指按下磁波琴的圓鍵，右手五指握緊權杖敲擊著編磬和錫鑼。

看似舒緩、柔美的體姿，其實是以極快的步伐移走在五十幾件樂器之間；錫利加的白衣發出獵獵的風聲，他閃現在不同的樂器之前。一迴身，他已自一面五基爾尺的九號鐃鈸之前，轉到七個順序羅列的定音鼓後方，當鐃鈸的餘音一層層擴散而出的同時，壯盛的鼓聲一波波在剛烈的金屬震盪間如山峰破土而出；再度迴身，他手上已經換上晶琴的長鎚，一連串珍珠跌撞水晶的淫響，清脆地彈躍在廣場的上空……。

錫利加，音樂的聖者，心靈的原點的定位者，他抓住每一個應該適時蹦射而出的音符，有時是奔湧天空的大海，有時是墜入星球內部的水銀洪流，有時是竄出極地的驚雹，有時是如雷滾落的圓木，他就是音樂世界的原點。

音樂和心靈的原點。

宇宙生滅的原點。

人類的原點。

光的原點。

「希望……」錫利加的音樂說。

「愛……」錫利加的音樂說。

錫利加的音樂是一種穿鑿萬有的語言。

在語言沒有出現之前的語言。

他的呼吸和宇宙生息的脈動調節為一，廣場上羣眾數十萬個胸腔，冥冥中統一為同一座巨大的共鳴箱。

這時，整顆基爾星的大氣層外都會泛溢一層淡紫色的光暈，集體的能量通向了星球的身世，整顆星球的「氣」被激盪出異常的能量。

葫蘆形的演奏台周圍映現了變幻的光像，七彩的波紋以大起落的幾何變形，時疾時緩地包裹住寬闊的廣場。

整個臺座在燃燒的氛圍向幽暗的天空緩緩升起，音樂家的身形逐漸升高。錫利加本身即使只是一個精神世界的集體催眠師，但是他的形象永遠是宇宙間理想主義者最高級的典範。

閉上了眼睛的羣眾，也可以隔著發燙的眼皮，看見錫利加奧祕的白袍不斷地增長、直到超越了廣場周圍一切的建築。

◁

錫利加殿，三十年前錫利加血濺橫屍的所在，三十年後仍然矗立在基爾首府近郊的廣大草原中央，只是它現在已經不再是一個宗教聖地，而是新麗姬亞帝國駐基爾星司令部的前線情報局總部。

那座奇特的教廷，曾經凝聚了全基爾羣眾的希望和愛。六塊巨型金剛烏石和月晶石穹頂鍛接而成的龜殼式建築，就像是一顆凌厲閃爍的巨眼，永不疲憊地隨著星球的自轉而環顧著三百六十度的宇宙現場。

錫利加說：「我的宮殿就是我觀想時的瞳孔。」

三十年前，當盧卡斯和人民黨領袖妲．塔特兒等人奔赴錫利加「觀想的瞳孔」時，悲劇的結局已經無法挽救。

疾速趨近錫利加殿的途中，在微型高解度光幕上，錫利加懸浮在黑色的背景中，那是「亮的黑」疊現在「闇的黑」之上的黑色漸層色系組合而成的景觀，金剛烏石閃亮的黑色和深夜沉鬱的黑色截然劃分為二。

「我聽到他在召喚我！」望著前方的黑闇，妲說。

盧卡斯和基爾邦的反對黨領袖妲．塔特兒、軍事首腦田宮分乘三部單人載具，脫離停頓在殿外的輕裝甲司令車，魚貫進入雄偉的磐門。象徵著錫利加教聖諦——大光明體——的紫色活體金屬在正殿前的供養座上迎接他們。

大光明體柔軟的觸角毫無拘束，時刻活躍，膨脹又內斂，滑移的光棘沿著不斷變化的背脊一排排炯然流動，周圍擺設著錫利加最鍾愛的樂器。

「他在召喚我！」妲喃喃自語。

浮載具上的反線性加速器轟轟的噪音唐突地打破正殿的空曠寂寥，暴亂後留下的褐色血斑仍然殘留在每一個角落。兩個刺客攻擊錫利加後，一個縱隊的暴徒接著進行對「追隨者」的屠殺，……盧卡斯幾乎可以聽到當時傷亡者淒厲嘶嚎的迴聲。

連綿圖繪著繽紛壁畫的大迴廊訴說著基爾星的歷史、鬼斧神工的門拱以及一道道精雕細砌、百獸攀附的樑柱，……錫利加殿中的甬道設計，不就像是錫利加的音樂？那麼多年來，盧卡斯不知來到錫利加殿多少次，他從來沒有發現錫利加殿的建築空間竟和錫利加的音樂之間，擁有神異的精神呼應。

整個錫利加殿就是《安魂》的具象樂譜；整顆基爾星就是《幻海》的旋律化身。

盧卡斯永誌不忘的一日，他在巨大瞳孔的內部目睹了巨靈的隕落。三十年前的那一幕依舊歷歷可見。彌留狀態的教主錫利加，他的左手緊握慣用的鎢質權杖，雙眼凝視著那覆蓋整個殿頂的金色月晶石；劫後餘生的「追隨者們」一重重地圍住教主，他們白色的衣衫組構出一整環哀悼的白色花圈。盧卡斯永遠不會忘記重見錫利加時的巨大苦痛。

插進人羣、衝到錫利加身旁的妲·塔特兒抱起錫利加黏滿血污又源源滲出閃爍汗粒的臉龐，湧入自己的懷裏。幾撮長髮纏貼在聖者右半邊的面頰上。

錫利加的頸部咻咻作響。一顆致命的子彈從他的後頸射入，斜斜貫穿了他的咽喉，微微痙攣的軀幹上布滿七、八個拳頭大小的血坑，染成赤赭色的長袍黏附肌膚，隱約的肉色透出逐漸轉黑的血漬。

錫利加的眼眶深陷，雙唇也喪失那豐腴溫潤的色澤，但是他的瞳孔卻閃爍著一種曼妙無比的神采，即使已經凝縮成一個微渺得近乎消逝的光點，像一座行星基地閃爍的核動力正燦燦地發動，即將消逝在視線可及的宇宙無限延伸面上。

教主頭顱靠上妲・塔特兒蜷曲的膝頭，他的右手握住她顫抖的左手掌心，女人感受到那隻行將僵硬、冰冷無比的手掌突然湧現一股暖流，直接流貫在她的意識中心。

妲後來告訴盧卡斯，她發現錫利加深陷的眼眶中竟然隱藏著一整座聖殿般的奇妙建築結構，上升螺線的交錯迴路在渙散、擴張的瞳孔中不斷旋轉，彷彿驅動著另一個壯闊無際的宇宙。

「我永遠與宇宙同在。」錫利加的心說。

教主的念波直接聯結妲的心智：「我永遠與宇宙共存，只是暫時休眠，拋棄掉我的肉身罷了。」

「留下來，我們需要你。」妲的心說。

「不要悲傷，」教主的心說：「我因為暫時的沮喪而必須放棄這個軀體，因為放棄這個軀體而回復到一種圓滿的狀態。我將會回來，但是在回來見妳之前，必須把一樁神聖的祕密交付給妳……」

妲從來不曾把那樁祕密告訴盧卡斯。

◁

盧卡斯也不曾忘記二六七一年十一月二日發生的事情，那是新麗姬亞帝國接收基爾星的前一日。

似乎整顆基爾星都拋棄了他。

他的愛妻荻姬死於G七十九事件，錫利加死於反錫利加的恐怖分子之手，地球聯邦政府則拋棄了他和他的星球。

盧卡斯永遠無法忘懷：那一天，一些無主的柴基達農奴將新麗姬亞帝國元首闍大帝的肖像高高掛上茅舍前的鐵竿，他們對於政治從來沒有意見，不過，他們已經準備好迎接新的主子。

那些矮小、愚騃、行動遲滯的異種農奴，早上還在《基爾頌》的伴奏下向地球移民豎立的基爾邦三環旗幟肅立致敬；明天旗桿頂端換上新麗姬亞帝國的鬱藍色七角星旗幟，他們仍然會抱持著同樣膚淺的虔誠和永不匱乏的自卑，咧開醜怪的多毛口器，笑咪咪地仰望祈禱。

就連妲．塔特兒也拒絕和盧卡斯一起流亡。

那一天，站在船塢上，盧卡斯最後一次對妲提出懇求：「妳真的捨得，不跟我到奧瑪去？」

妲沒有回答，也許她回答了，但是盧卡斯再也不記得三十年前她究竟是說了什麼、還是什麼都沒說。他只記得在妲．塔特兒的眼中發現熾烈的火焰，令人聯想到錫利加的火葬典禮，在熊熊的燃燒中升起一道巨大的光爆……。

是的，在錫利加的火葬典禮上，盧卡斯現場目擊，將近三千名忠於教規的「追隨者」，在錫利加殿外搭建起一座將近五十公尺立方的鮮花禮壇，《安魂》的歌聲和火焰燃燒木材的爆裂音響，交織成一塊足以覆蓋星球的黑紗。那時，衝天的烈焰和染血般的黃昏疊錯在同一個令人無法瞠視的空間中，錫利加渺少的軀體在瞬間捲入千萬火舌貪婪的舔舐下。然後，盧卡斯他親眼目睹……

他親眼目睹將近三千名「追隨者」一個接著一個，一個接著一個走入火場之中，密密麻麻踏入了火海的黑影仍然堅定地走入更深邃的烈焰煉獄中，直到他們僵硬、乾涸、萎縮的身體倒下為止。近三千名「追隨者」一步一步地踏進他們身為「追隨者」的意志……。

最後，在離開基爾星的前夕，心神黯淡的盧卡斯看到妲·塔特兒的意志，她決定留下。

也許，決定離開和決定留下同樣堅強，也同樣懦弱。

三十年後，在奧瑪，在一片無意觸動過去的紅稞田上，盧卡斯不自覺地哼起錫利加《安魂》的曲調。他開始懷疑一些不確定的事物，不知道自己什麼時候將會跨入真正不可迴避的老年，也許另一夜經過以後，他就會突然變得老邁無比，整個生命累積的重量會瞬間壓垮下來，像是錫利加火葬禮壇的崩潰。

就像是錫利加火葬禮壇的崩潰。

不，那不是一種崩潰，而是一種昇華。

火焰是憤怒的，沒錯，火焰總是憤怒的；但是在錫利加五十公尺立方的幻美禮壇上，升起的火焰卻充滿聖潔的溫柔，聖潔，溫柔，甚至帶著奇異的誘惑。三千人的軀體被融化在熾烈的燃燒中，盧卡斯看到的不僅僅是遮蔽了天空的、怪獸般的濃煙，他看到的是……。

他看到的是無可名狀的一種慾望，他突然領悟了。

濃煙向黃昏的天際撲升，分散成數以百計的巨龍，在赤色的背景前扭舞翻滾。

人在現場，盧卡斯沒有汗，他的千百顆汗珠還沒掙脫出毛孔就被高熱蒸散，他閉起眼睛，眼睛仍然刺痛烘熱，他靜靜轉身，濃煙的速度卻比他的步伐快得多，睜開眼睛，緩緩前進，前方的天空已經密布流竄的黑雲。

他突然領悟了，錫利加永遠不會死，錫利加將會不斷地壯大。

盧卡斯知道了錫利加的奧祕，就在火焰捲沒禮壇的一剎那，他得到了奇奧的昭示。在一剎那間，他聽到了錫利加的聲音，但是他幾乎在同時遺忘了一切。

這是多麼詭異的回顧，他唯一的記憶，竟然是他曾經頓悟過，他甚至無法知道究竟是什麼感動昭示了自己。

但是那奇奧的昭示進入了他的潛意識之中，三十年來，他的一舉一動、一言一行也許正默默地受到錫利加的影響，只是他無法自己解除催眠的密碼，催眠師已死，誰又知道他何日復活。

盧卡斯繼續行走在埂道的斜坡上。如同他的意志力，他的大腿肌肉可能比三十歲的時候還來得強勁，但是他始終沒有戒菸。

望著遠方連綿的色色加式建築，盧卡斯點起一支為他個人訂製的紙菸，黑色的菸紙上用金質燙印著他的姓名縮寫，但是已經去掉了象徵基爾星的三環標幟，替代三環標幟的是一個等邊六角形圖案，一個神聖無雙、晶亮無匹的造型。

「稞牆」在他的兩側輕輕搖動，像是火焰般遮住了左右兩側的視野。

◁

地球紀元二四九九年，一個來自地球的瘋狂探險家，叫做基爾，史匹貝爾的上校，他流著哥倫布的血液，運氣又比麥哲倫更好，僅僅帶了一中隊的補給艦和七艘輕型驅除艦，就瓦解了舊麗姬亞帝國在柴基達星長達千年的統治，這顆柴基達星也改名為基爾。

地球紀元二六七一年，新麗姬亞帝國在橫掃M七十七銀河之後進駐了基爾星。在基爾星第廿八－廿九任民選總督盧卡斯倉皇地逃到中立的獨立星奧瑪之後，田宮圭吾元帥領導的反抗軍在首都保衛戰的第四日全線崩潰，地球移民一百七十二年的統治殖民於焉正式結束。

盧卡斯和基爾．史匹貝爾的兩座銅像，一座座被新麗姬亞帝國的前鋒部隊用重裝甲車推翻在堆滿反抗軍屍首的首都廣場上。兩座銅像轟轟撞裂了廣場上的黑色石板，盧卡斯的臉龐扭曲變形地嵌入混凝土和破碎的石材中。

三千萬名地球移民後裔，有六百萬人在航向地球以後成為聯邦的嚴重負擔，另外六百萬人在途中的G七十九地區全部遇難。留在基爾星上的地球人遭受了恐怖的屠殺，鎮壓反抗軍成為新麗姬亞帝國進行滅種政策的最佳藉口。

唯一不變的是二十億人口的柴基達人，他們已經擁有一千多年的被殖民經驗，他們的基因中已經被種植了農奴的天性；事實上，他們已經「進化」為有機體的耕耘機。

一輛輛像座小市鎮般大小的「自走鋼堡」壓過地球移民的聚落。柴基達農奴擁有動物的預知能力，他們早已逃出武裝部隊行進的路線，大多數農奴仍然在鬱綠色的稞田裏默默工作，偶爾用那多毛而短小的手掌搔抓低扁的額頭，然後繼續推犁前進。

一棟棟建築在「自走鋼堡」前端巨大的棘刺前潰散，粉塵和散揚的建材像浪潮般被「自走鋼堡」的兩舷排開。奔逃的人類，他們身後的道路一段段被巨大的陰影吞沒，不久，他們也像吸塵器前的灰燼一般被源源吸入鋼堡和大地的夾縫中，化為砂粒大小的粉末。

這顆星球被重新命名為柴基達星。

閻大帝並沒有在首都廣場豎立起一座自己的雕像，站立在大地上的雕像總有一日會被敵人推倒，就像史匹貝爾和盧卡斯的雕像，都被拖吊到農具工廠的合金爐中。

當毫無抵抗能力的地球人後裔被屠殺了半數以後，剩下的人口又因為饑荒和瘟疫而滅絕了三分之二，他們的屍首被他們過去的奴僕柴基達人晾曬在稞梗編織的棚架上，成為蛋白質的來源。

剩餘的三百多萬地球人後裔，在他們還沒有變成柴基達農奴的食物以前，被集體遣送到柴基達星的三顆月亮之一——金色月亮大甘姆之上。

柴基達星天空中最大最耀眼的一顆月亮。

大甘姆是由金色鉢金屬晶體組購的一顆月亮，那金光閃閃的月晶石，抗壓係數是精鋼的二十九點七七倍。大甘姆是超大型的寶石，閻大帝決定在這顆大寶石上留下永恆的紀錄。

◁

三百多萬地球人後裔，他們曾經是基爾星公民，曾經各自擁有數以千百計的農奴，但是當他們被遣送到大甘姆之上，他們所看到的那顆行星已不再是他們的家園。現在，那顆灰紫色的行星不叫做基爾，而叫做柴基達，他們也不再是基爾公民，而是大甘姆衛星上注定短命的終身奴工。

他們戴上簡陋而隨時會發生致命性故障的氧氣頭盔，用粗糙的手提式光纖集束工作機，按照新麗姬亞工程師的指示，除了每天四個小時的睡眠和一日中唯一的一餐稞餅，毫無間斷，不分男女老幼，包括背棄阿部的安娜和她青梅竹馬的表弟，他們的殘生都在開鑿著大甘姆堅硬無比的表面。

一旦有人死亡，就被剝得精赤，扔進了垃圾攪拌機裏，隨著排泄物和毀敗的工具一起攪拌成丸狀的圓球，一顆顆射入無垠的宇宙。

三百多萬地球人後裔，他們絲毫不明白為什麼要鑿開一道道深淺不一，有時大如峽谷，有時淺如河床的各種坑道。

數十萬噸的碎晶石，一船船載回了柴基達星，被鋪設在首都廣場上，鋪滿了廣場，就鋪設在城市的主道上。

在大甘姆月亮上日益減少數量的人類，他們逐漸可以在轉動的柴基達星上辨認出首都的位置，鋪滿了月晶石的城市像是一枚金色的鈕扣，安置在灰紫焦滲的行星表面。

而在柴基達星上的二十五萬新麗姬亞帝國駐軍，和日益繁殖增加的二十幾億柴基達農奴，卻在每一個晚上，看見金色的大甘姆月亮上，逐漸出現一個佔滿了月表的輪廓，一個一天比一天更顯得清晰的臉相。

闇大帝讓自己的臉相出現在大甘姆月亮上。

三百多萬人類變成了盲目的工蟻，沒有一個人知道，他們用生命換來的代價，是毀棄者永恆的面容。

在星際歷史上，新麗姬亞帝國以驚人恐怖的速率建立起超度科技文明，但是直到闇大帝的臉龐佔據了大甘姆的月表之後，他們的工藝能力才被視為地球紀元二十七、八世紀之交的宇宙巔峰。

一切都經過精密的計算。

在大甘姆環繞柴基達星運轉一週的六十日中，闇大帝的表情不斷的變異，從月缺時的側影到月圓時的正面，就連滿月的三日中，闇大帝微笑的角度也在悄悄地變化。

這個活生生的臉相，每夜都監視著這顆屬於新帝國的行星，闇大帝成為二十幾億農奴崇拜的最高信仰，他的喜怒哀樂，決定了二十幾億農奴的喜怒哀樂。

只要大甘姆繼續環繞著柴基達星轉動，闇大帝就永遠監視著他的屬地。

三百多萬人類的灰燼，被拋擲到宇宙黑闇的最深處，他們一個個至死仍然低聲吟唱著錫利加的《安魂》，期待著不可知的來世。就連最後一個地球人後裔的無神論者也不例外。

然而，真的有來世嗎？

◁

盧卡斯繼續漫步，走到紅稞田的盡頭，底下是一片接近八十五度的亂石坡，在落差七百多公尺的下方，又是一片連綿不絕的紅稞田。

他想到了妲·塔特兒。

妲·塔特兒還活著嗎？那是不可能的。他希望妲·塔特兒和田宮一起死在圍城的戰役中，他不能忍受他們的生命終結在地獄般的大甘姆上。

妲·塔特兒說：「我要和田宮元帥並肩作戰。」

妲·塔特兒的瞳睛中盤轉著火焰的渦輪。

盧卡斯在她的瞳睛中看到了真正的她。

真正的她。

妲·塔特兒說：「你，可愛。」

不，妲·塔特兒說：「我要和田宮元帥並肩作戰。」

妲·塔特兒選擇了基爾。

妲·塔特兒不願告訴盧卡斯到底錫利加託付她的祕密是什麼。

難道留下來戰鬥就是答案？

不，她隱藏了重要的昭示，這是對於盧卡斯的懲罰。

二六七一年十一月二日那一天，盧卡斯發現他自己錯了，他一直以為和他在「愛氣」充溢的臥室中擁抱、和他一起在反重力裝置上方翻騰取鬧的那個妲才是真正的妲，真正女人的妲。

但是盧卡斯發現妲・塔特兒的真面目在這一刻才坦露出來，她捨得盧卡斯，卻捨不得那顆星球，她終究是那顆星球最大反對黨的領袖，她選擇了無法逃脫的選民那一邊。而且盧卡斯知道，妲在最後一刻翻身成為最大政黨的黨魁，雖然那只是一朵馬上就會凋萎的曇花，那朵來不及開滿就會凋萎的曇花卻戰勝了男人的肉體和情愛。

在盧卡斯轉身進入船艙之前，妲跑過來，在玻璃門合攏前的瞬時遞了一包東西給盧卡斯。那包東西，盧卡斯避開了阿部，在艙內以微顫的手指打開，一條項鍊滑墜在塑鋼地面上，墜子上鏤刻著盧卡斯自己的側像。

◁

火的色澤在眼前旋舞召喚，盧卡斯的意識和肉體都回到青春的時光。

站在紅稞田的盡頭，他有一種懸浮的感覺，閉起眼睛，妲的形象穿越了幾十年的光陰，赤裸的軀體自遙遠的光點向他黑暗中的知覺緩緩靠近。

妲的軀體柔軟地貼上盧卡斯仰臥的軀體。

睜開眼睛，妲的雙目佔據了他全部的視線，那對瞳孔溫柔地擴張，彷彿一對不知名的深海動物膨脹著牠們黑黝黝的圓形腔腸。汗珠自妲的臉龐一顆顆滲出，滴落盧卡斯的額頭。

她的鼻息規律地撫觸他的面頰，她的雙唇含著他的舌尖，輕巧地將他的舌頭吸入滑潤的口腔。

妲總是吸吮他的舌頭，而荻姬總是用舌頭侵略他的口腔。盧卡斯不願意拿妲和唐荻姬比較，他知道感情用事的結果，而且他知道自己正不斷陷入一片讓他逐漸下沉的流沙。

◁

妲的軀體是流沙，有生命的流沙，包裹著他的心跳和脈搏，一層又一層地掩上他的胸、他的頸，無數細嗩的顆粒滙聚成沙的觸角，盤繞在他青春的髮絲間，漫入他微微張開的口腔。

盧卡斯想到畫家米開朗基羅在聖伯多祿大殿穹頂上的壁畫。隨著數百年前梵帝岡城的毀滅，那幅畫只留下翻攝的影像，但是神與亞當互相伸出的手指，那即將接觸的瞬間，卻永遠烙印在盧卡斯的腦海中。

他在童年的歷史教材中看到了那幅壁畫，「那是曾經在地球風行達兩千年的天主教壁畫，亞當和他的神接觸前的剎那，被藝術家生動地表現出來，」記憶中已經失去了臉孔的老師搖動著她的長髮：「象徵著神和人類的第一類接觸。這是一個破碎的夢，二十世紀末的魔震之後，羅馬公教和希臘正教解體，而散布世界的新教集團也……」

一個破碎的夢。盧卡斯從來不覺得那幅畫是神與人的接觸，相反地，他感到米開朗基羅的意圖，是要處理亞當和他的神分離的過程，亞當低垂的左手食指，和上帝箕張的手掌，彼此之間正不斷拉開距離。數百年前魔震發生的時候，教堂的穹頂或許就在亞當和神的指縫間裂開。

當妲騎跨到他的胯部之上，那幅壁畫的情境莫名其妙地浮現在他的意識之中……。

很多年後，盧卡斯才明白，如果亞當隱射著自己，那麼棄他而去的神就是唐光榮，他一生中最痛恨的男人。

妲開始扭動腰部的時候，神和亞當的殘像都消散了，盧卡斯浸淫在螺旋狀盤升的感官刺激中，妲癡醉的眼神凝聚成兩道迷濛的筆觸，在男人仰視的目光前，輕巧的鼻翅隨著腰桿扭舞的節奏而輕輕顫動，她靈動的舌尖煽惑地伸出微啟的雙唇，紅色和紅色在唾液的亮度中交疊。

桃色的乳暈隨著急徐交織的喘息、隨著雙乳的盤動而盤動著。妲是蛇，貪婪地盤纏他的意志，她全身的毛孔都在呼喚著他的名字。

盧卡斯聽見了回聲，聽見了妲的生命撞入自己體內的回聲。他也聽見了另一個回聲，那是他的欲望，像破碎的水晶散裂在女人溼熱的體內。

妲是妲，真正的妲，褪去一切偽飾，她是醉入儀式裏赤裸地為無名神祇舞蹈的巫女。

她的骨盆隔著悶熱的肌膚研磨著盧卡斯的軀體，直到他也忍受不住，在齒縫迸出獸一般的聲音，一種原始的、在語言還沒有出現以前就存在的聲音。

男人全身的肌腱已經被釘入一支巨大而燙熱的鋼柱下，緊緊綳住了千萬根盤纏的神經，他的肉身猶如被解析成一根根的電腦繪圖線條，交錯的方格和稜線不斷地往中心流動。

愛你，妲，我愛妳。

盧卡斯在自己失去控制以前，伸出手臂撥開床頭的開關。咻咻的聲音，反重力裝置瞬間啟動，盧卡斯的脊背一挺，兩人即刻纏抱著浮上半空，床沿的細孔中源源噴出帶著淡淡肉桂味的的「愛氣」。

十道血淋淋的爪痕在盧卡斯的背部平行劃開。

原諒我的粗暴，喔，我的粗暴。妲說。

我愛你。背部滲出一排排血珠的男人說。

愛氣充滿在室內。

愛你，妲，我愛你。旋舞空中的盧卡斯喘息著。

一道道爪痕從男人的肩頭滑下手臂。

半空中的華爾滋。很短很短的沉寂。

在很短很短的沉寂中，無聲的華爾滋舞曲像看不見的潑墨般傾瀉在妲的長髮上。

男人粗拙的指頭深深陷入妲潔白而堅韌的臀部。

空茫。一個簡單的休止符。兩人喉管間吞嚥彼此口水的悶響。

妲的嘶嚎爆發出來，她的軀幹劇烈扭動，雙腿狠狠夾住盧卡斯的腰，他們如巨大的車輪滾動在虛空中，一條條嗶剝的紫色靜電絲帶散逸在輪周上。

長嘆連綿。盧卡斯也不曾後悔過；那時，統治一顆星球的執政黨總督和反對黨領袖在那顆星球上一個不為人知的角落瘋狂地做愛，一種寓言化的黑色幽默，一種殘酷而血腥的甜蜜。

「你，可愛。」妲・塔特兒說。

是的，那麼簡單的一句話，那甜膩的聲音，直到今天，站在紅稞田盡頭的盧卡斯仍然可以清晰地聽到。

盧卡斯的皮靴踩踏在亂石坡傾斜的邊緣，一塊碎石咕咕滾下接近八十五度的斜面，很快喪失了蹤跡。

我真的可愛嗎？三十年後的盧卡斯感到無以名之的悵痛。

現在，他可以遠遠眺望到多巴哥車站獨樹一格地矗立在一公里外的平原上，那是一座改良型的色色加式建築，把塔的型態和傳統S形建築外壁結合為一；因此，這座車站在眾多的S形虹色建築中像一支高髻一般驕傲地伸向碧綠色的天空，用螢光綠色壁磚嵌滿的波浪塔身彷彿一隻求救的手臂；在頂尖矗立的則是一尊獵夢者色色加的金屬雕塑。獵夢者色色加左手臂擎舉獵夢網，右手蜷握四指、豎直大拇指，費力地往天空的方向挺直。

獵夢者色色加的雕塑採取了一個非常勉強的姿勢，他必須墊高自己的右腳後跟，用前腳掌接觸著綠色的合金塔頂，他的披肩也以不自然的方向垂掛左邊，遮蔽了獵夢網的大部分，而擎住網頭的左手青筋浮露，緊張地微微曲起。

獵夢者色色加怪異的姿勢，因為結合了頭部的設計而顯得更為荒誕。色色加的軀體雄壯威武，但是他卻擁有一張稚氣的童顏，秀媚如同女孩的圓渾輪廓，偏著頭，兩隻眼睛瞇成一對細長的橫線，帶著甜膩笑容的面頰絲毫也沒有經過風霜，平滑得像是封在玻璃屋裡的膚質，一顆金屬鎔鑄的淚珠突兀地停頓在左邊嘴角的酒窩上方。

獵夢者色色加的齊膝戰袍上頭雕飾著伊蓮蟲盤繞的圖騰，那塊著名的、裂了一尺長的胸冑襯托出他寬厚的胸膛。這尊螢光綠色金屬的雕塑人物，很明顯的是在決定色色加霸業的「沙暴區會戰」後的色色加，甲冑上刻意凸出的裂痕是戰爭經過的證據。

這是二百七十一個奧瑪年之前的近古史，其實折合地球年也不過是六百多年前的故事，那時整個奧瑪星的地球移民人口多半集中在舊大陸南方的夢獸洲，長期和夢獸族作戰，互相摧毀聚落，直到獵夢者色色加終於發現抵禦夢獸族的祕訣，地球移民才獲得生存空間；但是一直得等到他發現如何把地球人的十七個移民區統一起來的祕訣之後，他消滅夢獸族文明的諾言才得以充分付諸實現。

在奧瑪星出現文明以後的漫長歲月中，色色加個人的歷史以及那些被滅種的夢獸族一直是盧卡斯的最大興趣。

獵夢者色色加消滅了舊大陸的夢獸族之後，獵捕夢獸族的祕訣便失傳了，所有關於夢獸族的資料全部被銷燬，任何人都不准提起有關夢獸族的事情，否則就會被送入焚化爐裡頭。在「沙暴區會戰」之後不到二十個奧瑪年，全奧瑪的地球移民都忘記了夢獸族的面貌，除了「獵夢者色色加領導我們消滅了夢獸族」這樣簡單而抽象的記載之外，整個夢獸族的文化和歷史已經成為一個沒有內容的空洞夢境。

但是盧卡斯知道答案，至少他相信他已經接近了那個答案。

盧卡斯望著獵夢者色色加的雕塑，他相信色色加本人就是一隻夢獸，所以他才會知道如何消滅事實上已經瀕臨滅亡的夢獸族。事實上，有一部分夢獸族混進人類之中，一代一代默默繁衍，他就認識其中的一個，自稱是胡迪尼二十五世的一個職業魔術師。

任何歷史都是由一層一層的黑闇堆積而成的，就像是他在基爾星的歲月，就像錫利加生命中那不可探知的巨大奧祕。

盧卡斯吐出一串滾湧的煙霧。

眼前站立在塔頂上的色色加仍然維持著那奇異的姿態，那令人感到毛髮森豎的孩童臉龐正對盧卡斯發出會心的微笑。只有盧卡斯知道，色色加臉龐上那顆直距長達一公尺的淚珠，比起上個月來又往酒渦的方向下挪了幾公分。

那尊在紅稞田邊緣看起來如同站立在盧卡斯面前的雕塑，實際上高達三百二十五公尺，它站在七百公尺高的塔頂上，每次見到盧卡斯都露出不同的神情；這件事情成為祕密，那些卑微的人類從來沒有發現的祕密。

不論是幻化的夢獸、藍皮膚的新麗姬亞人種或是人類，盧卡斯知道他自己和史匹貝爾、獵夢者色色加、闇大帝這些傢伙根本是超越了遺傳障礙的一種共同生命型態，不論基因結構如何差異，他們都屬於一種叫做「巨像族」的生物，他們在生存的時候就已經開始規劃用無機物來複製一個巨大無用的空洞軀殼，這就是盧卡斯和那些偉大生物的共同點。只不過，盧卡斯在生命沒有結束時就曾經看見自己生存的目的被不同的敵人血淋淋地摧毀。也因此，他繼續活下去，選擇流亡，尋找新的身分，直到有朝一日能夠再度看見一尊自己的雕塑重新矗立在某一顆星球的文明核心。

盧卡斯的悲哀，阿部不懂、長谷川不懂、唐光榮不懂、唐光榮的女兒——他的妻子唐荻姬也不懂。除了錫利加之外，只有沙德懂得一半，而妲・塔特兒知道盧卡斯的一切。

也只有妲・塔特兒才擁有那麼奇特、變幻的臉龐。

盧卡斯記得他把自己的項鍊給了她那一天。

激烈的抽搐之後，他輕輕推開妲，她鬆懈下來的肢體慵嬾地攤開，苒苒飄動的長髮像是浸入了水底一般遊散在半空中，她飄浮著，她的臉龐變換著表情，可以被呼吸的各種表情，她進入了一個奇特的意識空間，在那裏，過去和未來絞鍊在一起，生人和死去的亡靈急速地穿梭在她盤繞成蛇身的生命軌跡上。

妲全身蒸散出來的苾芬氣味瀰漫空間，遮除了愛氣的味道。青春的盧卡斯滑動著健碩的臂膀，拉下了重力裝置，兩人緩緩沉入柔軟的海綿床墊。停止低吟的女人依舊陶醉在高潮和記憶碰撞的微醺中。

金髮的壯年男子走進豪華的浴室，圓壁上嵌滿上品的水晶磁片。他站在旋轉台上，讓霧氣蒸滿全身。一片空白而近乎虛脫的感覺通常在放射精液後的蒸浴中湧出，但是那天他卻想到了荻姬，自從數週前他發現荻姬留下了項鍊，就一直耿耿於懷。新婚之夜，盧卡斯把金質的項鍊掛在荻姬的頸上，她從未拿下這串項鍊。

盧卡斯走出浴室，妲正仔細地挽束髮髻，他的眼神留滯在她的背影上，晃動的前臂使得粉紅色的乳頭隱現在側身柔和的線條外。

那是只有妲才具備的背影。

荻姬絕對不能接受在無重力狀態下做愛。

盧卡斯靜靜地走到妲的身後，她正輕輕哼唱著：

梅檀樹全部枯萎的下午
太陽們都停止了呼吸
時間的鍊條穿過無數生命的夢
巨大的宇宙發出洪亮的歎息

昆蟲們飄流在靜靜的天空
金屬的碎片流離在永恆的軌道

失落的愛人裝入紫色的棺木
像一根葦草在黑闇的盡頭航行

無情的銀河流貫溫柔的視野
旋落的花瓣永遠抵達不了的明天
在龐碩的銅像前聽到內臟的驚悸
星球內部的化石都在幽幽蠕動

那是一首悲傷的歌，只有在唱這首歌的時候，妲．塔特兒才真正的失去一切表情，連瞳孔也不曾張縮。

「錫利加要死了。」妲抬頭說，她的乳房在輕輕顫動，她的嘴唇也是……。

當盧卡斯在燃燒的紅稞田前望著獵夢者色色加的時候，卻找回了他自己拋擲在太空的殘夢。

那些黏稠的夢，不會碎，只是逐漸變形。

妲抬頭說：「錫利加要死了。」盧卡斯心中重複映現妲那時無表情的表情。

一個女人只要擁有三樣東西，就可以永遠留住盧卡斯這種人的心：討人喜歡的臉，派上用場時搖動得恰如其分的美麗而輕盈的臀部，還有令人震驚的智慧和靈感。

但是妲終究沒有留住盧卡斯的軀體。

不，是妲自己離開了他，盧卡斯這麼認為。地球紀元二六七一年十一月二日，那個令盧卡斯刻骨銘心的日子，妲堅定地站在田宮身邊，她的預言實現了，錫利加已死，然而盧卡斯踏入機艙的瞬間，他意識到妲沒有說出的另一個預言。

當妲無表情地說出錫利加命運之刻，她也洞悉了自己和盧卡斯的命運。

盧卡斯想轉頭再看妲一眼，但是他告訴自己不要。

站在田宮身旁的妲剃去了一頭瀑布般的長髮。

那隱約現出淡青色頭皮的腦勺，頭頂微微揚起的髮根，令臨行的盧卡斯感到強烈的震撼。

喔，妲。盧卡斯緊握拳頭，盯著色色加詭異的姿勢。

第一次乘坐「色色加越洋地鐵」從多巴哥車站通向奧瑪新大陸，盧卡斯就想到那神奇的液氦超導體是一樁寓言，攝氏負二七〇・九七度的液氦可以滲透任何磁器，宇宙間唯一可以和液氦競爭、甚至比液氦的滲透力還強的，只有人類的記憶。

▽

人與人之間互相信任，也許只是互相背叛的前奏。

更殘酷地說，信任是為了背叛而暫時存在。

盧卡斯常常這麼想。有時候不徹底的背叛朋友和徹底的信任他人都只是殊途同歸，導致自我的毀滅。

在青綠色的天幕外，當年對流亡者盧卡斯伸出援手的克里斯多娃，如今被囚禁在人工游星之中，她被剝奪了大統領的身分，她優渥的退職待遇是橡膠般的合成食物，以及寂寞空洞的金屬隔艙。在星都力王市郊有一枚超高速分子解構曲射炮，那是分散在奧瑪星上六具監視武器中的一具，任何一分一秒都將目標鎖定在克里斯多娃起居的金屬游星上。

剝奪她一切的，正是她置信不疑的副統領王抗。

克里斯多娃付託給王抗的，猶如盧卡斯之於阿部。

她是一個氣質超凡、剛毅卻沒有稜角的奇女子，沒有一個盧卡斯認識的女人能夠比擬她那堅定的尊嚴以及電子迴路般清晰、敏捷而且迅速準確的智慧，她超越了年齡和歲月的磨蝕，生命中擁有一股永不止息的冷燄，就連妲·塔特兒也無法與她競爭。

她維持的不只是近半世紀的個人集權體制，她的偉大在於她維持了奧瑪的尊嚴如同她維持自己的尊嚴。

睿智英明如克里斯多娃，她的強人政治因為錯誤的信任而崩壞。就連她自己也不敢相信會毀在一個「面首」的笑容前。

奧瑪已經面臨危機，奧瑪的危機不在於克里斯多娃被王抗取代，而在於誰將及時取代王抗。闇大帝是一個令人顫抖的答案，唐光榮是另一個比較不可能的可能；如果要維持奧瑪易碎的繁榮和幸福，就得有人搶在兩個超級強權前頭。盧卡斯正在盤算著自己的機率。

△

將紙菸金色的濾嘴彈下巍巍的陡坡，站在紅稞田盡頭眺望自由市和色色加雕塑的盧卡斯靜靜迴身，踏上來時路。

他從天空上的克里斯多娃想到在G七十九地區粉身碎骨的唐荻姬。也許那才是她所能選擇的最佳結局。荻姬的原罪不在於盧卡斯。

盧卡斯早已不感到內疚，他告訴自己，荻姬選擇了自己的歸宿，真正的元兇是唐光榮，那個只要價格合理，連靈魂都可以重複出售的商賈。唐光榮無論坐上哪張位子，他仍然只是一個商賈。

唯一忘不了的是荻姬的哭泣，他們最後一次做愛的時候，荻姬哭泣著，年輕的盧卡斯停止了動作，蠻橫地把自己的軀體摔倒在哭泣的女人身邊。

他不復記得荻姬的臉。每當想起荻姬，首先浮現的反而是唐光榮那張隱藏著無數祕密和陰謀的臉龐。

二六七一年八月，盧卡斯從發生事變的G七十九地區直航地球，連續通過了太陽系三道防護磁屏障，他倉卒抵達民主市。在內政聯席會議大廈的執行長辦公室中，見到了那時還沒有正式取代長谷川地位的唐光榮。

唐光榮的眼裏充滿晶瑩的淚光，他的聲音出奇地溫柔：「是你殺了她。」

「是你殺了她。」這句話盤旋在盧卡斯腦海多年的話，逐漸變成了盧卡斯自己的聲音；盧卡斯自己的聲音，對著唐光榮瘦弱的背影說：

「是你殺了她。」

最大的錯誤是荻姬堅持著對盧卡斯的愛情，當她意識到自己和盧卡斯做愛，而盧卡斯只是和他自己的幻想和事業做愛時，她發現自己被父親的地位所埋葬，唯一能夠進行的報復，以一種溫柔的方式進行的報復，是讓盧卡斯知道他身下壓住的軀體，是唐光榮的化身而不是唐荻姬。

荻姬一開始就沒有了臉，當她意識到盧卡斯把她當作奪取唐氏企業權勢的籌碼時，她就已經失去了她的臉。

盧卡斯知道荻姬一切的祕密。他一點也不感到內疚。

當一個女人在男人的記憶中失去了臉孔，只留下哭聲，那麼男人無論做了什麼、或者什麼也不做，都不會感到內疚。

沉悶的啜泣。岔了氣的呻吟。荻姬的哭聲，保持著一種倔強的自矜。

唐光榮的笑容在荻姬的臉上浮現，老人溫柔地告訴盧卡斯一串粗暴的內容：「你搞我的女兒，就是搞我；現在我是你老爹，既然你搞我就好好搞，否則就輪到我搞你。」

唐光榮搞垮了盧卡斯在基爾星的基業，唐光榮毫不在乎，像這樣的一顆農業星，還比不上唐家在民主市某一條街的地皮值錢……。

盧卡斯側頭看著荻姬模糊的形象，她裸露圓渾翹拔的乳房，隨著啜泣而抖動的闇褐色的乳暈像是彈孔，白膩的肌膚下升降著曲線優雅的肋骨。她無助地攤開冰冷的四肢，雙目僵滯，注視天花板上倒映的自己。

她比盧卡斯大七歲，但是嬌嫩的肉體看起來比盧卡斯還小七歲。盧卡斯看著她纖巧橫臥的側影，輕輕伸手掏出黑色的手帕，抹去自己額頭上涔涔的冷汗。

然後，盧卡斯的視覺回到現實，在烈火般的紅稞田上，前方出現一個矮瘦的人物，那是阿部信一的身影。

阿部信一急步走到盧卡斯面前。在基爾星時期，這個日本人後裔就擔任盧卡斯的財政總長，到了奧瑪星之後，阿部仍然維持著他過去在盧卡斯麾下的地位，掌握著新事業的收支權柄。

「頭子，」態度恭順的阿部在這三十幾年來私底下一直維持著「頭子」這個已經褪色的草莽稱呼：「一切都準備好了。」

▽

盧卡斯的赤旗座車混雜在七部同型制的黑轎車中，從山坡的彎道間緩緩開下，今天他的座車序列第五，其餘七部車中都端坐著一個盧卡斯的替身。

在基爾星的時期，他表面上是一個政治家，實際上是一個夢想家；在奧瑪星的歲月，化名為沙庫爾以後，他的身分變得更為複雜了；奧瑪排名第六的資本家，創造黨黨魁，前國會副議長，錫利加教總執法，以及因為政爭而請長假的奧瑪副統領。

他用數十年的生命學到太多的教訓，他唯一比得過唐光榮的只有意志力，唐光榮對付他的殘酷手段反而帶給他永不屈撓的意志力，而錫利加遺留給他的則是維持這股意志力的方法。

在寬敞的車廂空間，恭謹的阿部信一坐在對面，為盧卡斯手中的高腳水晶杯斟了三分之一杯的白蘭地。

盧卡斯舉杯，冰涼的液體散發出醇美而熟悉的氣味，他凝視了琥珀色的杯面一會兒，等待掌心烘熱酒液，淺嚐一口才悠悠地說：

「阿部，你看沙德會不會背叛我？」

「沙德可以放心。」阿部回答。

阿部答話時，盧卡斯瀏覽著車窗外的山景。

「那麼你自己呢？」

阿部瞇起鳳眼，他一時沒有反應過來。

「開玩笑的，」盧卡斯把視線移回阿部顴骨突露的扁平臉龐上：「只是開玩笑，你不必當真。」

「事實可以證明一切，」阿部低沉的聲音冷靜而自然：「這麼多年來我做什麼都沒有離開過你的視線。」

盧卡斯淺酌一口：「你會不會不平？」

阿部的眼睛又瞇成了兩道細縫：「你是說你給沙德的位置還是你現在坐的位置？」

盧卡斯微笑，寧靜地看著滿頭白髮的阿部。

「沙德管政治事務，我管錢，這麼多年來我自己知道自己的能力和分量，」阿部為自己斟了一杯酒，準確的三分之一杯：「手是不能取代腦的。」

「我一直把沙德當成副手，而把你當成兄弟，」盧卡斯杯中剩餘的白蘭地隨著車身的震動而略微搖擺：「所以，我也常常設身處地，想著我是你，你是我。如果那樣的話，你想我會不會背叛你？」盧卡斯再度舉起酒杯。

阿部把自己的酒杯輕輕磕碰盧卡斯的，水晶和水晶撞擊出玲瓏的音階，他一飲而盡，輕輕吐了一口氣，以虔誠的眼神望著盧卡斯，停頓了一會兒才開口：

「如果我是你，你會背叛，而且會選擇準確的時機背叛。」

「為什麼你認為我會背叛你，如果我們換了座位以後？」盧卡斯也將手中的酒一飲而盡。

「因為你是盧卡斯。」阿部望著自己酒杯上的流光。

盧卡斯紋風不動。

「沒有人可以擋得住你，盧卡斯，」只有在特殊的時機阿部才叫出盧卡斯的名字：「除了過去的唐光榮之外，沒有人可以擋得住你。政變的時候，你選擇的不是克里斯多娃，你選擇了王抗。」

「你說出了實話，」盧卡斯眉宇凝重：「那是一個痛苦的決定，如果我只想安穩的日子，我會支持克里斯多娃，她比誰都有能力保護我和這顆星球的資本主義。」

阿部沒有再說什麼，情況比想像中來得糟，幾十年來，盧卡斯從來不這樣和他交談；他微微低下頭，聆聽自己有些濁重的呼吸；他知道，有一些不該流滲出來的事物流滲出來了。

車隊沒有轉向市區，到了平地後，每輛車的輪胎向內翻摺，車身靠著抗重力裝置平穩地往砂原的方向行駛。

「不過，」盧卡斯經過一番冥思後睜開眼睛：「阿部，你還是錯了。如果我是阿部，我絕對不會背叛盧卡斯。」

◁

包括擁有奧瑪舊貴族血統的蘿拉三姊妹，盧卡斯享用過無數嬌柔的女子，但是沒有一個可以得到兩個星期以上的恩寵，因為和盧卡斯一生關係最密切的三個女人都已經離他而去。

為他生下繼承人馬帝的唐荻姬死了，一塊美麗的踏腳石粉碎在G七十九區域。她的墓碑種植在盧卡斯心中。

失去下落的妲·塔特兒如果沒有和田宮元帥一起戰死，也會在大甘姆的集中營喪失生命，帶著錫利加給她的啟示一起埋葬在死亡的基爾世界。

保護盧卡斯、創造他第二生命的克里斯多娃，因為政變前夕擔任國會副議長的盧卡斯和王抗的結盟而被流放到陰冷的宇宙中。

盧卡斯必須這麼做，因為任何強大的政敵都無法阻礙他再生的野心，除了他的保護者克里斯多娃。當他決定這麼做的時刻，他也決定不再見到克里斯多娃；在失去妲・塔特兒之後，原本不再有任何事物可以感動盧卡斯，但是克里斯多娃迫使他覺得軟弱，遲疑，迫使他不願意看到她面對巨變時的神情。盧卡斯真的沒有再見她，但是沒有什麼差別，克里斯多娃變成荒原的臉龐自動浮現在盧卡斯的意識中。

那是最後一次。

最後一次因為做出了可恥的決定而讓盧卡斯相信自己的可恥。

◁

盧卡斯的車隊打出一系列燈光密碼之後，停靠在砂原中的一棟觀測所前，接應的武裝人員即刻現身。

這是一棟廢棄已久的觀測所，三層樓高的低矮建築呈現荒涼的感覺，暗灰色的圓盤形塔台經過沙嵐長期的吹襲，原本晶亮的表面被磨蝕得凹凸不平。

已經有上百輛車子停放在陳舊的建築前方。

即使只有一小段的路面，盧卡斯和阿部都在車內戴上了防塵面罩才踏出車門。走出車廂，即刻聽到砂粒擊打車身和建築的聲響，有點像是地球熱帶地區的雨季，那種暴雨轟炸森林的騷動。

阿部信一推開一扇失卻動力的自動門，盧卡斯尾隨在後。其餘的隨員舉槍械衛戍在建築周圍。

裏頭仍然有人接應。盧卡斯和阿部被護送進入一架載貨用的大型升降機；這架古老的升降機，必須發出一陣令人毛骨悚然的噪音才會緩緩下降，不一會兒又像是被樹枝刺入腳底的大象一般，發出劇烈的嘶嚎和震動。盧卡斯摘下防塵面罩，凝視升降機鐵柵外不斷往上挪移的各種鋼條、索纜和剝蝕的建築內壁。

這座廢棄的觀測所，地表上只見三層，地表下卻有三十層的容積。其實這棟隱埋的建築主要用途是為了預防新麗姬亞突襲而設立的貯存站。

地上三層建築有兩項主要功能，一項是觀測砂原風暴，另一項則是連接奧瑪星上空的偵測衛星，提供新麗姬亞帝國軍事動向的早期預警訊息和軍情研判資料。現在地上建築的儀器和設備早已搬遷一空，剩下的只是堆滿砂粒的廢棄空間。

◁

盧卡斯隔著鐵柵注視廢墟一般的升降機甬道。

「你沒認真想我的問題。」問話的同時，盧卡斯的目光轉向阿部。

阿部沒有卸下他的防塵面罩，盔額的部位閃爍著一小排垂直羅列的白色燈號，表示厚重的面罩仍在執行迷你維生系統的功能。盧卡斯無法看穿面罩，也無從得知阿部的表情。

升降機轟隆震動了一下，暫時停頓下來，阿部在按鈕盤面拍打了幾次，升降機又開始運作，B2、B3……。

「你不該懷疑我的，」阿部隔著面罩的聲音充滿壓抑和鬱悶的氣息：「盧卡斯，這麼多年來連沙德也不利外，人人稱你沙庫爾大人，只有我能夠在私底下叫你的名字。」

「把你的面罩摘下來。」盧卡斯望了望升降機天花板上迷濛的青色燈光。

阿部從命卸下厚重的防塵面罩，削瘦的臉龐在燈光下照映得慘綠一片，在他凹陷的眼眶和平扁的鼻翅下方，黑色的陰影勾勒出奇特的紋路。

「除非有人誣陷？」阿部純黑色的瞳孔凝縮成兩個驚恐的黑點：「如果沙德沒有留在力王市，他馬上就可以為我做證。」

盧卡斯用右手扶靠斑銹的柵欄，刺癢的感覺竄入他的掌心；他用剩下的另一隻手在利休灰色的上裝口袋裏掏出一條黑色絲綢手帕，輕拂身上沾滿的砂塵。

「為什麼你要逼迫我？你瞭解波哥，波哥的情報從來沒有誣陷過任何人。」

盧卡斯有點像是喃喃自語。

B5、B6、B7……，升降機繼續嘎嘎下降，藍色的樓層指示燈總在每一個數字碼上停滯了半晌才不甘願地跳到下一個數字碼上。

阿部開始懷疑：這座升降機不是通向祕密的底層會議室，而是直楞楞地通往地獄的方向陷落。

「你是指錢？那件軍售案？」阿部的眼眶閃耀淚光：「頭子，我以為那是一筆小款子，只不過十幾億奧瑪幣而已。」

B9……，盧卡斯的右手在柵欄上滑動了一下，一些銹屑在綠色的反光中飄零剝落。

「錢？」盧卡斯怔住了，但是他馬上恢復了冷漠的表情：「你不說，我還不曉得這回事。」

阿部感到頭皮發麻，睪丸急遽地往腹腔中收縮；連聲帶也不聽使喚了，他的回答充滿顫抖：「你指的是……」

「嗯？」盧卡斯偏頭等待阿部說話。

「如果你說的是蘿拉，那絕對不算背叛你，」阿部有些不正常的亢奮起來：「你甩了她以後，我才揀了來。」

盧卡斯的嘴角湧現了鄙夷的微笑。

「真的！」阿部不自覺提高音量：「你和蘿拉在一起的那兩星期，我連正眼都沒看過她。」

「蘿拉的技巧好嗎？」盧卡斯掏出他專用的特製紙菸。

「如果你還喜歡她，」從不抽菸的阿部拿出打火機，連扣了三響，微弱的火苗才竄出純金質的機身：「我立刻和她說清楚。」

盧卡斯把煙霧徐徐噴到阿部沮喪的臉龐上。

「你不會為了一個婊子而清除我吧？」阿部的淚水沿著面頰滾落下來。

「我根本不想知道你和蘿拉怎麼攪和；蘿拉的事請你自理，與我無關，」盧卡斯的面頰抽搐著：「波哥告訴我的不是這個。」

阿部踉蹌幾步，整個人靠上污損的艙壁。

B12、B13……。

「沒有了，」阿部是個被責罰得喪失心神的孩子：「我沒有其他的事情瞞著你！波哥只是一隻怪物，會犯錯的怪物。」

盧卡斯又噴出一口煙霧，一團揮舞青色爪牙的虛幻怪獸，兇猛撲向滿頭白髮的阿部。

「你還來得及。」盧卡斯老神在在，瞥了數字鍵盤一眼。

「我派了人到星務院當臥底，」阿部打了一個哆嗦，他的聲音虛弱得像個瀕死的老人：「我不是故意不告訴你，我只是想利用反間手法弄清楚力王當局的弱點。」

「喔？」盧卡斯眉毛一揚：「原來你準備和王抗聯手？星務院倒是絕佳的橋樑。」

阿部的眼珠差點脫眶而出，他極度後悔自己在盧卡斯的心理戰術下說出不該說的話。

「星務院是主流系統的核心機關，總得有些明確而具體的情報，」阿部的胸部起伏猛烈：「同時我還必須確定大統領最近的動向。」

盧卡斯搖搖頭：「我早已明瞭。這也不是我想要問你的。」

阿部覺得眼前一片昏黑，升降機就要接觸到地獄熾熱的表皮了。他吞嚥口水，感到舌頭肥大，不曉得自己為什麼突然失常。

「我不曉得，」阿部說：「我不曉得……」

「為什麼每個人都會忘記自己做了些什麼？」盧卡斯把大半截菸身丟擲到阿部腳下。

「我愛你，盧卡斯，」阿部哽咽著：「我做的一切事情都是為了你。」

「這就是問題的所在。」盧卡斯拍落手掌上的塵埃：「可是你的所做所為卻越來越不像是為了我。」

「我愛你，盧卡斯。」阿部的身軀緩緩下移，他的膝蓋失去了感覺，他不知道盧卡斯還知道多少，還想套出什麼樣的話，他只知道盧卡斯會怎樣對付背叛他的人。

B18、B19……。

「時間不多了。」盧卡斯向前跨了兩步，大大的兩步，使得阿部必須仰著頭才能窺視他主人的龐大陰影。

「我什麼都沒有！」阿部近乎嘶吼：「你為什麼要這樣傷害我！」

「阿部，如果你再不說實話，」盧卡斯的黑影沒有表情：「我就不得不做出一些讓自己難過的事情。」

「我會把大陸航空公司的股票交出來，」阿部聲嘶力竭地說：「還有獵龍星的軍售款。我承認，我侵吞了你一百多億的股票！」

「喔？」盧卡斯轉身背對阿部，背對他無助的哭泣。

「求求你，盧卡斯，」阿部哭喊著：「我不該貪心！」

B21……。

「你剛才說的每一件事情我都不想知道，知道了我也願意視而不見。」盧卡斯幽幽說：「我要問的是，你為什麼要和唐光榮接頭？」

盧卡斯轉身，滿臉哀悽，他終於看見阿部信一軟弱無助的跨間滲出黑色的尿漬。

盧卡斯知道了最後的答案。

最後的答案總是令人感傷。

盧卡斯從利休灰色的上裝內袋掏出一柄金質的手槍，一柄古老但是實用的典雅武器。

阿部的嘴唇顫抖著，他發出的聲音卻粗濁如泥沙，他的表情似乎是在理解自己命運之後突然無視一切的傲慢。

「盧卡斯，」阿部雙臂支撐著身體站起來，背脊貼著艙壁滑動，使得他的掙扎顯出滑稽的悲哀：「不管怎麼說……，這是我一個人的事情。」

盧卡斯撫摸著金質的槍管，他發現黃金是最高貴、最古老也最庸俗的貴金屬，黃金代表著純美的欲望，如今卻令他聯想到令人無法信任乃至鄙夷的友誼。

「你為什麼沒有想到後果？」在盧卡斯流宕著綠色燈光的臉龐上看不出任何情緒：「如果你想到你的兒子，想到你的女人們，為什麼沒有想到我。」

「安娜在他們的手上，」阿部說：「我沒有辦法，他們找到了安娜。」

「數十年沒見了，」盧卡斯微笑：「你相信那個安娜是真的？你相信被留在基爾的女人可以活到今天？」

「如果是妲．塔特兒呢？」阿部哽咽著說：「你會、你會怎麼做？」

「她已經選擇了命運，」盧卡斯回答：「安娜也是。」

阿部沉沉咆哮了幾聲，他像是充滿憤怒的一頭獅子，而那些憤怒化成了稜角銳利的石頭，在他的胸腔中隨處割劃、擠壓，直到臟器都化成一團團的肉糜。

盧卡斯把金質手槍丟擲到阿部腳下。

槍身撞擊升降機金屬底部，清脆的聲音迴盪在垂直的隧道中。

「撿起來。」盧卡斯疾聲說：「阿部，自己把槍撿起來！」

阿部看看盧卡斯，看看地上閃耀生輝的槍身。

B25、B26、B27……。

「在我們到達底層之前，你還有機會。」盧卡斯的雙瞳緊緊盯住阿部遲疑的表情。

阿部緩緩彎腰，抬頭忘了盧卡斯一眼，他的右手即將觸碰到金質的槍身。

「撿起來，」盧卡斯大吼：「撿起來，你這個混蛋，你不是要救回安娜嗎？你不是想用我的命去換取安娜的幻影嗎？」

阿部緊緊握住槍柄，顫抖地指向盧卡斯。

「開保險！」盧卡斯用凌厲的眼神和口氣命令阿部。

劇烈的喘息，阿部的右手食指按下了第一道扳機。

「開槍啊？」盧卡斯張開雙臂，正對著阿部毫不掩飾地挺出微突的腹部，「你開槍啊？」

阿部全部的顏面肌肉扭結痙攣，眼白中充斥血絲，他發出低沉而恐怖的哭泣。他的雙手幾乎連一柄手槍也握不住。

阿部突然將手槍塞進自己的口腔中。

咔喳一聲，沒有槍聲，阿部也沒有倒下去，他再度露出迷惘的神情。

噹一聲，升降機已經抵達地下三十樓底層。

兩道鋼門沙沙地相繼升起，室內熾亮的光線將升降機的鋼柵一道道投影在阿部迷惘的神情上。

盧卡斯轉身，幽然面對緩緩拉開的柵門，他的眼睛一時也無法適應一片潔白的強光；但是，那傲慢的笑容依舊雕鏤在他寬大的臉龐上。

開敞明亮的地下會議室展布在眼前，橢圓形會議桌上坐滿了一百八十名穿著鑲金領白色長袍的男女，多數是地球移民，其中也間雜著幾個獵龍星人、包希亞星移民和奧瑪土著蟹形人，會議桌前的壁面上鑲嵌了巨大的金質正六邊形徽章，徽章正下方的高背椅空著等待盧卡斯。

室內飄揚著錫利加的音樂《神獸考》，夢幻的神獸奔竄在綺麗的音符間。

侍者捧奉銀盤上的繡金紫衣迎面走來，一個美麗的少女將那件外衣披上盧卡斯的肩頭。現在，他是錫利加教的總執法沙庫爾。所有端坐的一級「追隨者」同時起立，在那些白袍下，包括了舊大陸軍團總司令可必思、奧瑪最偉大的聲樂家巴巴提葸、包希亞星移民領袖布葛布痴、自由市長金田一克洋、星際筆會會長余意我、奧瑪首富包承天……。

盧卡斯沉著地走到他的座位前，環視著他的「追隨者」，他不再相信任何人，他只要他們相信他背後的正六邊形象徵，一股泉源不絕、無與倫比的曠世權力。

新大陸

童年永遠漫步在失去的故鄉，
稚嫩的跫音敲響懵懂的午夜。

夢是一個顯示力量的場所；
在夢的磁碟裏，
歷史跨越了無數世代，
進入不同的個體，
展示未來的悲劇。
深沉的睡眠，
流離的星體和機械殘骸
在永遠無法抵達的宇宙角落默默殞滅。

從扁平的磁片內，
看到了流離的符號
在眼淚中折射；
聽到了不可解讀的囈語在耳室迴盪。
終於戴上那副烤得通紅的假面，
再也脫卸不下扭曲糾結的疤痕。

隱藏的歲月埋伏在喘息的石階中，
問題是爬升的瞬間如何同時抓住滾落的事物。
遺失詩心遺失了夢的磁碟，
若虛若實的迴音在樓身裏沿著扶欄滑落，
靜靜蹲踞在階梯間想像世界傾斜的角度；
樓頂的歌自太古以降世世代代向地心淌流，
抬起頭顱瞻望不見光也淪喪層次的黑闇，
那跫音空洞地在新世紀裏褪成片片腐葉。
記憶如同一枚準星鮮亮地穿透視野，
一階階朝天拔升攪碎了整片星空。

◁

王抗一向是一個虛心的人，至少他在公眾場合和電子媒體前看起來像是一個虛心的人，對於他的部長們如此，對於他大部分的擁護者而言也是如此。

其實，王抗決定要做的事情絕對沒有人可以更改，但是他不到最後關頭從不硬幹，他不是詬天而呼的那種類型，從不為了一時口舌之快得罪了他的親信和擁護者，因為他知道自己雖然貴為奧瑪星大統領，卻不是一個地位鞏固的領導者。

三個奧瑪年【按；折合地球紀元七年六個月】以前，終身制的奧瑪星大統領克里斯多娃在執行四十餘年「對外武裝中立，對內開明專制」的「中道」政策後，因為精神分裂而被多種族議會驅除到小游星上。王抗和當年的國會副議長沙庫爾密謀篡位多年，終於在克里斯多娃被政治陰謀構陷流放之後成為繼任者，被舊勢力嘲弄為「雛雀習飛」的大統領。

沙庫爾，另一個引起奧瑪星居民兩極反應的政治鬼才，他從來不曾公布過自己四十歲以前的經歷，但是錫利加教在奧瑪星的發展卻是沙庫爾一手導演的重大事件。

除了信徒們之外，人人心知肚明。因為傳說中的錫利加已經死亡卻還沒有復活，身為教會總執法的沙庫爾憑藉著他在商業方面呼風喚雨的能力而積極擴張他的宗教事業，他又憑藉著宗教的影響力而以創造黨的黨魁身分登上政治舞台，成為國會副議長。在王抗的不流血政變中他以幕後企畫者的功勛而成為奧瑪星的副統領。

三個奧瑪年的時光經過，非但不是什麼新紀元的開展，反而使得奧瑪星的高層政局分裂為三大集團，相互抗衡。大統領王抗和星務卿施施兒得到國會中兩成的效忠力量，並且結合了中生代的政客和工會領袖，意圖自成格局。擁護克里斯多娃並且暗中進行復辟計畫的國會議長賈鐵肩，雖然未曾公然侮辱大統領王抗，但是他摩厲以須、心懷不軌，聯合了舊貴族、新興資本家、中央檔案局和首度衛戍團，並且掌握了國會中五分之二的席次，迫害錫利加教徒的行動在三個奧瑪年間化暗為明，將沙庫爾和他的黨徒們逼迫到舊大陸。

至於沙庫爾，他的辭呈仍然被一座鏤刻奧瑪星圖案的紙鎮壓在大統領府辦公室中那張紅木桌上。將近兩個奧瑪年的時間，沙庫爾無限制地休假，在舊大陸首府自由市附近的別墅遙控國會中三分之一的議員和新舊大陸上那些隨時可以為理想獻身的錫利加教徒。

在這種三分鼎立的狀況下，王抗的日子表面靜如止水，其實在驚濤駭浪中度過，另外兩個人也不見得好過。沙庫爾如同被斬斷了一臂，遠離大陸首都力王市的權力中心，但是他的潛勢力仍然穩固不搖；而賈鐵肩則徹底掌握住力王市的首都衛戍團，讓奧瑪大統領天天都呼吸著賈家班的廢氣。

但是賈統領不能輕易撥動王抗一根毫毛，如果賈鐵肩撥動了王抗一根毫毛，那麼小游星上的克里斯多娃斷無生機，因為軍方主流派一直是王抗忠誠的擁護者；而且一旦王抗被殺，舊大陸的沙庫爾就有充分的理由策動被錫利加教充分滲透的舊大陸軍團宣告獨立，掀揭長期內戰的序幕；如果加上新大陸上錫利加教分子的顛覆活動以及軍方主流派的野心抬頭，賈鐵肩控制下的首都衛戍團隨時都會面臨四面開戰、殆盡全滅的危機。

想修理賈鐵肩的人可真不少，自王抗繼位之後，已經出現了四十八次的暗殺行動。不過，層出不窮的「刺賈案」只有七件是未遂，而且清一色是由錫利加教徒以「個人行動」方式進行的政治暴行；至於其餘四十一件，據說都是賈議長清除異己的冤案。

在這種奧妙的情勢中，王抗相信遠交近攻的方法是讓自己突圍而出的唯一良策，他決定親身遠赴舊大陸巡視，這意味著他決定要和神祕的沙庫爾恢復當年的結盟；當然，表面上的理由只是希望安撫不安的錫利加教徒。

關於王抗東巡舊大陸的計畫，謹慎而精明的星務卿施施兒這麼說：「大統領，您得慎重考慮此行。」

王抗溫柔地微笑：「是的，施施兒，我已經慎重地考慮過了；但是為了我們的友誼，你還得說出看法，說出你自己的看法。」

施施兒鎖住眉頭，臉色凝重：「現在局勢混亂，至少還可以在表面上保住大家的尊嚴，錫利加教的問題並不是那麼迫切，您此行卻等於向賈鐵肩那個老賊正式宣告破裂。」

「賈鐵肩有他一套想法，除了那些和伊蓮蟲一樣華而不實的舊貴族們，全奧瑪星只剩下他一個人和克里斯多娃『心電感應』，」王抗注視著坐在原木茶几上撫弄頭髮的施施兒：「我正在等待他，等待他在我面前動手。」

施施兒的眼皮在跳，一時想不到解除雙方不安的有力說辭。

王抗用潔白的雙臂把精赤的上身撐起來，粉紅色的床罩下幽幽鑽出一個金髮齊肩的妙齡女郎。她瞄了施施兒一眼，毫無顧忌地讓那對木瓜般的乳房剝離絲綢錦繡的被面，接著是光潔滑膩的背脊，以及皎如月星、寬闊細嫩的臀部。

她像一隻小貓般翻越王抗的身軀，伸手在茶几上取菸。施施兒不但看到她大腿上緣那叢顛覆人心的恥毛，也看到了那對倒掛在肋骨上搖曳生姿的熟果，他不得不閉上雙目，一股翔泳盤纏的體臭又竄入他的鼻腔。

那是混雜了女性誘人肌膚和敏感地帶的神奇氣息，經過性高潮之後那些溢出毛細孔的黏膩汗水和愛液在肌膚表面乾燥，隔夜以後又因為悶裹在被單裹的體溫而微微蒸薰玄騰的梔茜氣息。酸中帶甜，又夾有微微的辣味和鹹味，如同雜混了奧瑪伏特加、小茴香酒、紅茜粉和萊姆汁的「奧瑪同志雞尾酒」。

睜開眼睛，施施兒發現女郎已經翻回原來的位置，橫展著白皙的軀體，宛轉蛾眉，徐徐吐煙，而王抗則盯著自己的星務卿，施施兒不禁有些靦腆，其實他圓滾滾的面頰已經泛起淡淡的紅暈。

王抗保持著溫柔的微笑，雖然他擁有糾結的胸肌和緊繃的小腹，但是那張似乎永遠不染煙塵的俊美臉龐，如果不是尊貴的衣飾，他在奧瑪人眼中看起來絲毫不像是個星球主宰，他更像是一個偶像級的演員。

王抗知道，施施兒在這樣的場合多少是有些壓抑的。

王抗知道，齊肩金髮的女郎勾動了施施兒的欲望，光是現場那副軀體已足以令一般的男性情不自禁、鬆開控制輸精腺的肌腱了，何況是那種無睹一切的漫不經心，那種無視他人存在的自在，最足以令男人恨之愛之、銷魂蕩魄。

王抗更知道，施施兒真正無法忍受的是王抗本人。王抗天生魅惑眾生，他是女性與男性交疊的神奇生物，絕對的男性和絕對的女性融合成王抗臉上的微笑，魅惑的微笑。

當年的大統領克里斯多娃所以失敗、所以被放逐到小游星上，就是因為她捨不得殺王抗。捨不得，就是來不及捨得，結果就是捨得也來不及。

儘管王抗的政敵嘲笑他出身孌佞，但當年的王抗的確是因為自己的頭腦才登上副統領的位置，他仍然因為自己的智慧而罷黜了克里斯多娃；到了今天他可以恬靜安然躺在這張奢華的床上，這表示他自己不是靠臉蛋兒來統治他的世界。

他啟用了施施兒，一個從來沒有在法庭上輸過的律師。這是王抗的過人之處，他知道施施兒能夠做什麼，又知道他在想什麼，那就夠了。

施施兒對於金髮女性的迷亂心緒，那不過是一時慾搖意動，施施兒真正戀慕的是王抗，一個讓男人和女人都無法捨得的偶像。施施兒自己成了王抗戲耍的禁臠而不自知，又或許他自知而心甘情願？

只要王抗的政權能夠維持下去，施施兒就會赤忱護守著王抗的尊嚴；一旦施施兒踰越了肉體的界限，那麼也象徵這個權力結構的主軸已經面臨最後崩解的階段。因此，施施兒在王抗身邊空有滿腹欲望，卻只能扮演一匹沒有生殖能力的騸馬。

愛情，不論發生在男人與女人之間、男人與男人之間或者女人與女人之間，這表示兩者原有的世界必將不復存在，兩者原有的關係也會即刻崩壞。當部屬和長官發生性愛關係，那麼部屬和長官之間的定義將會發生本質上的變化；當老師和學生衝破了倫理的界域之後，那時學生不再是學生，老師也不再是老師。

王抗的智慧，在於他不會讓施施兒得手，他永遠將施施兒當成自己麾下最重要的第一號人物，當成可以信任的親密摯友；王抗可以毫不避諱地在施施兒面前和另一個男人、另一個女人或者一羣奴僕共同嬉樂淫戲，他讓施施兒嫉妒，他讓施施兒信仰，他只是不讓施施兒竊走他的靈魂。

也許，施施兒是這顆星球中最聰明的人種之一：一個雙性人，一個同時擁有男女性器的慾魔，然而那有什麼區別，只要他能夠為他的主人控制大小場面。相對地，王抗所要做的，只是維護施施兒的地位這麼一樁簡單不過的事。

女郎鑽回被窩裏，豐滿的身材隆起了絲綢的被面，她輕柔地在黑闇和溼悶的被窩中像頑皮的貓咪般竄動，溫馴地舔舐她的主人。王抗呻吟一聲，生理的亢奮使他更加清醒。

「我總是聽你的，」王抗對施施兒說：「但是你可以試著聽我一次。」

「賈鐵肩是一回事，賈鐵肩控制的首都衛戍團又是另一回事，」王抗的愛慕者施施兒忍住腹中翻攪的欲望，低抑著感情說：「衛戍團的團長賈敏這傢伙，畢竟是賈鐵肩的親姪子，雖然我已經匯了五千萬法幣進賈敏的戶頭，但是五千萬只能讓賈敏遲疑一個小時。」

「那麼，」王抗的身體出現微微的悸動：「我們再買他幾天時間。」

「大統領，萬一賈鐵肩這個老賊接替了您的位置，」施施兒說：「那麼賈敏可以直接拿到國庫的空白本票，想簽幾張就簽幾張。」

王抗推開了被窩裏的女郎，在床頭櫃上抓起一條浴巾，以優美的姿勢圍上腰際。

「我們總得負擔一些風險；和談買賣一樣，沒有風險就沒有政治。」王抗跳下床鋪，走到小吧台前倒酒。

施施兒凝視那令他神魂飄搖的軀體，沉默了半晌，才沉重地開口：「沙庫爾值得信任嗎？」

「我不信任。」王抗轉身。

「那麼……」施施兒睜大了眼睛。

「我信任你。」王抗拿出一包藥丸，用酒服下：「你留在力王市，只要你在，我就有退路。」

「遠慮隨時都會轉變成近憂，如果沙庫爾挾持您，」施施兒說：「我怕的是這個，到時候賈鐵肩可能趁機奪權，我能直接控制的武力只有大統領府的三百名衛士和星務院的一營法警，頂多加上警政總監直轄的三中隊武警。賈敏的衛戍團在十二小時之內就可以全面接管力王市。」

「我不到舊大陸尋幽訪古，他們等不及了一樣會拿克里斯多娃當藉口向我們動手，」王抗繼續倒酒，藍色的汁液勃勃自鶴頸瓶流淌到半透明的夜光杯中：「我被『籠城』在這裏已經很久了。施施兒，再不想點辦法，不等賈鐵肩幹我，我就神經錯亂了。」

「這次的十八名閣員中，我們讓出了七席給賈鐵肩的派系；」施施兒仍然試圖說服王抗：「每年他都在國會議員身上投下足以建立一個A級城鎮的鉅款，這表示那個老賊仍然想以和平的方式奪權。」

「難說。」王抗搖搖頭：「內政、國防、外交和財政四大部都不在賈鐵肩手中，你以為那個野心家會因此滿足嗎？」

「先不說姓賈的老賊，沙庫爾這個人，」施施兒正色說：「他就是基爾星的末代總督盧卡斯，當年就是他背叛了唐光榮起家。何況目前錫利加教的發展趨勢，根本已經朝向武裝暴動的方向發展。賈鐵肩這個老賊雖然是我們的首要威脅，但他是我們所能清楚掌握的威脅，我的電腦可以量化分析他的任何動向。沙庫爾卻不，我和我的電腦一樣不瞭解沙庫爾。」

「你從來不做沒把握的決定，」王抗撫摸自己長出短髭的下巴：「所以，我們不就得永遠困守在力王市裏。」

施施兒把眼光投向床上的女人，像是一具磁像般靜靜橫臥的女人，他沒有再開口的欲望。

「何況，唐光榮願意支持我。」王抗拿著遙控器走到臥室另一道牆壁前。按下按鈕，佔滿整面牆的性愛浮雕緩緩分裂開來，透明的玻璃後是力王市的鳥瞰景。

「遠水救不了近火，何況唐光榮永遠是個商人；蛇兔聯盟，後果不堪設想。」施施兒說出重話，他繼續勉強自己開口：「您也必須注意，我們奧瑪星的傳統。」

「奧瑪星的傳統？你是說『外交中立』？」王抗露出鄙夷的神色：「那是克里斯多娃那個時代的觀念了。」

「不能把奧瑪的外交政策和克里斯多娃的政權混為一談，」施施兒說：「以奧瑪目前的形勢來說，和一百年前沒有什麼不同，做為一個經濟轉口中心，我們必須在兩大之間的夾縫求生存，中立是獨立的前提，也是繁榮的基礎。沒有繁榮的經濟我們就沒有星際發言權。」

王抗木然望著力王市的景觀。一對戰鬥直昇機在遠方巡弋，緩緩地穿越他的視域。

施施兒走到王抗的背後。

王抗那赤裸的背部光潔滑膩，緊繃的肌膚蒸散出一股男性的氣味。

施施兒有股衝動，想要伸手觸碰那魅惑的肌膚，但是他畏縮了，他在玻璃反映的影像中看見了王抗燃燒的眼神。

落地窗外有什麼呢，鬱藍色大氣籠罩下的龐碩城市，一波波S形的抗砂暴式建築，如同凝固的浪，癡癡地凍結在蕭瑟的氛圍中。

奧瑪是一個沒有冬天的星球，這顆星球遺失的冬天移轉在每個生命體內默默繁殖，漫長得過不完的秋日，失去了力量的力王市，毫無作為的大統領靜靜注視窗外。

施施兒的淚光，潓散在大統領的背上。

◁

王抗望出去，透過透明的屏障，他看到的是一片真實的波浪，汪洋浩瀚；或者說，他看到的是他想像中的真實波浪。

他想到童年的片段。一個十歲的孩子為了逃亡，坐在陳舊的浮軌車廂中，在無邊際的黑夜望向一片漆黑的窗外。

睡著了又醒過來，坐在車廂裏夢見自己坐在車廂中，夢和醒之間環環相套，卻重複著同樣的內容，彷彿那幽暗而滯悶的車廂，是一座永遠無法掙脫的牢獄。

他緊緊握住胸前的項鍊墜子，那塊紫色的廉價晶石穿鑿了精巧的多巴哥圖案。其實那是一個中空的盒子，裏頭只能容納一小撮灰燼，那一小撮灰燼正是母親的肉體。

當王抗寒冷的時候——事實上進入列車以後他總是感到寒冷，寒冷得整個意識都凝縮成一個有位置而無體積的黑點——他就握住那枚乘裝著母親骨灰的項鍊墜子。

似乎那一小撮骨灰永遠保留住了烈火焚燒之刻的高熱。紅色的焰心儘管緩緩黯淡，在骨灰中仍然寄生著充滿回憶的炯炯光華；似乎只要緊緊握住了它，童年不存在的幸福就會瞬間從中湧現了出來。

在陰冷的車廂中，十歲的王抗握住裝置母親骨灰的合金墜子，窗外是一層又一層急速流失又急速補充的黑夜。一個身材魁奇、渾身散逸著噁心惡臭的男人大剌剌地叉開雙腿坐在他的身邊，整個車廂中除了王抗之外唯一的乘客，他那件多米扎瓦式的翻毛外套黏滿了灰塵和乾涸的污漬。當巨大的男人沉沉睡著，他的意識進入另一個無法標識的世界，便將笨重的身軀不自覺地壓上王抗瘦弱的肩膀。王抗用力掙扎，巨漢懵懂睜開眼睛，滴出唾液的嘴角朝向身旁的小孩童浮露友善的微笑，然後又沉沉睡去，抑鬱的鼾聲，為不可知的未來擊打著拍子。

很多年以後，那列自奧瑪新大陸南方往星都力王市緩緩行駛的浮軌車仍然出現在王抗鐵銹色的夢裏。

鴿羽灰色的車廂被那些寒磣的旅人當成公共畫布，充斥著各種顏色的符號，有的用漆筆勾勒，有的用噴罐塗染，有的用口紅抹畫，椅背上，車窗上，艙壁上，到處都是一些令人難堪的髒字眼和不可理解的無意識的圖案。

一排排不規整的塗鴉連接在車廂兩側，就連車頂也被無名藝術家畫滿了奇異的人面，一個銜接一個，圖案化的人類臉孔連鎖層疊，不同的膚色、不同的人種，他們在車廂頂部傳遞著奇妙的表情。每當王抗抬頭凝視車頂的那些頭像，就會感到一種莫名的視覺壓力。一模一樣的人頭，濃厚的眉宇、強而有力的下顎、磐石般的唇角，以及面對死亡般的眼神。

艙內的塗鴉令他想到母親傳述的夢獸族傳說。

那些神祕的夢獸族就生存在人群之中，雖然奧瑪星政府在一個世紀以前便宣稱夢獸族早已經是支滅絕的魔種，但是民間仍舊流傳著夢獸族的誌怪故事。他們能夠幻化成各種形體，出入於各種環境，洞悉人類的思維，控制他人的意志。

最可怕的、也是被扭曲誇張得最離譜的部分，是所有的夢獸族都被視為貪求無饜的慾魔，他們可以任意變幻偽裝，甚至成為戀人都無法區別的人形模樣，因此，他們可以輕易地侵入人類的家庭中，取代他所殺害的人在家中的地位，進而佔有了一切的幸福。

傳說中的夢獸族是沒有性別的，當他們尋找男性時將自己變化為女性，吸取珍貴精液；然後又變化為男性的肉體和女性盡情歡愛性交。他們無法製造精液，卻能使用這種方式來製造後代；換言之，他們使用人類的受精卵來誕生自己的後代，他們給予後代的基因只是「會變化的意志」。

這些無稽之談成為每個奧瑪孩童所熟知的床邊故事，似乎沒有任何一個教育專家指出這些奧瑪土產的民間傳說對於幼童人格的成長是否總會造成不可挽救的永久傷害。夢獸族的故事常常使得孩子們連自己的父母都感到懷疑和驚懼。

但是，王抗自母親口中聽到的夢獸族故事，和新大陸北方所熟知的版本是大相逕庭的。也許因為他的母親是久居南方的地球移民後裔，也許因為他所知道的差異完全來自母親源源不絕的想像力。

王抗知道的夢獸族則是一群悲哀的流浪者。他們一方面可以化身萬物，同享眾生內在的喜悅和挫折，另一方面又必須逃避仇恨他們的人類無所不用其極的追擊捕獵。

他們為了默默地生存下去，世代相傳告誡，不再張揚變身的本領，也不再凝結成群、形成獨立的社區，他們進入人類的社會，靜悄悄苟活下去。

每當王抗聽到母親的敘述時，幼小的心靈也出現了哀愁的感覺。當他還沒學會「哀愁」這個詞彙的時候，他就知道那種感覺，從母親眼神中流溢、映現出來的那種感覺。

坐在那列冰冷的列車中，失去了母親的王抗開始意識到更大的恐怖，那就是母親為什麼會充滿對夢獸族的同情？這個懷疑開始只像是一滴匆匆滑落的雨水，只是一枚小小的逗號，但是卻不斷擴張著音量，直到響亮如大鐘洪鳴。

王抗無法接受自己的母親或者從來不曾見面的父親是夢獸族，他無法容忍自己的一生成為被嫌惡、被踐踏、被捕獵的對象。

在新大陸南方的海港城市中，王抗童年居住的貧民窟在舊港二十七號碼頭的正後方。三十公里直徑的區域，是奧藍多港面積最大的貧民窟，這片地區相對於稱呼市中心精華的「紅區」稱呼，所有奧藍多港市的人們都叫這一帶為「綠區」。

「綠區」位居舊港發源地的核心區域，被奧瑪原住民盤據的「黑區」、麗姬亞移民盤據的「藍區」和南方貴族居住的「紅區」包圍了「綠區」。居住在「綠區」的居民，多半是從基爾星和其他地球移民邦移民來的地球人後裔；不過，和清一色由麗姬亞人佔據的「藍區」不同，在「綠區」中地球後裔只佔據百分之六十五的人口，其餘的居民則包括了其他遠渡光年而來的各種異星人。強悍的獵龍星人和包希亞星人橫行在這個區域中，每天都會發生地球人幫會和異星幫會之間的街頭戰鬥，為了「愛氣」、「波菲爾」【按：一種中樞神經麻醉劑，與「愛氣」均列為奧瑪星管制品】、「火鳥」【以百磅「波菲爾」才能提煉出一磅的珍品】以及地下錢莊的爛債而互相殺戮。

「綠區」沒有警察，幫會就是警察。

當藍黃交間的黃昏一層層降下黑闇的地平線，盲目的殺戮將會無端展開。伊蓮蟲在大氣層中拉扯一道道閃逝的亮光，一群群由拼裝車開道的幫會人士展開了他們的武裝巡弋活動。

在整個「綠區」的每一個角落，終年可以聽到爆炸和屋宇崩潰的震響，也沒有任何具備普通嗅覺的人可以逃避得了南路西海無時不刻飄來的濃郁腥味。

出沒著時間龍的南路西海充滿了普通而親切的腥味，就像是踩踏進滿地腐臭魚屍的市場一般。事實還得嚴重百倍，那深紫色的海洋彷彿就是一具軀體巨大無邊的海蛩，太古時代就餓死在陸地的周圍，千萬年來不斷蒸散出腐敗、死亡的不朽氣味。

住在「綠區」的人們，個個都已經習慣於目睹死亡，呼吸南路西海那普通平凡至極的恐怖惡臭，並且泰然面對命運的輪盤。

王抗熟悉的故鄉，完全不屬於奧瑪奇蹟的一部分。這是任何外星域來的觀光客都不被允許進入的「綠區」，進入了就再也不可能離開的「綠區」。

六歲的時候，他眼睜睜看著六個壯漢衝進他和母親居住的閣樓，當著他的面毫無理由地輪暴了黑頭髮的母親。

「去廚房，」當母親被壯漢架上那架古老的奇本德爾長桌時，她仍然用鎮定的語氣指揮著王抗：「乖孩子，到廚房去。廚房有新鮮的乳酪！」

他沒有動，一步也挪動不了，他遺忘了自己的哮喘聲，睜大眼睛看著母親被按在長桌上。她無法掙扎，根本沒有希望，面對不可抵抗的暴力，令人一開始就放棄了掙扎；接著她放棄了指揮她的孩子躲避這種難堪的場面。無端的惡劫，從頭至尾，母親的黑髮披散，眼睛睜大著，完全不曾閉上，連眨也不曾眨一下。

「黑頭髮的臭婊子」、「小淫婦」……王抗聽到各種咒罵和喘息的聲音，邪惡的呻吟，然後他聽到他家唯一的一張桌子崩裂垮塌的聲音。

他迷濛的視覺一直凝注在大漢們為所欲為的醜態。

那種無助的經驗不能以痛苦二字形容，任何悽苦的詩人也找不到適當的修辭。王抗記得他們每一人顏面的特徵、呻吟的音調，那些醜陋的軀殼，如同魔鬼般的動作，深深地烙印在王抗的心靈中。當他沉默地在破裂的桌間扶起全身血污的母親時，他仍然看見了母親的微笑，一種自尊、一種不會屈折的生命力，在那個勉強的微笑間鼓盪而出。這是母親渾厚的意志。

「沒什麼，孩子，我自己可以……」母親的額角仍然汩汩地淌出薔薇色的血液，她的雙頰比日常腫起了兩倍：「我可以自己起來。」她一再推開男孩，彷彿自己是一種疾病。

她摀住自己不斷滲出體液和血污的下體，一片桌面的碎片割裂了她左肩後的一大片肌肉，一切看起來不僅僅是不好，而且是糟到了極點。然而她的反應只是一跛一跛地推開浴室那扇陳舊而腐蝕的門板，想將自己的裸身和哭泣禁閉起來。那已經是她竭盡全力的最快速度，在咫尺之間緩慢挪動腳步。

「我們還是可以撿一張更好的桌子回來。」母親在浴室裏哭訴哽咽，那斷續的嗚咽像是背負了百年的仇怨。

他們從此不再擁有桌子。那只是「綠區」中繽紛生活的一段小插曲。在那個令上等人唾棄、鄙視的賤民地帶中，能夠存活下去是一種藝術。聽說，往往也只有在這種地方才能培育出不世出的人才。

在地球曾經流傳著一種古老的原始儀式，巫女們將各種毒物置放在一起，讓他們彼此殺戮、互相吞噬，最後能夠殘存下來的就是百毒之王的蠱。

「綠區」就像是置放各種毒物的殘酷競技場。在王抗懂事以前，「綠區」和「紅區」之間的七條地下鐵都被封閉起來，凡是沒有奧城一等身分證的人都無法踏入「紅區」一步，那是格殺勿論的罪行，雷射檢證系統全天候監視著邊界。

昂貴的奧城一等身分證是所有「綠區」人口夢寐以求的玩意兒，他們為了取得那張淡青色的磁片，不惜賣身、幹玩命的勾當、甚至出賣自己的父母和愛人。

但是王抗童年中最不可抹除的印象，倒不是互相出賣背叛的實例。除了受辱的母親之外，就屬於「綠區」移民以及「藍區」移民兩者之間大型的區域鬥爭，其規模已近於滅種屠殺的慘況。

在「綠區」和「藍區」之間已經有三條古街完全成為廢墟。這三條大街曾經是整個奧藍多港市發跡的源頭，全部都是百年以上的古典豪邸；這些充滿時代興味的老街如今已經成為焦黑殘破的廢墟，唯一的功能是做為地球移民和麗姬亞移民之間的停火線。

有一次，也是唯一的一次，王抗親身目睹了「綠區」對「藍區」總攻擊的慘酷戰鬥場面。超過十萬個手執輕武器和托肩式榴彈砲的地球人前仆後繼地穿越那三道陰森無人的老街。紫金色的閃光在廢墟間穿梭，那是地球移民和麗姬亞移民互相攻擊的砲火。

王抗和幾個到交戰區探險的小孩被困在一棟殘破的大廈中。雙方的攻擊行動突如其來，原本鬼氣森森的黑街立刻轉為電光交迸的赤熱戰場。

王抗爬到大廈的最頂層。他一面喘氣一面朝著空蕩蕩的迴旋梯和同伴們大吼，自己尖銳的童音不斷沿著黑闇的樓梯迴旋，一道道回音從黑闇的深處彈射回來。

沒有同伴跟上來，王抗的手電筒電力不足，淡黃色的圓形燈光在黑闇中吃力地遊走，他推開一扇門，發現整個房間都停歇著翅翼顫動的奧瑪蝶，一隻隻手掌大小的奧瑪蝶闔起翅翼，佔據了室內所有的牆壁，甚至在天花板上也排滿了倒吊著的蝴翅。

一剎那間，王抗被那些蟄伏的蝶羣所震驚，整個空間被藍色的金屬光芒所籠罩，不斷輕微抽搐的蝶翅在遽然安靜下來的氣氛中顯出一股邪惡得令人毛骨悚然、不寒而慄的力量。一種無盡繁衍、不存在著個體意志的集體生命，沒有反省、沒有愛憎、沒有下一秒鐘的憂慮，牠們活著，千萬隻、億萬兆隻蝶活在這顆星球的每一個角落，然而，真正的奧瑪蝶只有一隻，那就是牠們全部加總起來的一隻集體生命。

有時候，一個人會突然瞭解自己以及所有人的命運；有時候，他因而放棄傷痛步向另一個巔峰；有時候，他因而崩潰真正的失去一切。但是對於童年的王抗而言，他沒有什麼好放棄，他所擁有的一切卑微也不足以令自己崩潰，他只是朦朧地感應到這顆星球的命運，一些奇異的啟示突然潛入了他的基因之中。

在一剎那間，王抗看見了那個房間中無數蟄伏的奧瑪蝶，在同一剎那間，那些蟄伏的蝶身突然驚起，一齊湧向破裂的窗口，湧向窗口外布滿伊蓮蟲彩虹閃光的天空。

當一個房間中的奧瑪蝶衝出了蟄伏的環境，整棟大廈高層中的奧瑪蝶彷彿得到了默示，每個空房間裏蟄伏的同類都源源不斷地穿越龜裂的牆隙和破碎的窗口，在黑街廢墟的上空，即刻被綿密的蝶體遮蔽起來。

對於械鬥的地球移民和麗姬亞移民而言，他們無暇顧及到頭頂上發生的事情，何況是那些不值一顧、千翅一律的奧瑪土產蝴蝶。

漫長的夜晚，在奧瑪。在奧瑪新大陸南方幾條破敗的街道上。失去了人格的人羣們在失去了光明的廢墟間互相屠殺。

經過漫長的努力，憑藉好奇的意志，王抗爬到樓頂，目睹由奧瑪蝶翅組合的天帳。

他突然感到無法順暢呼吸，氣管中發出嘶嘶的聲音。他的哮喘病發作了，他習慣性地想掏出腰袋中的「剋癥立靈」，但是那口紅大小的金屬噴罐並不在柔軟的腰袋中。

爆裂聲自樓下傳來，蠻橫的械鬥已經進入白熱化的階段，咻咻的射擊和此起彼落的轟然震動，一波波地迴盪開來……。

那沁涼、廉價、長出少許銹班的噴罐在哪裏？王抗的胸腔如同一具失效卻不停止運作的鼓風爐。

「剋癔立靈」呢？王抗的喉管像火燒一般，窒息的恐懼像一枚榴彈在意識中炸開。

地球移民的先發部隊已經攻進距離「藍區」最近的一條黑街，雙方進入肉搏戰的階段。麗姬亞人拔出他們傳統的虎牙刀迎向攻來的地球人，地球人則使用他們手上的榴彈砲管或是掛在背後的長刀朝向藍皮膚的異星移民全力揮打，紅色的血液和藍色的血液噴濺在廢墟的牆上、地上、溝渠中和那些黑黝黝的爆炸坑洞中。

然而王抗需要「剋癔立靈」，他不應該離開自己的同伴們，那個小巧玲瓏的金屬罐可能在他踏上一圈圈的迴旋梯時滾落在哪一個角落，也許他根本沒有把它帶出來。

我要死了。王抗的心中湧現出一朵朵黑色的花朵，他聽到自己的哭嚎，內在的、無聲的、卑微的哭嚎，朝向那一朵朵黑色的花朵中央凹陷進去的哭嚎。他的喉管像是管風琴般傳出神奇的聲響，蓋過了內在的哭嚎。

癱倒在地面的王抗，雙手無助地在布滿塵埃的天台上想要尋找奇蹟，但是抓到的除了空虛的浮塵，還是空虛的浮塵。他確信自己失去了依賴，沒有了那個小巧的金屬罐子，生命竟然面臨了終結。

母親變形的臉龐滑過眼前，更多黑色的花蕾急遽綻開，遮住了母親那張憔悴的臉，那絲溫馨而苦澀的笑意融逝在一瓣瓣綻開的黑色花心。

我要死了。黑色的砂原大麗花，那重重九十九層瓣的花朵，對奧瑪居民而言代表著死亡的哀傷。那玄祕的黑色正在王抗的胸腔中不斷蔓生，多刺的枝條穿入了一道道痙攣的氣管。

那金屬罐子去了哪兒呀，是不是正沿著數不清的台階，一階一階叮叮噹噹朝向地心的方向滾落下去？王抗睜大了眼珠，瞳孔卻在萎縮。

瀕臨「藍區」的最後一條黑街上，麗姬亞人的虎牙刀發揮了阻遏效果，那種以「詫鈊」提煉而成的大鋸齒刀身，足以將地下兵工廠製作的榴彈砲鋼管一刀兩斷，更別說是那些來自「綠區」的血肉之軀了，在短短不到三十分鐘的交接肉搏戰中，一陣陣骨肉分裂的砉砉聲響，地球移民的前鋒敢死隊留下了近五千具屍體。

麗姬亞人開始反擊。當地球移民第一波的攻勢頓挫之後，麗姬亞人開始整隊朝向對方反攻，橫列的隊伍手持射程達一百公尺的噴焰器，不斷噴射出一片片燃炙的火幕，躲在掩體後的地球移民慘嚎著全身帶火狂奔至死，焦臭的屍味橫溢在淡藍色的大氣中。

燎朗的火光自街面升起，迷濛中王抗意識到自己已經攀附在死亡之崖的邊緣。

活下去。另一個聲音響自遠方：一定要活下去。

金屬罐滾落階梯的幻想，像是眼前發生的事實，一隻巨大而無限延長的手迅速地朝向「尅瘂立靈」沿階彈落的方向移動。金屬罐仍在墜落，那隻手就快要趕上了，就快要趕上了。在迴旋梯的最底層，是一個深黝無底的黑洞。發出微弱閃光的藥罐朝向那個通向死亡的黑洞墜落。墜落，迴旋的小罐子即將消逝在黑暗中。霎時，那隻手及時握住了那個即將墜落無蹤的罐子。

王抗張開嘴，將金屬罐中的藥劑噴入氣管中。然後他慢慢地回過氣來，掙扎著扶住一道崩裂的圍欄在大廈樓頂的邊緣勉強站立起來。

他並沒有真的撿回「剋癋立靈」，是他的意識拯救了自己。從此刻開始，他再也不需要依賴藥劑了。

械鬥本身如果是一座殘酷的學校，那麼交綏區的三條黑街就是實習的操場。

每次戰事復甦，廢墟間處處飄揚的、金黃色的邦達列夫草就會因為灼熱的爆炸和燃燒而毀滅一次，那纖細卻頂拔如鋼線的葉片一眨眼功夫便捲曲、異變為焦爛的紫色，如同死者窳敗的心靈。

各種色彩的煙霧在古老而高聳的建築間徐徐盤升，奧瑪蝶的群體緩緩移向戰區之外，許多蝶翅自空中無力地衰落，跌墜在燙熱的人類屍身上，殘損的蝶翅仍在不甘心地搧搖著。

戰鬥的味道是難以述說的，因為那股味道積聚了太多令人遽然變色的事物，但是那股味道卻不難辨別。每當區域械鬥展開的時候，整個奧藍多港市都可以嗅到那股濁惡的氣流在腥臭的海水味道間穿梭流動。

當王抗突然理解他不再需要那以可笑的方式控制自己生命的金屬藥罐，此刻，這種異乎尋常的自療能力使得他成為一個脫離童年的男孩。在不可知的未來，他仍然會恐懼、會害怕、會失落、會無助地發抖陷入挫折的哀傷中，但是他擁有了旋轉自我、將自我拔升出心理泥沼的意志力。

他稚嫩的手心撫觸著樓頂上的鏐金殘欄，沿著樓頂的邊緣走動，俯視著蠻荒而詭異的種族戰鬥。

「綠區」和「藍區」的械鬥，如果將之比較於地球殖民聯邦與新麗姬亞帝國之間的漫長抗爭，的確只是小巫見大巫的械鬥。真正的星際戰爭，雙方結集了大戰隊和成群的空母，用巨型粒子武器、衛星發射器、游星炸彈和人工行星堡壘進行規模浩大的殲滅戰爭，一場行星和殖民星攻防戰的展開，就意味著一整塊大陸，甚至星球上人跡所至之處的全面毀壞。

與其說人類需要戰爭，不如說戰爭需要人類。

在兩個超級強權漫長而苦痛的抗衡戰略之下，兩大星團之間有五百多處戰區形成了宇宙墓場，難以計數的戰艦廢體和金屬殘骸靜靜地停滯在不再轉動的時空中。除了漂流的隕石，宇宙墓場成為星際通航的「人為礁石禁行區」，那些被彈射出艦體、孤寂地死亡在無邊黑闇中的軍士，他們死於孤寂與驚悸的表情，仍然栩栩如生地鏤刻在失去生命的皮相上，隔著清澈透明的面罩，存在的荒謬性在此變成反諷的永恆。那些屍身，維持著最後一瞬間的動作，凝結著、凝固著，為了記憶生命本身的殘酷而形成不會腐敗的標本。

但是在那漫長的「二十年戰爭」期間，數以億計的死亡人口都在震駭瞬間的閃光中被分解為飄浮的微塵。生命只像是闍大帝和唐光榮這兩個殖民帝國領導人相對博奕的籌碼？不，他們何念乎生命，他們的籌碼是一顆顆的星球和那些震動霄漢的超級戰鬥機械。

和超強之間的武力衝突相較起來，武裝中立星球奧瑪的一隅無政府狀態，那些前仆後繼的賤民械鬥又何足掛齒。

在王抗親眼目睹了「綠區」和「藍區」的激烈實戰的那一年，他剛滿八歲，也正是星際史上最殘酷的「二十年戰爭」正式登場的地球紀元二六七四年。

很弔詭的是，和一顆星球在一夕之間成為死亡禁地的傳說比較起來，眼前一個垂死掙扎的傷兵會更令人感到震撼。儘管那些賤民早已習慣於無意識地以械鬥來調節各區之間多餘的人口，但是對於王抗而言，那種身臨其境的試煉比任何課堂上的歷史學教育都來得直接。

歷史所述說的不是過去，而是未來。

在瀕臨「綠區」邊境的最後一條黑街上，麗姬亞人的反攻已經迫近突破防線的臨界點。一個麗姬亞人全身彈孔，藍色血珠激射如啟動的噴霧器，他仍然縱身撲上一具機身通紅的拼裝陣地機槍，霎時，他的身軀在紫金色的爆炸中破碎如蓬草游絲……。

那些藍色的麗姬亞人像潮水般湧至，擎舉著噴焰器、油鋸、虎牙刀、電力棒、鐵蒺藜、星雲鎖以及各種手掣輕型射擊武器，他們在巨大的探照燈前揮舞自己的憤怒，但是密集的火網使得他們如同一排排被伐倒的樹木般連綿躺入血泊。藍色的血漿滲入龜裂的街面，當街面無法吸收的時候就流成了一道道的溝渠，那些藍豔的液體朝向「藍區」的方向淌去，好像是要將死者的訊息帶回給悲傷的家族。

死守最後一道防線的地球移民，在蔓延十幾公里的長街上設下了一具具重型防禦武器，奇型怪狀的各種砲管伸出建築的窗口以及殘蔽的矽質圍牆，很多人在掩體後面被夷彈烤成嬰兒大小的人乾，更可怕的是麗姬亞人用原始的投擲器所投擲出來的「海老球」，只要被擊中了肌肉就會化血見骨，傷者自己抓下腐爛的皮肉狂嘯而死。

麗姬亞移民的屍體在前線仆倒如同棄置的壘包，他們在連續十餘次人海決堤戰術失敗後，以拼裝的機甲戰車結集成三個縱隊，意圖在最後一條黑街的三個主要交叉路口進行重點突破。厚重的戰車利用重型碼頭起卸機和貨櫃車頭焊上三吋厚鋼板製成，上面布滿了預留的方形射擊孔，穿出一桿桿榴彈槍管和輕型光學武器。這些到處都是鉚釘和接焊痕跡的機動怪物，有的還裝置了大型的怪手，發出轟隆巨響，朝向敵方陣地笨拙地衝撞，履帶和厚實的輪胎碾壓在那些屍體上，被捲入的肢體剝茲剝茲地榨出了血漿，被捲入的武器則迸發出金屬絞纏摩擦的火星。

一棟將近四十層的廢墟大廈瞬間崩潰，強烈而洶湧的煙塵像是山洪暴發般往大小街衢巷弄沖刷滾湧，一切都陷入迷離不清的煙塵中。

俯瞰戰事的王抗，他已經忘了那些遺留在戰場中的童伴們，他醉心於奇幻無比的賤民械鬥，如同站在一個恐怖而巨大的音樂盒的中心，在沉沉黑夜被冥冥中的巨掌撥緊了發條，在發條完全鬆懈以前，那充滿魔鬼音階的古怪進行曲只會拖長節奏而不會終結，幾十萬壯漢之間的殺戮就像是音樂盒上設計的玩偶戰爭，反覆進行，進行反覆。

麗姬亞移民的戰車隊即將突穿一個塞滿屍塊的巷口，地球移民的大車陣也及時出現阻擋，用重型推土機改裝而成的數百輛攻擊車，舉高它們的推土器，從不同的角落列隊竄出，朝向麗姬亞人的戰車隊猛力碰撞，鏗鏘的車隊角力在鳥瞰的視覺下竟然顯得滑稽可笑。

寬大的街面上，沉重的車身戶相撞擊，一排排拼裝車和另一排排拼裝車互相撞入對方的車首和車身，還沒有被擠碎的乘員在咫尺之間的短距離互相射擊，向敵人的車身投擲手榴彈和發射蜂針，悶悶的爆裂聲在裝甲車的內部攪拌著，接著從所有接焊的部分噴炸而出，整條街上到處都是連綿不絕的火柱和濃煙盤旋升起。

又一棟在頂層刻滿獸面浮雕的大廈，在數十輛麗姬亞戰車的反覆衝撞和破壞之下，咿咿啞啞地傾斜成四十五度，那些猙獰的怪獸臉孔隨著建築的傾斜而對著街面崩裂墜落，一塊一塊砸在竄動的人車和崩壞的建材上。

在雙方都缺乏制空權的情況下，為什麼多年來敵對的人種始終將戰區侷促在這三條大街上，是可以輕易理解的。這種恐怖的械鬥毋寧說是一種集體自殺的行動。「綠區」和「藍區」的戰士都由各自的工會和幫會聯手控制、臨時聚合，雙方在進行大規模會戰的前夕，竟然如有默契一般，總是在彼此的人員武裝徵調都達到完全階段的時候才會全力進攻，事實上，每次會戰的三五天前，彼此都已經理解了「預定」的戰鬥時間；「綠區」的獵龍星人和包希亞星人竟然也自動加入了地球移民的陣營。

尤其不是別的星球居民，甚至不是奧瑪星其他領域的居民所能理解的一件怪事，就是械鬥的雙方都沒有真正的指揮體系，分割成一股一股的戰鬥小組分別隸屬於不同的家族、單位和幫會，他們也不知道為什麼要參加械鬥，也從來不曾瞭解為什麼這種極其恐怖的屠殺總是沒有勝利的一方，唯一的認知是戰鬥的對象針對不同膚色的人種，唯一的原因是他們住在不同的賤民封鎖區。

沒有人膽敢說這是一項慶典，事實上它是。

在一塊沒有希望也沒有宗教的土地上，那自腥臭的南路西海飄來的古怪空氣影響了生存在此處的任何生物，集體的血祭可以宣洩生命集體的不安和挫折。每當這些區域中的燒殺姦淫不再能滿足那些厭倦生命的人們，膚色和地域成為集體洩慾的虛偽理由。是的，虛偽的理由導致的是瘋狂的實踐。

王抗睜大著眼睛向四方俯瞰，站在瀰漫煙塵的暴風眼中，他呼吸著濁惡與無明的空氣。他突然看見前方的大廈樓頂出現了一整隊人影，然後是另一棟大廈的樓頂……。

同時他也聽見：自迴旋梯中傳響出急促的腳步。

是麗姬亞人！王抗想找地方閃避，但是空蕩蕩的樓頂上什麼遮蔽物也沒有，他望著天幕上迸射虹光的伊蓮蟲體，豆大的冷汗一顆顆淌落面頰，滾進陰涼的衣領中。

沒有時間了，一陣陣的急促腳步節奏加快、迅速接近，已經沒有時間，退路，沒有思考的時間，沒有掙扎的空間，沒有閃避的可能。不，那兒有唯一的機會。

王抗攀住圍欄的邊緣，往下俯瞰，將近一百八十公尺的高度，地面移動的巨大戰車比拇指頭大不了多少，他感到暈眩，自四面八方凝聚而來的是各種歪曲的影像，盤纏在胸中的氣管又開始嘶斯喘鳴；沒有時間了，王抗的手臂一陣酸麻。

不到三秒鐘的時間，就會有可怕的敵人登上頂樓，王抗的夾克內一片濕漉，他深深吸一口氣，汗珠垂直低落，一百八十公尺下的地面忽遠忽近地懸置在那兒。

尖銳如同鳥鳴的麗姬亞語已經傳上樓頂，王抗在圍欄上撐起雙臂，遙遠的地面移入視線的中央，然而他咬緊下唇，一躍而下。狂風嗖嗖騷刮他的面頰……。

戈登一聲，他的皮靴落在第四十八層突出的樓層雕飾上緣，他的雙腳不可遏止地發抖。在睜開眼睛前，不知過了多久，也許只有眨眼的霎時，也許已經過了好幾分鐘，他的雙臂正貼住矗立的樓壁，脊椎隔著夾克可以感受到石牆冰涼的溫度，他的雙腳不偏不倚踩在一個弧形的大花飾上。

王抗的下唇咬出血印，除了鹹味，他沒有絲毫痛覺，雙腿的抖動逐漸平緩下來，他開始嘗試往側方一小步一小步平行移動。

爆炸聲清晰地在腳下將近兩百公尺的地面傳響。

一枚榴彈擊中了王抗處身的大廈，沉沉的搖晃差點將他推下了堅硬無情的地面，他的左腳滑墜，攤平在樓壁上的十指都抓出了血痕，但是他穩住了……。在近乎無意識的行動下，他移動到一個龐大的棘角獸雕的旁邊，將自己的軀體挪近足以容納成人的獸雕口腔中。

扶著那突起的長牙，獸口中的王抗禁不住啜泣起來。他無力地癱倒在布滿厚厚灰塵的空間中，聽見自己的哽咽，然後他眼角的餘光發現了那些麗姬亞移民正大量登上不同的樓頂。

一排排的銀翼，在一棟棟大廈的頂端撐開，王抗猜到那是個人滑翔裝置，閃亮的銀翼像是一道道彎月，一把把銳利無比的鐮刀，臨風列隊站立在危廈的邊緣。

王抗開始感到兩隻手掌上的傷口發出麻辣的痛覺，右手的幾枚指甲都翻了開來，手臂上也感到瘀傷的深淺疼痛，左膝頭暴露在磨破的褲管外，黏滯的血污凝固在浮腫的肌膚上，然而這一切都算不了什麼，他的心神完全被高廈上那些裝置了銀翼的麗姬亞人所吸引。

除了奧瑪政府定期巡邏的戰鬥直升機之外，八歲的王抗沒有見過其他攻擊性的飛行器。但是他知道那些銀翼是用來幹什麼用的，他突然警覺，當麗姬亞移民有計劃地發展出空中攻擊的手法，這表示「藍區」對於「綠區」已經產生了特別的意圖，而不止是過去那樣為了種族情感而盲目進行的武鬥。

麗姬亞移民想要「佔領」綠區？這個念頭閃過王抗腦海，但是他沒有能力警告「綠區」的人民，而「綠區」的人民除了「綠區」之外，他們哪裡也去不成。

王抗想到母親，想到「綠區」的破舊閣樓，那兒污穢，可是住著有感情的人類，他突然希望自己也能夠充滿了力量，能夠和那些粗魯、無恥和低等生物一般苟活著的地球移民們並肩戰鬥，能夠像超人般發出驚人的能量裂開街道，滿足地聽著麗姬亞人跌進地層中的哀嚎。

但是他什麼都不是，什麼也做不了，他只是蹲踞在模樣古怪的怪獸雕像口中的無助的男孩。

第一波銀翼戰士順著風勢瞬間滑向地球移民捍衛的「綠區」，他們穿越煙塵瀰漫的惡濁夜空，投下了一顆顆爆裂的榴彈，那些驚詫地在掩體後抬頭張望的地球人，忘記了戰鬥，張目結舌地發現麗姬亞人的新武器，不到五分鐘時間，將近三千名戰士已經直接侵入「綠區」，在他們降落在「綠區」之前，每名戰士至少向地球移民的防衛線上空投擲了十枚以上的榴彈。

前線麗姬亞移民的戰車隊伍和暴民團攻擊不懈，加上入侵的銀翼戰士自後方向地球人逆襲，情勢非常危殆，「綠區」的抵抗似乎已經進入土崩瓦解的階段。

王抗望著那空中滑越的銀翼閃光，不知不覺沉沉地睡著了，他的夢延續著現實中所看見的殺戮現場，爆炸的煙塵、屋宇崩潰的煙塵、鋼甲鋼板間飄逸而出的煙塵……。

然後他醒過來，幽幽地醒過來。

一隻奧瑪蝶在他的面頰上徐徐爬行，王抗無意識地拍擊自己的臉龐，一灘溼黏的液體塗抹在面頰和手掌間，他將噁心的藍紫色蝶屍塗抹在怪獸的牙齒上，發現自己蜷曲著不知睡去了多久，也不知昨夜的戰鬥結果如何。

他首先得做的事情是脫離這棟危樓，他鑽出獸口，盤住巨大的建築雕飾，遲緩地移動在樓壁上，終於找到一片一尺寬度的裂隙，他跳進室內，過了好一陣子才回過氣來。

王抗謹慎地穿越房間，沿著迴旋梯向地面的方向移動，幽然的青色光線從樓頂的裂縫投射下來，除了他自己的腳步聲，什麼聲響也沒有。

漫長的迴旋梯，望向中央的底層，細緻雕花的扶欄散發出玫瑰紅的色澤，一圈圈向中央的暗紫色斑跡轉緊，像是上緊的發條，四周的樓壁布滿不規則的、如同巨大的ＤＮＡ圖像的漬跡，那是由奧瑪南方特有的黴菌構成的壁癌。

什麼聲響也沒有。除了他自己的腳步聲。

若明若暗的氣氛中，光暈自不同的角度漫射而來，炯然生色的扶梯溫度如同冰一般。

在漫長的迴旋梯盡頭，王抗在大廈的地面發現了同伴們的屍體，從他們身上被撕裂的肌膚和突出體外的肋骨來看，那是麗姬亞人的虎牙刀造成的恐怖創傷。無辜的七個男孩。在迴旋梯後的狹窄空間中被藍皮膚的異星暴民發現了，他們根本無法反抗，甚至來不及哭嚎，就眼見自己的同伴以及自己的肉體被利刃劈砍碎裂。

王抗怔立在同伴的屍體前，他們是為了等他而死在大廈的底層，那些歡笑的稚嫩臉蛋，滾落在血污的地面。

八歲的男孩茫然地走上街道。青綠色的天空下，整條死寂的街道展現在眼前。一具具纍疊的屍首，扭攪在一起的死者維持著他們最後一個表情。到處都是殘破的車身，有的嵌入了建築之中，有的半埋在倒塌的石牆裏。

寬大的街道上，昨夜的戰爭像是被遺留在現實中的惡夢殘塊。大氣中仍然飄忽著血腥和焦灼相混的氣味。

古老的街道兩側，頹圮、污穢、布滿裂縫和坑洞的兩排建築勉強地支撐在它們原本的位置上，有的建築已經成為一摞石丘，有的留下空蕩蕩的支柱，但是大部分的建築仍然可以看到南方開拓初期的人文風格，每棟大廈的樓壁上布滿晶石雕刻的詭異圖案，無數的異獸張開大口，赤裸的女人在背脊上生出六對帶爪的翅膀，九頭的海龍張起頸項間多刺的肉盔，全身布滿瞳孔的連體人，以及所有臟器都延伸到體外的恐怖神祇，千奇百怪的肖像黏附在建築外殼，那是開拓殖民期的神奇世界，夢獸族仍然縱橫在奧瑪星上的古典時期。

而王抗眼前的殺戮現場，卻屬於比遙遠的古典時期更為遙遠的蠻荒世紀，人類竟然如同無理性的多巴哥蟲一般，重複著無明的魔性鬥爭。

那些在黑夜空中穿梭的銀翼是否攻進了「綠區」？昨夜的會戰結果如何？哀傷的王抗走到「綠區」前哨的時候得到了他的答案。

一長排綿長的粗拙木樁，參差地釘在「綠區」的邊界上。

那些背上仍然駕著拗折銀翼的麗姬亞飛行戰士一個個被插在木樁上，從胯部直貫而入的木樁，有的裂胸而出，有的經過喉管穿出口腔，有的貫通腦門……。

一望無際的邊哨線上，銀翼戰士們像是受難的天使，令王抗悚然想到那些屠殺夢獸族的古老傳說，富有變幻能力的夢獸異變萬千，必須把它們用木樁插在半空中，才能防止它們再度脫逃……

至少有上千名銀翼戰士被插上木樁，藍色的體液從胯下沿著兩股和木樁分三道低落；王抗可以想像他們活生生地被削尖的木樁穿透軀體，連人帶樁再被巨大的鐵鎚釘進堅硬的石礫地，直到第一道綠褐色的曙光映射在他們背後折裂殘破或者扭攪不堪的金屬翅翼時，仍然有苟存不死的哭嚎者抽動著大腿，用盡氣力詛咒著整顆星球。

他們全身獷悍的血液流滲進石礫路面的底層，在逐漸膨脹的太陽下，金屬翅翼的熱度不斷升高，闇藍色的肌膚在死亡後以高出地球人種十倍的速率急遽腐敗，蟲身如蜘蛛般肥胖的天魔蛾搧動著翠綠底色交雜明黃色骷髏紋的翅膀，成群成群盤舞在每一具屍首的周圍，在那些腐臭的部位產下一排排淡金色的蟲卵，不到三個小時，黑色的幼蟲就會從肌膚和五官中徐徐竄出。

兩年後，王抗逃出了「綠區」。一切的死亡都抵不過一個母親的死亡，那唯一的親人還沒有嚥氣就被鄰居拖到焚屍爐去，為了一場瘟疫，一場由天魔蛾引起的瘟疫，也許是那些死亡的銀翼戰士為了復仇而化身帶菌的魔蛾。

但是一切都不重要了。王抗偷渡到「紅區」，被一名華裔老紳士王帆遠好心地收留了一段時間，他成為老紳士非法的養子，不久又成為合法的養子，老紳士用錢買到了他的新身分。

為了北上，他暗殺了沉睡中的恩人，取走了他枕頭下所有的奧瑪幣和金融卡，然後踏上全新的旅程。

十歲的王抗一個人坐在陰冷的車廂中，那是他前半生中唯一搭乘大陸縱貫列車的經驗。他已經忘記那可憐的、被恩將仇報的老紳士，他唯一可以清楚憶起的臉龐只有母親的臉龐，愈來愈清晰、愈來愈美麗的母親的臉龐，成熟而嫵媚，在醒與睡的邊緣，他看見赤裸的母親將赤裸的自己擁入懷中。

然後，他感到肌膚被女性撫觸的神祕歡娛，肌膚與肌膚交錯時迸發的靜電感應。然後，他醒來，座位旁惡臭的男人壓在他沒有發育完成的肩膀上，噁心的外套上的翻毛面，摩擦著他稚嫩的面頰。

王抗用力挺起腰桿，雙手狠命推開男人的軀體。

笨重的男人再度張開眼睛，把口角滴出的唾液用翻毛袖口抹去，眨了眨眼，鼾聲在瞬間響起，髒惡的軀體再度朝向王抗緩緩倒去。

王抗的右手抓住藏著母親骨灰的項鍊墜子，在喘不過氣來的狹小空間中，他的左手在腰包間掏出一根三吋長的鋼針，他奮力掙脫朝向他傾壓而來的厚實肩膀，靠著阻隔黑夜的玻璃窗，緩緩地轉換姿勢，他跪立著，望著男人垂掛在他眼前的腦門。灰白和暗褐色間雜的頭髮不斷流釋出一股嗆人的髮油味。

車頂上的人頭圖案一個挨著一個，他們仍然在傳遞著奇異的表情，那些顏色鮮辣的頭像，每個都用面對死亡般的眼神盯著王抗散逸著奇妙光彩的臉龐。

漫長的夜，寂寞的夜，遠離家鄉的夜，不可能失去更多的夜，黑忽忽的原野被遺棄到永不回頭的方向，錯亂的記憶，永不停止的殺戮，天空中驚聚成雲的奧瑪蝶，交錯身姿在夐空中迸射虹光，在夢中不斷濺起水珠的金色水車，灰色車廂中的彩色塗鴉，黑街上自大廈頂端飛旋而下的麗姬亞銀翼戰士，發出隆隆巨響的拼裝戰車，母親含怨的眼神，一道道撕裂空氣的榴彈軌跡，熊熊綻放青澀火舌的焚屍爐，天魔蛾帶來的死疫……。不可能失去更多的夜，遠離家鄉的夜，寂寞的夜，漫長的夜。

心跳怦怦，王抗的右手放開項鍊墜子，在腰包裏掏出一個正面鏤刻著克里斯多娃肖像的奧瑪鎳幣，那枚鎳幣貼在掌心的正中央，被溼濡的汗液黏貼在柔軟的掌紋間。

車頂上一連串的人頭圖像都在注視著王抗，他們彷彿都張敞嘴唇，一齊嘶喊出王抗的名字，他原本的名字：剎利路。他們一齊嘶喊：剎利路！剎利路！像是要阻止什麼，又像是要鼓勵什麼。

左手的鋼針對準了那大漢髮叢的正中央，王抗高高舉起右手，掌心的鎳幣閃閃生輝。整座車廂的塗鴉都變換成他的名字，扭曲著，發出聲響。

其實什麼聲響也沒有，懸浮的列車穩定地朝向北方行駛。當王抗右掌的鎳幣瞬間將左手拈住的鋼針撞入那大漢的頭頂中央，就如同這個十歲的男孩對待「紅區」老紳士的方法一般。什麼聲響也沒有，當鋼針沒入男人油垢的髮叢，深深刺入柔軟的腦髓中，熟睡的男人只是突然睜開失焦的雙目，眨了眨眼，然後再度沉沉睡去，永恆地睡去。

◁

自從十歲那一年到了力王市。王抗就不曾離開過這座奧瑪星的首都，這座枯燥、乏味、塗滿了蜜汁般的陰謀的首都，宇宙間人類所知的第五大商業城市。

三十五歲的王抗，他已經取代了當年那枚鎳幣上的星球獨裁者克里斯多娃，擁有自己的宮殿，整顆星球上通用的金融卡上都鏤蝕上他英俊的側像，各州郡議會正廳前也都懸掛起他的半身肖像。他曾經震怒地開除了郵政總局的局長，因為他唯獨不願自己的臉龐被印製在郵票上，他不能容忍自己的臉龐被醜惡的郵戳污損。

他知道自己有多少敵人。以前他的敵人們團結在大統領克里斯多娃的麾下，接著這些敵人們和他團結起來推翻了克里斯多娃，最後他變成了眾人稱羨不置的大統領，變成了那些比過去更強的敵人們推翻的目標。

一早醒過來，他的星務卿施施兒就坐在他的面前，提醒他這顆星球即將發生的政治危機。王抗走到落地窗前，望著他統治的偉大城市。

這時候，被罷黜的前大統領克里斯多娃披散著一頭白髮，蹲踞在奧瑪星上空人工小游星的艙房裏吸食著太空早餐。她在這個度過了七個半地球紀元的囚室中急遽地衰老，但是她絕對保持著清醒，臆斷終有一日自己可以回到奧瑪星，重新召喚那些死忠的黨徒，再度盱衡天下。她的肉體在短短七年半的時間中崩潰下來，對於一個曾經統治星球如今一無所有的女人而言，這是異常殘酷的刑罰。因為她的憎恨是這顆小游星的能源，她強大的精神力恰好能夠銜接精神能源儲蓄器，維持這顆人工星球的正常運轉，也恰恰好維持著自己的生命。有一天她停止了對奧瑪星和王抗的詛咒，整顆小游星將失去動力，不再自動由星塵帶中的懸浮物提煉那些烤熟的橡膠般的太空食物、不再發電保暖、不再維持氧氣製造機的功能，那時克里斯多娃將被凍結在一塊金屬廢鐵的中央。

克里斯多娃必須用心憎恨一切，她的憎恨逐漸增強，但是逐漸老舊的人工星球需要的自動維修能量也相對增強，她曾經常保青春的肉體也因而不斷枯槁。克里斯多娃為了生存而憎恨，憎恨是她生存下去的唯一條件。

王抗已經很久沒有想到克里斯多娃了，他的心中即使淡然掠過她的影像，也維持著鎳幣上那綺麗美豔的側像。

施施兒站在王抗的身後，他仍然想說些什麼，他希望提醒他的大統領一些迫在眉睫的危機；但是施施兒終究不再開口，只是木訥地站在王抗的背後。

王抗什麼也不想聽，他是這顆星球的最高統治者，更重要的是他已經三十五歲了，不是克里斯多娃床上的面首，不是列車上抓著骨灰墜子的十歲孤兒，也不是「綠區」裏依賴「剋癋立靈」才能生存下去的男孩。

他不再需要施施兒告誡他應該怎麼做。

早餐時間到了，王抗想。他回頭以溫柔的語氣對他的星務卿說：「你在餐桌上等我吧。」

施施兒躬身為禮，還來不及抬頭，王抗已經走到臥室寬敞的另一側，一幅佔滿一面牆的精緻浮雕，描繪著奧瑪古賢人「獵夢者」色色加在古史中「沙暴區會戰」時指揮人類和夢獸族作戰的故事。壁雕在王抗的身前緩緩退開，似乎是因為王抗的出現，他們必須暫時放棄永不休止的鬥爭。

王抗隱沒在合攏的壁雕之後，施施兒雙眉鎖得更緊，他知道王抗在想什麼，他知道王抗開始將自己以及這顆星球推向毀滅；更可怕的是，施施兒相信王抗同樣知道自己正步向政治的懸崖。

在星際中，奧瑪星必須在地球殖民聯邦和新麗姬亞帝國之間，不斷尋找不穩定平衡中的平衡點；在奧瑪星內部，王抗必須在國會議員賈鐵肩和幕後控制錫利加教的副統領沙庫爾兩大實力派的對峙槓桿中，覓取維護奧瑪中央政府威信和顏面的支點。

王抗預備親手破壞奧瑪在星際的平衡關係，他也知道自己正著手顛覆賈鐵肩、沙庫爾和自己之間的三角關係。

箭在弦上，不願鬆手，也無法不鬆手。

永遠不相信別人的人，至少必須擁有令別人相信自己的能力。相信政治的人被稱為政治家，然而歷史上所有的政治家，都不過是達成完全犯罪理想的政客；所謂「政治家」是死後也拆穿不了的政客。活得愈久，掌權愈久，被拆穿的可能性也愈高，而唐光榮活得夠長、掌權夠久，到現在仍然是地球聯邦的執行長，所以王抗根本不相信唐光榮會為了他唐氏星際企業的利益而將籌碼壓在奧瑪的位置上。

每一個機會，都可能是契機、轉機或是敗機，敗機永遠存在，但是契機和轉機失而不可復得。王抗只有成為另一個克里斯多娃，他才能穩操勝券，得到和唐光榮互相輸送利益的籌碼。那麼，賈鐵肩是首要清除的目標。

踏入更衣室，這個只有王抗本人才得以進入的私密空間，當雕飾的牆壁迅速合攏，這個空間和他的心靈融為一體。圓形的更衣室比臥室還要寬敞三十倍，一格格用水晶板隔成的衣櫥環繞著三百六十度的室壁，超過一萬兩千套精緻手工的禮服和四千五百雙絕種珍禽異獸剝製而成的皮鞋擺置其間。光是這些衣飾，就足以買下整個「綠區」的人口。

圓室最特殊的地方，是擺置在室內幾何中心的音樂盒，一個巨大的音樂盒安放在十噸重的黃金檯座上。

這個巨大的音樂盒的表面，正是斷港絕潢、淒楚海角的「綠區」立體街道模型。這個龐碩的音樂盒模型裝置了「神解開關」，只有王抗本人知道開關在那裏，啟動音樂盒的密碼是什麼。

也只有王抗自己才知道，為什麼要在奢華蓋世、以碎鑽鋪成地板的更衣室中擺設這麼一句寫實而醜陋的貧民窟模型。街道上面密密麻麻布滿著穿著廉價衣飾的小人，每一個小人都有不同的表情和動作，那些參差不齊的老舊閣樓和成排序列的貧民公寓，那些到處都蒙上一層黑垢的工廠和五花八門的倉庫，搖晃不已的環區，發出古怪響聲的卸貨機和貨櫃車頭，廢車疊成的金屬山和廢物疊成的垃圾山……，這是今年、去年、十年前以及五十年前的「綠區」，永恆的「綠區」。

音樂盒的開關在王抗的心中，他想要啟動，音樂盒就會啟動，只要他喊出那個簡單的密碼。那個簡單的密碼：「母親」。王抗的心中喊出「母親」，音樂盒就啟動了，所有的建築都點亮了燈，人們開始行走，一首名叫《波麗露》的古老樂曲悠揚地迴盪圓室。

每當音樂盒啟動，王抗就重返熟悉的童年，他的心靈進入音樂盒中，進入一間老舊的閣樓，他拉開積滿塵埃的百葉窗，窗下的巷道上一個包希亞星來的流氓，抓住了一個小販的雙肩，用他額頭中央突起的肉瘤，把小販的顏面鎚擊得鮮血四溢，然後將昏厥的小販身上的腰包粗魯地扯下，邁開大步，消失在狹小而彎曲的巷道盡頭。一戶戶低矮的樓房窗戶，許多隻眼睛在破裂、布滿塵埃、甚至出現彈孔的窗戶後窺探著：小販掙扎著，他的鼻樑斷裂，左眼球掉出眼眶，水晶體和血液流淌在半邊臉上，他坐在地上摀著臉乾嚎著，沒有人走出腐蝕斑駁的門戶，沒有人走到他的身邊把他支撐起來，他必須自己站起來，捧著浮脹不堪的臉龐自己站起來。一枚枚的眼睛自窗戶後消失，只剩下王抗仍然踮著腳，站在缺了一腳的矮凳上，把臉龐壓擠在玻璃上，看著重傷的小販踉嗆地站起來，走幾步又捧著臉歪倒在路旁，抽動著腿，直到全身僵直，再也沒有動靜。王抗跳下矮凳，衝出斗室，踩踏浮晃的鐵皮階梯，奔出陳舊的閣樓，在巷道上跨越小販倒臥的軀體，他喘息著，停不下來的腳步，隨著音樂盒散揚的曲調，他在一條又一條交叉盤繞的巷弄間奔跑，又跨過了一隻狼貓的屍體、經過幾個在溝渠旁清洗魚類的婦人、閃避一輛載滿獵龍星醉漢的拼裝車、跑上一條蹲踞著上千名等待雇主的臨時工人的勞力交易所，千百隻眼睛同時擊打在他的背部，接著是費力的上坡，一排傾斜的尖頂式樓房，在傾斜的屋宇下打赤膊的男女聚合在一起正為自己下注的鐵線蜥蜴擲下污損的小額紙鈔，然後他大口喘息，遏止不住的腳步迎風滑入一條下坡的彎道，音樂盒的旋律伴隨著緩緩自轉的「綠區」，他仍然衝下彎道，一些流浪者肆無忌憚地在牆角邊擁吻，男人抱著男人，陰沉的、猥瑣的淫笑浪浪傳響，然後王抗跑進接近海岸的小路，腥臭的海風一陣陣吹來，黑夜像潑墨般澆淋在他的頭頂。小路上連綿銜接著廉價的旅舍。

在音樂盒的樂曲逐漸拖曳、扭曲的時候，王抗看見一群暴露的女人用妖媚的眼神勾引著經過的男人。其實，沒有「經過」的男人，到這兒的男人都想要帶走一個廉價的流鶯。這條小路每隔五公尺就豎立一根鋁質的昏黃路燈，明處暗處，形容污穢的工人們互相搭著肩膀，粗魯地調戲那些阻街女郎，嘈雜地討論五元、十元的折扣；也有許多拼裝的房車，釘上鐵絲網的車窗後，駕駛露出晶亮的瞳孔，物色著洩慾的對象。王抗掩身在燈桿後面，窺見黑頭髮的母親混雜在流鶯之中，半袒著胸口，伸手勾搭路過的男人。王抗看見她的神情，一張面具，一張令他疑惑的面具。

◁

早餐在花園的棚架下進行。王抗換上淺紅色的套裝，微笑著走入繽紛的花道。一群嬉鬧的女郎看見大統領閒步在彩色的園林間，立即奔迎上來，她們身上的薄紗隨著輕盈的腳步飄忽如霧，嬌柔而飽實的乳房靈巧地顫動，像一群亢奮的百靈鳥，簇湧著她們的主人。

王抗喜歡露天享用他的早餐，喜歡在嬉戲的少女和璀璨的花叢間品嚐新鮮的蜂蜜和牛奶，嚼著香脆的甜餅，呼吸著擺滿長桌的鮮果的色澤。

一張乳白色的長桌，沒有椅子，王抗一邊走動一邊吃食，周圍是雀躍著、討好著他的女郎們，以及一桶桶擺在懸架上的進口紅酒。王抗隨意拔開桶下的木塞，噴湧而出的酒液剢剢澆淋地面，女郎們搶著用鮮豔的紅唇接酒，幾瓣鮮唇依依貼在一起，紅色的酒液撒在她們調皮的鼻翅上。

施施兒站在棚架邊緣，注視著王抗。大統領正抓住一個紅頭髮的女孩，把一根綠色的醃瓜塞進她呻吟的口中。

一陣微風，略微沁涼。一道道澆淋在泥土中的酒液染黑了地面的色澤，琥珀花帶著金色絲線的褐色花瓣如同一陣微風飄落在食物和胴體之上。

王抗什麼都沒有看到。他沒有看到施施兒的表情，也沒有看到強顏歡笑的女郎們個個凍得皮膚發紫。

當一個人連距離最近的事物都看不見，他必然看不見自己。施施兒胸口一陣絞痛，他發現王抗已經是一個盲者，過去他扮演的是一隻忠實的導盲犬，但是現在盲人丟了拐杖，連導盲犬也不要了，執意要走向懸崖上的一座斷橋。

◁

地球紀元二六七一年二月二十七日（奧瑪紀元LXXXVIII・I・XXIII・2），奧瑪星國會在賈鐵肩的導演下，以些微的差距通過《大統領任期法案》，限制大統領的任期不得超過四個奧瑪年，並且不得連任，推翻了第八共和克里斯多娃時代大統領無限制任期的不成文慣例。

法案在一天之內提出、通過、通過，雖然屬於沙庫爾旗下創造黨的九十九名議員集體抵制開議，但是以出席人數表決三分之二通過的遊戲規則而言，卻形同暗助賈鐵肩的陰謀。扣除創造黨席次，剩下的二〇二名議員，除了十九名分別屬於七個小型政黨之外，有一百八十三名屬於執政的奧瑪團結黨，這一百八十三名議員歸屬於賈鐵肩旗下的就有一百二十一名，其餘六十二席才是王抗的班底；不料在創造黨員集體退出之後，投下反對票的只有王抗派的六十二席；贊成《大統領任期法案》的如果只有賈派的一二一席，還不足以構成出席的三分之二多數，十九席小黨聯線全力支持才是法案通過的關鍵；顯然這十九席已經在賈鐵肩的祕密運作下呈現一面倒的結果。

這個法案針對王抗個人不言可喻，非但是賈派人馬公然向大統領的權威提出對決式的挑釁，也暴露了奧瑪團結黨分裂的事實，名義上是黨總理的王抗只獲得六十二席的支持，而黨的國會領袖賈鐵肩卻掌握了一二一席以及在野小黨派的十九席，這種情況使得王抗進退失據，既無法欣然接受，也難有對策反制。王抗若將法案退回國會而國會再度通過，就必須選擇解散國會並且承擔接踵而來的政治風暴。

當天晚上，王抗的影像同步出現在所有的電視頻道上，大統領的重要政治聲明由全星四百七十九台現場轉播。他穿著奧瑪大統領的莊嚴禮服發表聲明。

「親愛的奧瑪公民，為了建設安定繁榮的奧瑪星，本座對於國會開明的決定感到欣慰，關於大統領的任期限制，顯示了代表全星同胞利益和福祉的國會正努力為我們的政治暨立良性的體制。」

王抗舉起雙臂，胸前一排由各種合金片組合而成的彩色動表在聚光燈前閃爍折射，他繼續以肅穆的表情致辭：「但是，奧瑪的公民們，你們同時必須擁有信心，信心是奧瑪第九共和的不壞礎石，只要你們擁有對於星球領導人的絕對信心，本星的經濟奇蹟和強大鞏固的政治、軍事實力才能在外星強權的陰影下不斷成長茁壯。」

「因此，對於大統領任期的限制，本席絕無任何意見，本座也絕不會為了個人的利益而戀棧權位，」王抗握住右拳，在胸前有節奏地揮動，這是他的註冊商標：「不過，基於全奧瑪星的遠大利益，的確需要一個強而有力、果斷而智慧的領導者，我們不能用古老而過時的民主遊戲來葬送整顆星球十六億人口的幸福。」

「何況，」王抗攤開白皙的掌心：「這是一個草率而粗糙、程序有瑕疵的決議，任何涉及重大政治事務的決議不可能在短短一日的議程中，還沒有充分討論之前就遽然通過的道理。」

王抗把身體的重量放置在雙臂上，搭著金色的桌延，身體微微前傾，在家家戶戶視訊牆上都出現了王抗此刻的臉部特寫：「更重要的是，這個法案沒有在野第一大黨創造黨的參與，九十九名創造黨議員抵制了這個法案，但是他們未投出的不同意票沒有被計算在表格的比數中。」

「責任！」王抗挺胸抬手指天：「本座必須要求創造黨的議員們履行奧瑪公民所賦予的神聖責任，因為消極的抵制而造成錯誤的決策和法案，本座相信這絕非創造黨的領袖沙庫爾以及該黨國會議員的本意。」

「本座鄭重宣告，」王抗的聲調低沉下來：「《大統領任期法案》將退還國會覆議，並且依本大統領職權宣布國會休會三周，以便議員有時間反省他們的議決。同時，本座決定特赦所有錫利加教的暴行，並且釋放囚禁在首都監獄的三千五百九十名該教派分子。本座將依照預定的時間表，在下周巡視舊大陸首府自由市，絕不受任何破壞性的政治因素干擾。」

「本座的一切決定，都是以奧瑪星的前途為至高無上的目標，我們需要團結、安定、繁榮和進步，沒有誰可以阻撓本座與各位公民的決心。」王抗停頓一會兒，疲累的眼睛眨了一眨：「對於錫利加教徒的特赦，也代表著本座對於宗教信仰的尊重，希望在這次特赦之後，所有的教派、所有的人種都能夠理解本座的苦心，致力於奧瑪星的公共建設。對於一個不在乎權位的大統領來說，最佳的回報就是你們的信心。」

「奧瑪萬歲。第九共和萬歲。」說完，王抗深鎖雙眉的臉龐消失在畫面中，取代的是全奧瑪最著名的新聞評議員魏馬博士，他的右眼被精巧的義眼取代，塞在眼眶中的人工視力器鏡面，充滿著焦灼不安的五彩光點，不斷追隨著他的思緒而挪動光點的組合。

「各位奧瑪同胞，」魏馬博士咧開厚唇，潔白的牙齒和他黝黑發亮的皮膚相映成趣，他努力眨動那枚晶亮的左眼，提醒觀眾他依舊是個活生生的人類：「你們都聽到本星大統領的聲明。」

「這項聲明證實了一件事情，」魏馬博士的義眼不斷嘎嘎伸縮鏡頭，好像想要穿越攝影機，辨認觀眾是否集精聚神地聆聽他的說詞：「大統領已經決定振興奧瑪星強人政治的悠久傳統，自從前任大統領克里斯多娃卸職，三個奧瑪年來我們第一次看到大統領展現如此具備個性的演說，虛心的大統領已經成為實心的大統領。」

魏馬博士莞爾一笑，大概是對於自己的幽默感到自豪：「連喝了三個奧瑪星的碳酸水，這回我們突然飽嚐辛辣的本地龍舌蘭了。」魏馬輕咳一聲，拉拉蘇枋色夾雜冰綠條紋的衣領：

「可是，國會裏的議員會怎麼想呢？」扮了一個鬼臉的魏馬，義眼中的光點疾速排列組合：「我可以想像到賈鐵肩議長的表情，他會說：『鮮豔的顏色總是讓我想到腐敗前的水果和有毒的飛蛾。』我們知道……」

◁

沙德拿起遙控器，結束了視訊牆上魏馬博士詼諧而富表情的政治評論。

「小丑，」沙德轉頭和他的貴賓說：「簡直就是一個胡鬧的脫口秀演員。你能夠想像群眾喜愛他的程度嗎？」

「魏馬博士這傢伙，不正經在他身上反而變成了本錢。」半躺在虎皮沙發上的施施兒慵慵地說。

「不，我指的是王抗。」沙德的語氣和緩，指涉卻非常尖銳。

「嗯……」虎皮沙發上的星務卿為沙德的刻薄而睜大眼睛：「王抗個人是不是小丑，我想這涉及『小丑』的定義；但是沙德閣下，請你考慮如何避免將這種修辭放置到現任奧瑪大統領的身上。」

「認真地說，」沙德身上的咖啡已經涼了，他貪婪地喝了一口：「大統領是隻怕燙的貓，他今天的表現像是被鐵肩議長端來的那道湯燙傷了舌頭。」

「否則我不會坐在這裏了，副議長大人，」施施兒傾身，眼神凌厲：「為什麼你突然決定創造黨的議員集體退席，難道沙庫爾決定和賈鐵肩合作？」

「天空上已經有個克里斯多娃，大氣層外的確不太適宜多加一座退職大統領的別墅。」沙德鎮定地說：「不過，如果發射一個國會議長上去，我絕對沒有意見。」

「話不能這麼說。」施施兒搖頭。

「貴黨國會議員內訌，沙德本人可承擔不起，這尤其不是創造黨的問題，」沙德舔舔嘴唇，示意施施兒也嚐嚐咖啡：「星務卿你也曉得，真正決定創造黨行動的人不是區區在下，我何德何能竟然勞動尊駕光臨寒舍？」

「每一個智商一百以上的奧瑪公民都知道沙庫爾麾下的五大天王，」施施兒說：「沙庫爾副統領，不，用閣下更熟悉的稱呼，盧卡斯，是本星政經穩定的重要力量。愛蓮祭司為他管教務，商界名流阿部信一其實是他的帳房，舊大陸軍團總司令可必思是他的軍事後盾，舊大陸黑社會教父波哥負責情報，而沙德閣下你絕對是盧卡斯在政治上的智庫和黨務代言人。身為星務卿，我非常遺憾不能理解盧卡斯為什麼離棄了副統領的職守；目前我不能得到他的親自承諾，那麼我必須得到你的支持，才可以保證政府的有效運作。」

「姑且不談『五大天王』之流的閒話，」沙德冷笑：「我已經習慣稱呼他沙庫爾，我們創造黨的黨魁沙庫爾先生。你不會不理解把他從力王市的副統領辦公室逼走的，不只是賈議長和賈敏將軍的各種挑釁行動，也因為大統領和星務卿你本人的無所行動、坐視不顧。」

施施兒沉默不語。

「你說的愛蓮祭司，在剛才大統領向全星宣布特赦以前還是一名通緝犯；阿部的名字被賈議長旗下的新大陸金融集團列為封殺的頭號名單；可必思原本是新大陸軍團總司令，被大統領降調到舊大陸軍團之後，他能夠掌握的兵權不及當年的五分之一；而波哥只不過是一個傳說人物，誰也沒見過他。至於沙德本人，」沙德用金匙子攪拌著不到半杯的褐色液體，響起叮噹的節奏：「星務卿你可全看在眼底，沙德本人除了拒絕出席國會，縱容貴黨人士踐踏人民的公意之外，一無所用。」

「言重了，沙德閣下，」施施兒的耐心驚人：「三個奧瑪年以前，我們兩邊的力量結盟在一起，才能順利地完成政權的世代交替，也才有今天的第九共和。」

一個綁著白頭巾、穿著嫩黃色連身裙的家政婦端著錫製餐盤走來，盤子上面擺放著細緻的青花瓷仿古咖啡用具，家政婦布滿皺紋和青筋的手掌靈巧地為貴賓換上熱騰騰的新杯，又為主人添加咖啡，一陣香氛洋溢在典雅的會客廳中，除了顯眼的虎皮沙發之外，典麗的家具以帶著淡紫的藤灰色和淺粉紅色為搭配，貞靜地安置在芥子色的長毛地毯上，室內懸宕著一股沉穩、雅致、溫馨而甜美的氣氛，和沙德個人的冷峻銳利形成強烈的對比。

施施兒終於淺嚐一口氣味醇厚的咖啡，香氛直抵腦門。

年邁但是精幹的家政婦露出滿意的眼神，謙遜而滿足地含笑退下。

相對地，坐在虎皮沙發上的兩個談判者，像是飄浮在另一個沍寒的世界中，彼此的兵器都想架上對方隱藏的要害。

「無論如何，暫時的誤會必然撥雲見日，」施施兒繼續說：「沙德閣下，大統領舊大陸之行的主要目的你我心知肚明，我來這裏，也是希望能夠將大統領和星務院的心意事先傳達給沙庫爾副統領。」

「星務卿，」沙德拈著咖啡杯耳的手掌和家政婦的肌膚一樣雕刻著歲月的痕跡：「你為什麼拗折了自己的信念，繼續為王抗護航呢？我早就瞭解你原本就反對大統領和我們這邊結盟，你是一個不折不扣的現實主義者，也懂得這顆星球的三大勢力必須保持某種對立的均勢才能共存。當王抗脫離你的政治藍圖，準備再度和沙庫爾聯手剷除賈鐵肩的力量時，他已經陷入一場零和遊戲之中。」

「你對王抗有一份奇特的情感，」沙德安祥的說：「我看得出來，那是一種近乎愛情的情感。」

施施兒臉色遽變，他可以感受到自己顏面肌肉全都凍結起來的緊繃感。

「我可以瞭解你仍然偏袒王抗的原因，」沙德微哂：「王抗是你的藝術品，曾經是；我得提醒你，現在，他不再是你的藝術品。」

施施兒不愧是施施兒，他不會輕易敗在沙德的嘴下：「那麼，沙德閣下，你和沙庫爾之間，誰又是誰的藝術品？」

「你的邏輯有些女性化，」沙德吸吮咖啡杯緣：「沙庫爾是一個完全不同的典型。」

「無論如何，我必須尊重大統領個人的意志，」施施兒說：「更重要的，這場零和遊戲的主導權仍舊在他的手上，他選擇誰，就會導致另一方的全面崩潰。你懂我的意思嗎？大統領也可以選擇賈鐵肩。」

一個稚嫩的小孩從走道後搖搖擺擺走了出來，對著沙德喊著祖父，追到走道口的是一個棕髮的阿利安裔少婦，她滿懷愧疚地望向沙德。沙德向他的媳婦示意沒事。

孩子走到施施兒面前，格格笑著，發音不清地喊著：「星務卿叔叔，星務卿叔叔，……」

「我的孫子，他的父母休假，帶著他來看我，」沙德解釋：「這孩子一定老是在視訊牆看到你。」

施施兒把白手套脫卸下來，抱起三歲左右的孩子，明亮透徹如同藍寶石的瞳孔感動了星務卿，那柔嫩、帶著乳味的疏鬆髮絲，以及白裏透紅的稚嫩手掌，散發出希望的光澤。

「我的祖先之一曾經說過，當時人們描寫整個希臘和小亞細亞因為一顆蘋果而陷落在火與劍的爭執時，他們也同時瞭解，人類不會因為一場煽情的演講就變成戰技優良的鬥士。」沙德對抱著孩子的施施兒說。

少婦含羞走出，接過施施兒手中的男孩，「失禮了。」少婦擁有醇美的音質，其實是一個大方、爽朗而美麗的女子，施施兒看著她走進彎道。

「如果你問那個準備拚命的武士，為什麼讓自己的生命和榮譽決定在劍與匕首的運氣之前？他不可能不感到羞愧。」

沙德繼續說：「雖然過去我們各事其主，但是有些理念是相通的。剛剛你說，王抗也可以選擇賈鐵肩，其實他早就沒有選擇的資格，當政治的生態平衡被破壞以後，沒有底座的王抗將會從頂尖的位置墜落下來，跌得粉碎。」

施施兒抗辯：「大統領有外圍軍團的支持。」

「外圍軍團支持的是『大統領』這個頭銜，」沙德長嘆：「你比誰都瞭解王抗的性格，他的性格使他失去選擇的權力；但是，你還有選擇或者被選擇的機會。」

「沙德閣下，」施施兒感到一股寒氣竄入脊椎：「你的提議非常大膽。」

「星務卿也不過是一個頭銜。」沙德說：「我已經很滿意自己的生活了，我的根在奧瑪，我會想到我的孫子的未來。如果沙庫爾成為大統領，就算是他在明天繼位，我也會嫌自己的年紀幹星務卿的工作已經老邁。但是你仍然年輕，你可以跟沙庫爾處得很好。將近四十年前我曾經是他的敵人，在一顆不起眼的星球一個不起眼的省分，那時我和當年的青年盧卡斯才剛剛接觸政治；而你卻可以和現在的盧卡斯共享未來歲月中的權力盛宴。」沙德說完，將他的背脊貼入柔軟的沙發中。

「這算是保證嗎？」施施兒的白手套掉落在芥子色的地毯上，他眼神凌厲地望著面前的老人。

「蒙田曾經說過：『我們必須學會忍受我們不能規避的事物』，以前我還有一個老朋友，」沙德突然想到和藹可親的王帆遠，三十年前他們一起從基爾星流亡到奧瑪，不久王帆遠就隻身到新大陸南方隱居，再也沒有音訊。沙德繼續說：「那個老朋友告訴我一句華人古老的俗語：鳳凰擇良木而棲。過去地球曾經出現一個叫做拿破崙的帝王，他失敗的時候，他的警政總長扶雪背棄了他，扶雪說：『背棄拿破崙的不是我，而是滑鐵盧』！」

施施兒沒有回答。

沙德也不再說什麼。

兩人對望，誰也沒有開口。漫長的一刻鐘經過，施施兒站起來向沙德道別，沙德微微頷首，然後閉目養神，他聽到星務卿帶上房門的聲音。

◁

三、二、一、跳！背後的教練大喊。

王抗縱身跳出艙門，他四肢如青蛙般滑動，因為奧瑪的大氣結構，旋晃的地景像壓在一層綠玻璃之下，清晰又散發出奇妙的折射。跳傘的刺激非常短促，也非常強烈，王抗只有不到十九秒的時間盡情遊走虛空之中，然後他必須拉開降落傘，徐徐緩緩飄落地面。

無關氣力、無關肌肉、也無關體形，跳傘的神髓在於操縱自己軀體能力的展現。

蓬一聲，急墜的身形被撐開的傘往上逆向拔起，一種彷彿高潮的軀體感應；不同的是，性愛的高潮之後是急速萎縮的情緒，而開傘的高潮之後則是徐緩綻放的心智。

賈鐵肩的座車通過三道路障，跟著天空上飛機的方向行駛。議長命令司機打開車頂的方蓋子，拿起電子望遠鏡，他看見飛機的腹部掉出一個黑點，十幾秒後垂直墜落的黑點張開了長方形的彩色降落傘，搖搖晃晃地落下；賈鐵肩按下確認鍵，鏡頭中的座標鎖定在黑點的頭部，立即放大出王抗的臉龐。

◁

◁

「喔？議長，你也想來玩玩？」王抗看見賈鐵肩如同大企鵝般的身影逆光向他走來。

一群侍從正在幫大統領卸下傘包。

「大統領，自從您發表視訊演說之後，」賈鐵肩氣喘咻咻地說：「我怎麼都和您聯絡不上。」

「我正在休假中。」王抗的視線轉向草地的遠方。

施施兒站在遠方草地上，一雙戴著白手套的手掌交疊在紺青色風衣前，顯得格外雪白鮮亮。

「議長，」凝視施施兒的王抗說：「也許你該和星務卿談談，如果你允許的話，我還想再跳一次，試試看你一定上癮。」

不等賈鐵肩開口，王抗跳上一輛迎面駛來的越野吉普後座，兩個手持衝鋒機的貼身侍衛分別搭上車身兩側。他們直駛半公里外的停機坪。

◁

賈鐵肩和施施兒並肩走在一起，整整矮了一個頭的賈鐵肩把沉重的電子望遠鏡掛在乳白色的禮服前，他仰著頭說：「如果大統領取消舊大陸之行，我們可以商量修改《大統領任期法》的任期年限。」

施施兒沒有反應，像是默然接受，又像是無言的拒絕。

「能夠化解奧瑪危機的，只剩下一個人，只有你說得動大統領。」賈鐵肩停止腳步。

施施兒多走了一步，迴身低頭看著賈議長那副大企鵝般的身軀。

賈鐵肩的聲音沙啞而刺耳，像是垃圾攪拌器和廢鐵對抗的騷響：「人人都知道沙庫爾是個陰謀家，有關他的一切正是第九共和以及我們奧瑪團結黨的最大威脅，特赦錫利加教徒已經令我無法接受，更別說讓大統領和他結盟了。」

飛機再度轟轟起飛，機身拔起時恰好將陰影籠罩在兩人的四周。

「……」賈鐵肩的聲音被飛航的巨響遮蔽住了。

施施兒抬頭，他知道王抗在機艙中。

「……無法忍受，……戰爭的……」賈鐵肩的聲音起伏在飛機漸行漸遠的噪音間。

飛機升空，盤旋著，機員和地面塔台聯絡著風速數據和相對位置的確認。事關大統領的安危，地面塔台的計算機源源輸出各種自大氣層外監視衛星傳回的資料，這些資料也由地面塔台同步傳送至飛機中的主電腦系統。

◁

「我瞭解了。」施施兒打斷賈鐵肩的話頭，他什麼也沒聽進去，他只是佯裝傾聽。

「你沒有在聽？」賈鐵肩的臉色陰沉下來：「身為本星議長，我對你星務卿任內的表現一直感到遺憾，現在你失去最後的機會了。」

施施兒把那雙戴著白手套的手插進敞開的風衣裏，淡淡地說：「敬愛的議長，我接受你的指責；不過，如果你還有下一次參選機會的話，我希望你的選民不會對你任內的表現感到遺憾。」

◁

王抗從空中墜落。

墜落，朝向他統治的星球墜落。

他突然不想拉開他的傘，他想知道自己和自己的星球迎面相撞的結果，愚蠢的結果。

如果慢十秒呢？如果只慢五秒呢？在臨界高度上王抗突發奇想，但是他及時拉開了傘，計算精準地拉開了傘，他的意識無法抗拒地接受強迫性的動作，一個簡單的，拉開勾環的動作。

在臨近地面之刻，王抗看見地面上凝縮成指甲大小的賈鐵肩和施施兒默默分手，他們各自的方向在焦茶色的草坪上形成有趣的直角。然後，他突然發現自己懸浮在空中。

◁

懸浮在空中的王抗，覺得有什麼錯誤發生在自己身上。

一個說不出、聽不到、看不見也摸不著的錯誤發生在自己身上，這是人間最恐怖的事情。

他克服了對「剋癌立靈」的依賴，克服了失去母親的痛苦，克服了面臨死亡和殺戮的恐懼，克服了口吃和頻尿的自卑，克服了對於自己性能力的懷疑，克服了貧窮和卑賤的屈辱，克服了剷除王帆遠和克里斯多娃的內疚，克服了施施兒的魅惑，克服了懼高症的磨難。

王抗克服了一切，也將克服迎面而來的一切。

但是，有什麼根本性的錯誤正發生在自己身上。

他的皮靴滑動在焦茶色的草皮上，劃開纏滿烏賊草根的泥土。

一群侍衛即刻簇湧而來，為他脫卸裝備。

王抗極目四望，賈鐵肩和施施兒都已經消失。

一群奧瑪蝶不知從何處竄出，源源不絕地撒布在翡翠綠的天空間。

眼前的景物歷歷在目；但是，王抗突然覺得自己什麼都看不見了。

時間龍

背對無垠的星空，
忘記了自己的姓名。
向地面墜落的男人，
他看見迎面而來的整座星球，
地圖中的細節不斷展現放大。

選擇墜落的方式和姿態，
選擇墜落的時間和地點，
選擇本身是一種最低限度的幸福。

面對死亡的霎時，

生命的意義沿著星球表面的弧度
飛騰擴張……
一個人的生命以及無數人的生命
在面對死亡的霎時融為一體。

微塵般的星雲，
懸浮在失去光熱的黑闇中。
撞擊前的剎那，
無限擴大的瞳孔，
流釋整個宇宙的哀愁……

▽

奧瑪星力王市郊巨蛋星際中心旁一棟二十層樓高的紫色建築，這是一棟防衛森嚴的某機構所在地，雖然沒有掛上機關牌匾，但是只要稍微瞭解奧瑪政情的，人人都知道那是聞名遐邇的特務機關「奧瑪中央檔案局」的所在地。

除了少數權力核心分子之外，沒有人知道局長羅哥的長相，在克里斯多娃時代他只向大統領一個人負責，在王抗執政之後，羅哥似乎只對自己一個人負責。王抗曾經向星務卿施施兒抱怨了很多次，即使謀略如施施兒也對羅哥無可奈何，他在星務院成立了自己的情報單位：星務院調查室，除此之外施施兒別無他法，因為所有的官員都拒絕接替羅哥的局長位置，人人都怕羅哥，連施施兒也不例外。

於是，中央檔案局成為一個完全「自治」的單位，據說全奧瑪星只有舊大陸的黑社會頭子波哥可以在情報上與羅哥一較長短；羅哥又何嘗不是一個君臨黑闇的超級教父，控制著新大陸的情報世界。他常常主動提供情報給不同的政府部門，也接受不同政府部門所委託的案件，一切業務都以那棟紫色建築為樞紐，羅哥自己從來不曾踏出建築一步。

很多人謠傳羅哥只是一部大型電腦，根本不是有機體。而且這個謠言被廣泛流傳，包括力王市的很多基層政府官員都深信不疑；羅哥只是一部控制全星資訊網的巨大機器而已。

那棟紫色的建築沒有採取傳統奧瑪建築的波浪壁格局，簡單地說，建築的外觀就像是一球嵌滿了葡萄乾的芋頭冰淇淋，坐落在力王巨蛋的旁邊；就比例而言，中央檔案局如是一球芋頭冰淇淋，那麼銀光閃閃的力王巨蛋就是一顆半埋在地面的恐鶴蛋【一種和地球鴕鳥體型相同的奧瑪特有種無翅鳥類】。

的確，中央檔案局擁有一部連通全星各政府單位的超級電腦，不過羅哥確有其人，他直接在自己的辦公室發號施令。那部超級電腦以及羅哥本人的辦公室都不在紫色建築中，而在力王巨蛋的地底四層以下的祕密空間。

力王市的巨蛋星際競技中心是地球聯邦、新麗姬亞帝國和十九個獨立星舉辦星際奧運的固定場地，只有在這座巨蛋之中，一切政治的糾葛都被運動員拋諸腦後，各星人種以他們軀體的能量在公平的遊戲規則下進行競爭。因此，這座巨蛋也被稱為「宇宙精神聖地」。中央檔案局的真正本部就建立在力王巨蛋正下方的地下五至十層，包括第五層的特派員集訓中心、第六層的特別偵訊中心、第七層的主電腦檔案中心、第八層的行政中心以及第九至第十層的局長個人活動空間。

那一球芋頭冰淇淋般的紫色建築，只是一個聯絡中心兼「地下巨蛋」的出入口而已。

羅哥最重要的嗜好是吃恐鶴肉，每餐他都必須吃廿隻活的恐鶴和三大桶「奧瑪同志雞尾酒」。因為紫色建築的九百名資訊管理員和「地下巨蛋」的三千名員工每日都需要一列大車隊的食品補給，很少人注意到有一個貨櫃車的食物是固定專供局長享用的。

◁

賈鐵肩的座車通過警哨，進入紫色建築的地下車道，經過一陣盤旋，穿越禁入區的磁障，滑入一個黃色閘門前，司機啟動密碼機，閘門的辨識裝置出現一排閃爍的彩色幾何符號，複瓣型的閘門即刻裂開，如同巨蟲腹部的露草色環型車道呈現眼前。這條鮮亮的地下車道通向「力王巨蛋」下方的神祕單位。

◁

「力王巨蛋」地下九層，羅哥的會客廳。

會客廳非常寬廣，不規則狀的牆壁由鏤刻著細密符號的合金板拼貼而成，那些以幾何圖形嵌合而成的符號是乭星的千瞳族文字，由於千瞳族的數量稀少，可說是一種非常冷僻的異體字形。

在那些單調而冷酷的符號牆壁之前，擺滿了羅哥苦心蒐集的各種大型動物標本，包括了地球最後一隻中華鱘，曙星絕種的人面龜，獵龍星的廿九種直立虎……，最顯眼的則是奧瑪南路西海特產的時間龍，據說目前存活的數量已經不到三十隻。

傳說中的色色加能夠駕馭時間龍，他統治陸上的人類，也統治海中的龍。

時間龍的標本恆亙了將近四十五公尺的長度，這還是因為標本製造者刻意將它的軀體以波浪型的姿態固定下來，如果將那具標本拉開，可以長達兩百多公尺。這頭時間龍保存得非常良好，八十對肉鰭整整齊齊支撐著盤纏的龍身，它的頭部像是火鶴頭部的放大，最奇異的地方在於額頂一排深紫色的肉瘤，俗稱為龍珠。

時間龍全身盤滾著銀灰、焦茶與肉桂色交間的三色斜紋，粗大的鱗片浮泛著輕金屬的光澤。這奇異而妖嬈的軀幹卻抵不上那排深紫色肉瘤所綻放的光芒；紫色有千萬種微細的差異，但是誰也無法以言語來說明龍珠那幻美炫惑的色澤。

每一顆龍珠都是價值連城的珍寶。經過二十個奧瑪年，時間龍的額頂才會多生出一顆成熟的龍珠；而羅哥擁有的這隻時間龍，在額頂嵌鑲了三十三顆迸現光華的龍珠，顆顆都有人類拳頭大小，顆顆都彷彿凝聚、吸收了整座海洋的深紫色光澤，抑止不住地流洩海水的幻覺。

這隻時間龍曾經是色色加的坐騎嗎？

站在這些珍奇的標本圍繞的大廳中，會有一股奇特的陰寒感受，甚至會錯覺自己進入了被異獸包圍的恐怖情境，總覺得那些死亡的軀體並沒有死亡，它們的眼珠正漸漸轉動，它們的器官正漸漸甦醒……。

賈鐵肩走進來的時候，同時在怪獸林立的背景間環視來客，背後的磁場門嗡嗡合閉之前，精明的議長已經看清楚室內散布的來賓。

除了穿著緋褪色制服的侍者和羅哥安排的美貌女郎不斷穿梭往來之外，這場由羅哥當東道主的祕密雞尾酒會並不算冷清。中央檔案局內部的七個一級主管都在場中，賈系的議員出席了不少，個個懷抱美女互相舉杯。首都衛戍團的總指揮賈敏將軍看見賈鐵肩，即刻拋下身旁兩個紅髮美女，急步上前走來。在大廳一個角落，十七個老邁的舊貴族正在爭辯著市郊一塊土地的產權糾紛，克里斯多娃時代的星務卿巴勃拉夫斯基頂著閃耀的金色假髮和一個大胸脯的女伯爵在探戈音樂的節奏下搔首弄姿地舞蹈。屬於賈鐵肩一系的四名內閣部長到了三名，缺席的衛生福利部長萬寧已經倒向了施施兒的陣營。數量最多的是舊貴族和克里斯多娃的殘黨，他們多半沒有見過羅哥的真面目，因此顯得異常興奮，不斷猜測議論著……。

為了穿越一群諂媚成性的賈系官僚，賈敏花費一小陣工夫才橫越寬廣的大廳。

「叔叔，」賈敏熱切地招呼議長：「大家都在等您。」

叔姪二人並肩走在大廳上，侍者端來一盤各色酒品，賈鐵肩挑了一杯純白蘭地。舊貴族都游走到他身邊舉杯為禮，賈鐵肩挪動著企鵝般的軀體倨傲地點頭。

「全力王市的失意政客都到齊了，那團肉塊怎麼不見蹤影？」賈鐵肩指的是羅哥。

賈敏聳聳肩，他的身材屬於高頭大馬的多血型，穿上鐵灰色的軍服顯得格外稱頭。

「明天王抗就要出發到舊大陸去了，」賈敏弓身和他的叔叔說：「我已經下令衛戍團全天候第一級警戒待命。」

「不要打草驚蛇！」賈鐵肩仰頭，面帶怒容：「一定要非常小心。」

「我用演習的名義，」賈敏胸有成竹：「何況施施兒相信他已經把我買下來了。」

「太明目張膽！」賈鐵肩說：「誰不曉得『演習』在這時候代表什麼意義？別忘記，那個不男不女的施施兒還留在力王市。」

一道金紫色的光柱自大廳上方滑落。

龐然巨物般的羅哥局長連帶他的圓盤形座椅緩緩降落在大廳的中央，立即成為全場視覺的焦點。

「受敬愛的賈鐵肩議長、賈敏將軍，以及各位貴賓，歡迎你們參加羅哥的雞尾酒會。」

羅哥的聲音十分奇詭，像是大廳中所有標本登時清醒過來同步發出嗥嘯的和聲，令人產生一種聽到貓爪搔刮牛骨的悚然感覺。

羅哥的軀體猶如無數贅疣疊積而成的一團肉球，一層七彩疥癬鋪在他的皮膚上；當他說話的時候，全身湧現一綻綻膨脹的氣泡，九顆人類顏面大小的眼珠在他的贅疣間垂直睜開，嗶剝嗶剝地三百六十度轉動著。

赭紅色的觸鬚從他的背部一道道升出，像是憤怒的、被圖案化的火焰痕跡。觸鬚伸長，在侍者的酒盤上挑揀了朱紅色的「地下司令」【按：雞尾酒名稱】，高高舉起，他的九顆眼珠也同時剝離醜惡的身軀，瞬間分散到大廳的不同角落。

前星務卿巴勃拉夫斯基捨下女伯爵，正打算移動到賈氏叔姪身旁，卻被一枚眼珠擋住去路；巴勃拉夫斯基尷尬地扯下假髮，躬身為禮。

另一枚眼珠飛旋至賈鐵肩和賈緻的面前，焦茶色的瞳孔一縮一脹，賈鐵肩叔姪面對著大瞳孔舉杯示意。

「我是羅哥，」羅哥的聲調和冷寂的金屬牆相映成趣，迴音繚戾：「羅哥向大家致敬！」

場內一片回應之聲，場面反而被怪模怪樣的主人撩撥起來，女侍們更大膽了，有的乾脆把身上的薄紗卸下，露出玫瑰苞蕾一般的乳暈，然後在餐檯上的蜂蜜罐子裏用食指摳起一沱金黃色的蜂漿，煽情地塗抹在酥軟的胸膛上，引誘那些高貴的議員，讓男性溫暖的舌尖一面沾濡清涼的酒液，一面在甜膩的乳房上淫猥吸吮。

「在羅哥的空間中，」羅哥的九枚瞳孔到處飛竄，他興奮地鼓舞來賓：「女人和食物都可以盡情享用。」

羅哥的赭紅色觸鬚悠然閃電般延伸，捲住了一個赤裸上身的美女，他將呻吟的美女拖到底座上的口器前：「羅哥示範給各位貴賓，如何享用美女的第六種方法。」

「羅哥又調皮了，」賈鐵肩嘎嘎笑起來，一時忘了斥責賈敏的貿然行動：「他每次開宴都要耍寶。」

洙洙的音響發自肛門一樣的口器，在眾目揆揆之下，呻吟的美女即刻被吸進醜陋的肉團裏，接著，口氣噴出一蓬血霧。

漲紅著臉的賈鐵肩揮動拳頭叫好。

一陣鼓掌聲，有人已經禁不住把女侍壓倒在柔軟的地毯上，將肢體纏抱在一起……。

▽

狂歡而淫亂的宴會如火如荼地進行。

羅哥乘坐他的飛盤轉到一扇金屬屏風後的通道，在迷宮般的叉路間，進入一間以磁障為門戶的密室，跟著進入的有五個人：賈鐵肩議長和賈敏將軍叔姪、前星務卿巴勃拉夫斯基、舊貴族紅派領袖大胸脯的巴甫洛娃女伯爵、舊貴族白派龍頭蛤利公爵。

羅哥留了三顆眼珠在宴會現場，觀看那些在「愛氣」噴放後沉醉於酒池肉林的閣員、議員和貴族們。

他剩下的六顆眼珠嵌在肉團中，滴溜溜地注視走進密室的五個男女。

「歡迎來到羅哥的密室。」

羅哥張開一排搖晃的觸鬚示意他們就座。

女伯爵巴甫洛娃是唯一受不了羅哥吞食美女那一套血腥把戲的一位。她用一條紫羅蘭色的絲巾掩住口鼻，碧綠色的眼珠帶著些微的不安以及強烈的鄙惡。更掩藏不住的是她眼角的魚尾紋，歲月的侵蝕總是不知不覺地爬上了女人的面頰。

蛤利公爵溫文儒雅地坐上高背椅，淡綠色的頭髮已經退到耳角，光亮的頭顱用保養液仔細地按摩過，自從王抗下令停止全星貴族的月俸並廢除國會中的貴族院之後，這是蛤利公爵仍然無法放棄的基本嗜好。

舊貴族的紅、白兩派各有不同的政治主張。紅派以「新貴族聯線」為代表，擁護克里斯多娃復位；白派則信奉現實主義，支持賈鐵肩主政。兩派唯一共同的主張是恢復貴族院以及貴族的俸祿制度。在這個前提下，兩派人馬都在賈鐵肩的號召下整合起來。雖然在實際政治層面舊貴族已無置喙餘地，但是他們佔據了大力王市都會區百分之七．五的地產，整個新大陸則有百分之十的土地集中在舊貴族階級的名下，這股龐大的經濟實力已經因為他們頹靡的生活積習而日逐萎縮【按：三個奧瑪年以前奧瑪貴族所控制的土地總面積佔新大陸土地的百分之二十七】，他們失去了政治靠山以後，即刻在平民資本家的陷阱下不斷賠出土地和祖產。儘管如此，對於賈議長而言，他們依舊擁有政治和經濟上的「剩餘價值」。

賈鐵肩清清喉嚨：「各位，推翻小白臉政府，徹底解放奧瑪的時機已經到了，」他望向羅哥：「當然，我們必須要謹慎而準確地利用現有的情勢。」

羅哥剩下的六枚瞳孔煥發七彩的光暈，他全身的肉瘤發脹，充氣的皮囊一球一球凸露在醜惡的軀幹外。

「羅哥可以有效控制首都和新大陸北方所有的通訊網路和軍事密碼，」羅哥自豪的時候，眼珠便不停轉動：「這表示，即使首都外圍區域的軍團首長不願意支持羅哥企畫的行動，羅哥也照樣可以操縱他們所有的地面攻擊設施和武裝部隊的調動。」

賈鐵肩滿意地點頭：「只要羅哥局長支持，侖他的我們可以直接透過電腦系統啟動新大陸的星際控射武器，在星戰級的武力前，沙庫爾和他的舊大陸軍團根本不堪一擊。」

「不錯，」前星務卿巴勃拉夫斯基插嘴：「我們只要團結起來，沙庫爾就只剩下兩條路，一條路是支持我們的行動，另一條路就是等待我們一舉摧毀他在舊大陸的老巢。」

羅哥的眼珠轉動得更快、色澤變換得更急遽，但是他詭異的腔調還是保持著沉穩的節奏：「羅哥的計算從來不出差錯，羅哥喜歡效率，你們的行動一定要根據今天的會議內容。」

「由我來分配任務，」醞釀政變的主謀賈鐵肩意興遄飛地站了起來：「王抗抵達自由市前的三刻鐘，所有行動同步進行。」

「羅哥局長，你負責擾亂力王市外圍五大軍團內部的聯絡網，並且切斷舊大陸和新大陸之間的一切通訊和交通，直接接管新大陸北方的十七個星際攻擊系統。」

賈鐵肩接著注視賈敏：「賈敏將軍，你將成為新政府的軍事領導者，但是你的任務比較複雜也比較實際，首先你必須下令首都衛戍團攻佔星務院、大統領府以及警政總署，並且接收所有警力，」賈鐵肩從黑色燕尾服的內袋掏出一張準備好的名單交給賈敏：「包括星務卿施施兒、副議長沙德以及王抗旗下的各部會首長，這份三百二十七人的名單是我們第一批逮捕的對象，除了沙德之外，凡是抗拒者，當場格殺勿論。」

留下沙德，自然是對沙庫爾留一手。然後，賈鐵肩的視線轉向因為長期抑鬱而臉色灰暗的前星務卿，他曾經是聞名星際的外交奇才。

「巴勃拉夫斯基，你在國會大樓和我會合，我將被議員們推舉為奧瑪第十共和臨時大統領，而你會被我任命為臨時星務卿，即刻就得主持記者會，發布大統領王抗意圖推翻議會制度而受到全民唾棄的事實，並向各星系發出新政府成立以及維持中立政權的不結盟宣告。」賈鐵肩搖擺著他笨拙的身軀，巴勃拉夫斯基只是一味點頭。

「同時，」賈鐵肩指著蛤利公爵：「希望蛤利公爵能夠率領全星貴族及工商業代表向全星民眾宣誓支持新政府的成立，並且譴責前大統領王抗貪污竊國的罪行。我們必須立即安定民心，在各軍團混亂一片時完成政權轉移的工作，那些軍頭自然懂得苗頭，等他們承認新政府之後，再一個一個把他們個別擊破，抽換成我們自己的人馬。」

蛤利公爵完全沒有異議，他的心情和巴勃拉夫斯基非常接近，這是敗部復活的契機，而這個契機是拜賈鐵肩的恩賜。對於賈鐵肩的任何指示，他們無不唯唯諾諾。

「這次政變的理由很簡單，王抗將依叛國罪起訴。就這些，」賈鐵肩攤開雙手：「羅哥局長，有什麼需要補充的地方？」

「羅哥沒有不必要的看法。」羅哥乾脆地回答。

「賈議長，」巴甫洛娃扯下臉上的絲巾站起，她的大胸脯在低胸禮服間猛烈搖晃，這次是因為憤怒而不是調情：「首先我要鄭重警告你，那個老禿賊，」她指著蛤利公爵的頭頂：「不能代表我們貴族階級。你把我們紅派貴族不看在眼底，還想背叛克里斯多娃大統領。我們紅派貴族支持你這隻醜陋的老企鵝，只是希望你能夠幫助克里斯多娃大統領復位，現在你撕毀自己當初信誓旦旦的承諾、暴露了無恥的野心，今天老娘坐在這裏，就容不得你倒行逆施！」

「以前，貴族階級分成紅派和白派，」賈鐵肩舞動雙臂，滑稽的動作更證明了他真像一隻企鵝：「今天請巴甫洛娃伯爵到場，也就是希望能夠化解這種不必要的分裂，本座就任以後，保證可以恢復貴族院和月俸制度。」

「巴甫洛娃家的字典裏沒有『妥協』這個詞彙！」巴甫洛娃潑辣地指著賈鐵肩的鼻尖：「老娘所以組成『新貴族聯線』，不但要對付王抗那個無恥的面首，也不會放過你這種叛徒！」

賈鐵肩無奈地轉頭看羅哥。

羅哥的六顆眼球突然彈射出來，環繞著巴甫洛娃驚怖的面容，一道赤紅色的觸鬚突然盤住巴甫洛娃纖細的蜂腰，慌張的女伯爵來不及尖叫，她的頭顱就被吸進了羅哥的口氣裏，接著是肩膀，那對豐腴的乳房隨著抽搐的軀體迸出低胸禮服、劇烈地抖顫著，深咖啡色的乳頭急著要逃脫現場一般上下彈動，她的四肢無能地滑動，橙色的禮服到處是開裂口。

羅哥窄狹的口器一吸，就吸入女人腰部以上的軀幹，巴甫洛娃的兩條腿不自主地踢向虛空，黑色的絲襪下包裹的性感區域彷彿露出巴甫洛娃腐爛的臉龐無助哭嚎，接著，整個女人都滑進口器的腔道中，剩下一對金色的高跟鞋鏗鏘跌落。

為了禮貌，羅哥憋住氣沒有吐出一蓬血霧，以免弄髒了議長的燕尾服。顯然，巴甫洛娃不合他的胃口，那六顆懸浮半空中的眼珠都縮緊了瞳孔，羅哥的胴體也忽大忽小痙攣了一陣子，彩色的鱗疥散揚在他的底座周圍。

蛤利公爵的白臉變成青臉；巴勃拉夫斯基則握緊拳頭、彷彿骾到魚刺般乾咳著；賈敏沉著地舔著乾涸的酒杯；而賈鐵肩卻漲紅著臉興奮得嘎嘎大笑。

賈鐵肩喘著氣說：「現在沒有紅、白派的問題存在了，在新共和體制下，每個階級的利益都是以團結為前提。」

「羅哥為大家解決了第一個問題，」羅哥似乎也回過氣來：「這個問題卻讓羅哥消化不良，你們先回到宴會場上，羅哥的另外三隻眼睛在那裏招待你們。」

賈鐵肩和其他三人魚貫步出密室，每一個人的表情都不一樣，但是他們的命運將會是一樣的。

◁

當密室的磁障再度合攏，羅哥的六顆眼睛也回到那個臃腫得像一座小山的軀體上。
密室裏的一片合金壁沙沙開啟，裏面走出一個黑影。
「沙德閣下，」羅哥說：「他們的計畫你都聽見了吧。」
沙德沉默地坐上賈鐵肩剛才的位置。

◁

在克里斯多娃統治時代的中期成立了「奧瑪中央檔案局」，並且任命了羅哥為「奧瑪中央檔案局」的局長。

羅哥是坌星的千瞳族人。因為坌星的質量巨大，千瞳族的軀幹和器官在漫長的時間中進化成笨重但是實用的面貌。千瞳族的眼睛和時間龍的龍珠恰好成為有趣的對比，時間龍活得越長，額頂上的寶珠便越多，而千瞳族在成長過程中眼珠的數目會逐漸減少，自幼年期的千目到成年期的十目，然後在衰老的過程中不斷喪失眼睛的功能，全盲的千瞳族人也就是一個僵斃的千瞳族人。

千瞳族的數量非常稀少，也曾經因為怪異的長相被異星人視為低等的獸類。事實上他們建立了全宇宙最複雜的文字系統，他們的神經系統進化時著重在可以「無線遙控」的感應式眼球，因而思考速度遜於一般人類，但是卻擁有同時處理多種資訊的神奇能力。

坌星在三千個地球紀元以前已經成為一顆荒廢的星球，失去食物的千瞳族成群死亡，除了少數有能力移居外星者，千瞳族等於是在坌星滅種了。其他的千瞳族大部分都死於環境適應不良以及各種不明原因，奧瑪星可能是唯一可以居住的星球，但是羅哥一族不能接受大氣中K輻射的照射，而且他們的體積增加了三倍，形成目前的怪模怪樣。

事實上，在克里斯多娃任命羅哥為局長的同時，她也同時機密地任命沙庫爾旗下第一大將沙德擔任為檔案局的最高總督長，換言之，在神祕的羅哥背後，沙德是檔案局真正的負責人，這個祕密知道的不超過四個人，包括沙德、羅哥、克里斯多娃，最後一個人是沙庫爾。是沙庫爾拯救了垂死中的羅哥和波哥兄弟；沙庫爾買下一座南方的礦山時，在一個人工洞穴中發現了這對即將因為飢餓而死的神奇怪物。

▽

施施兒做了一個夢。

他夢見天空的伊蓮蟲不斷增殖，然後分解為豐厚的彩色氣層，陽光的輻射穿越那層充滿音樂的氣層之後再也脫離不了奧瑪星，在雲霧和大氣之間不斷折射，地表的溫度不斷升高，他的祕書衝進辦公室，對他大吼：「星務卿，我們的氣候產生巨變，街道上的溫度升高到華氏一千一百度了……」說完，祕書全身著火，成為一具黑色的乾屍倒在施施兒面前。

這是夢。施施兒在夢中微笑，他知道這只是一場夢，而且他並不打算立刻醒來。對自己的夢產生好奇也必須擁有相當的勇氣。

施施兒打開百葉窗，他看見力王市的建築一座座都被強烈的溫度烤得焦赤欲裂，大氣的密度不斷升高，比正常的奧瑪大氣升高了一百多倍，施施兒發現他的視線在大氣的變異中產生了「超曲折性」，他可以在高密度的空氣中將視野沿著星球的表面推展，這是一種奇觀式的弧度進行，而不是直線進行。

這是夢。施施兒卻笑不出來了。

他看見舊大陸、新大陸，以及洶湧的路西海和涅盤海，整個星球的表面像是被強風翻開的一支雨傘，力王市是原來傘的頂尖，現在卻成為一只巨大的碗的底部，碗口被星球表面包圍的濃厚雲層……。

這不是奧瑪，這是活生生的地獄。

然後施施兒醒過來，在他自己的辦公室中醒來。

他走到窗前，百葉窗在細瑣的聲響下自動調整那些整潔白色烤漆葉片，窗外的力王市如同往昔一樣，到處都是一片燈光交織的蜃影，天空中伊蓮蟲在漆黑的雲層間巡弋，虹色的閃電時現時隱，這座在漫漫長夜中保持微醺氣氛的城市仍然展示著妖嬈而冷漠的姿態。

天亮的時候，大統領就要啟程了。

◁

自惡夢醒過來以後就沒有闔過眼的施施兒一點也不感到疲憊，但是那對布滿血絲的眼睛卻說明了他的體能已經達到臨界點的邊緣。

由於施施兒的堅持，王抗決定放棄搭乘「色色加越洋地鐵」，而採取空中航道。儘管專機和隨行的武裝護航機群將以四馬赫的速度飛行，但是比起九十五分鐘的地鐵旅途將會多出五個小時航行的時間。

「色色加越洋地鐵」的封閉性以及終點站多巴哥車站具備難以防衛的複雜出入空間，是施施兒主張採取空道的主要理由；在區分為三個臨時編組的十八架全天候戰鬥機以及一中隊地面攻擊的護送下，王抗的大統領座機將會得到最嚴密的保護。

「一切順利，」施施兒在微風中為大統領送行：「別忘記，您背負著許多人的希望。」

王抗臉色和煦，他向施施兒伸出青筋浮露的手掌，施施兒脫下白手套，兩隻右掌緊緊地貼合。

「你的手心流汗了？」大統領笑道：「就在你的眼睛中，我看到奧瑪光明的未來。」

王抗身旁是內閣唯一的麗姬亞裔奧瑪人內政總長赫明以及具備原住民血統的文化總長庸露。藍皮膚的赫明和全身長滿甲殼的蟹形人庸露也上前和星務卿致意。

帶領著八十五個隨員的大統領進入座機腹部下的升降光束，這架被命名為「時間龍號」的星表客運機通體橙黃，在尾翼上，代表王抗的斜箭徽記，綠底白線，異常醒目。

「不要去自由市！」施施兒的內心狂喊，他推開簇湧而上的記者們，「時間龍號」那橙黃色的機身已經開始挪動……。

龐大的機群接著陸續升起，迅速化為一群黑點。

◁

王抗赤裸著胴體，俯臥在鋪上絨毯的臥榻上，一個嬌美而體態勻稱結實的黑種女人騎跨他的臀部，十指有節奏地沿著他的脊椎周圍按摩。王抗清晰地察覺那些繃緊的肌肉逐漸在酸麻感中鬆弛、舒張，氣血綿貫，暖意浮升。

臥榻旁有一座精工雕飾的吧枱，從官邸帶出來的大廚康旻思既是可以完全任信的心腹，也是調酒聖手，在「時間龍號」裏客串起大統領的隨身酒保。

一對孿生的美女穿著空姐制服，將餐車推進特艙的角落，動作輕靈地將水果和糕點擺在臥榻旁伸手可及的矮几上，然後退立一旁。

侍從官坐在特艙前方的視訊機組前，全息顯示「時間龍號」以及護衛機隊的相對位置，一個兩百吋的螢幕則播放出機身下的星表景觀。

跟隨指壓師的動作，王抗閉目感受自己肉體中血脈舒緩的流程，屬於自己又無法目視的內在構造，豔紅的血液湧入心臟，然後在那充滿力量的平滑肌的壓縮下，注入色彩妍麗的血管……。他的思考進入自己的小宇宙中，平靜地「發現」那些壯觀瑰偉的人體組織。

「時間龍號」是克里斯多娃時代訂製的最後一架大統領星表巡弋座機，那個強悍的女人根本沒有機會乘坐這架由王抗親自布置內艙的座機就被送上了外太空。三個奧瑪年以來，王抗也從來不曾搭乘這架為大統領身分設計的奢華飛行器。

克里斯多娃的軀體猶如一個姣好的少婦。但是，那起伏有致的身材和圓潤飽滿的臉龐儘管曲線玲瓏，每一道曲柔都是用鋼一般的流線設計出來的。

跳雙人舞的時候，男性的角色和女性的角色並不是按照原始的性別而決定，乃是按照舞姿以及意志的性別予以決定，女人也可以踩踏男性的腳步，男人也可以化身女性接受強而有力的臂彎的引導。

探戈是證明男性力量的試金石，只有強而有力的男性、強而有力的臂彎才能統御一個亦步亦趨的女性……。

女按摩師穿著兩截式的襯衣，自黑皮膚間滲出的體溫經由她的胯間和大腿內側擦撫在王抗的臀部上。肉體放鬆之後，奇妙的慾念流轉在王抗的軀體內……。

的確，只有強而有力的臂彎才能將女性的軀體引帶到完全融入節奏的境界。真正的舞蹈不是套好花招的表演，而是在音樂和性的魅惑下逐步征服對方的肢體語言。就像是克里斯多娃征服王抗，就像王抗征服施施兒。

在某一個瞬間，在一場淫蕩的探戈中途，男性與女性的地位互換了。王抗如此反過來征服了他的征服者克里斯多娃，他聽到了那女人內在尊嚴崩潰的聲音，一座水晶宮殿瞬間坍塌的奇妙災禍……。

一股強烈的欲望蔓延腔腸，王抗在溫柔的胯下翻轉身軀，撕開女按摩師的襯褲，緊繃的黑色腹肌閃閃發亮。維持著騎跨姿勢的黑女孩知道即將發生的事情，她沒有逃避，因為她無從逃避，只能睜大眼睛俯視著她胯下的大統領，在侍從們眾目睽睽下，堅實地侵入自己那晶亮黝黑的軀體。

◁

母親、克里斯多娃、黑色的女郎、背部酸痳的穴道、死屍的彈孔、飛翔、墜落、濁重的喘息、雷鳴般的幻聽、嬌柔的低吟、高潮。高潮之後，是死亡的擬態。

「時間龍號」的倒影滑翔在路西海起伏的浪痕上。

◁

從白晝跨向黑夜。

醒來又沉沉睡去，王抗一度以為他回到童年，回到北上的列車中，正在無數醜惡的塗鴉間艱困地尋找自己的未來。

他掙扎起來，一口飲盡第三杯酒。

「馬上就可以看到陸地了。」侍從官回頭報告。

王抗披上睡袍，坐在吧枱旁的大型沙發。

「降落前半小時別忘了通知我換裝。」王抗指示。

◁

自由市的夜景璀璨光華。

市郊的奈布露莎機場燈火通明，筆直通向市區的馳道像是一條熾熱的鋼管。在空中鳥瞰，自由市和周邊的衛星城排列成組合規整、輪廓清晰的幾何圖形、光點由疏而密，漸漸凝聚在城市的中心地帶。

為了迎接王抗，市中心夾道都是列隊的學生，他們在兩個小時以前就列隊站在街道兩側，煩躁不安地左右張望，有的竊竊私語、有的彼此推擠，但是沒有太大的騷動出現，因為他們都不願意弄髒那些代表校譽的制服。

站在第一排的孩子們都拿著綠底白紋的奧瑪星政府旗幟，他們被教導如何在大統領座車通過時以整齊劃一的動作向元首致敬，至於教導他們的那些教師則在隊伍後控制著脆弱的秩序。

十二萬學童不安地竚立在他們被指定的位置上，路上不時穿梭各種憲警的車隊，常常引起孩子們的錯覺，以為大統領已經駕臨了他們面前的街道而產生一波又一波的驚喜，那表示他們即將可以脫離無形的牢籠。

◁

盧卡斯在扈從的簇擁下進入包廂之中，他坐上柔軟的沙發，阿部信一和東道主包希亞星人布葛布痴分別落座他的左右。

「沙庫爾大人，」租下包廂的布葛布痴咧開那張縱向裂開的嘴巴，以包希亞星人慣有的陰平語調說：「您該聽我的意見，『赤髮鬼』的勝算高。」

盧卡斯微笑，摘下墨鏡：「我下注只憑靈感，賭賭運氣罷了，」他優雅地點菸，紅色的火星菌集在黑色紙菸的末端：「我對包希亞人比較有信心。」接著他在面前的鍵盤按下號碼。

「非常有趣，」布葛布痴說：「沙庫爾您支持包希亞星的『猬龍』，而我卻選擇了地球來的『赤髮鬼』。」

盧卡斯鍵入一串數字：「布葛布痴，你還有時間考慮要不要支持你的同胞。賭『猬龍』勝的賠率是一比十三。」

「阿部先生，」布葛布痴隔著盧卡斯招呼沉默的日裔財閥：「你押哪一邊？」

阿部彷彿自瞌睡中被雷聲震醒，他輕微一震，自飄渺的雜念中回過神來：「我對搏擊的興趣比下注的興趣高，布葛布痴閣下；何況我還沒有真正進入狀況，對於選手的背景資料完全不熟悉。」

「阿部就是這麼嚴肅，」盧卡斯對布葛布痴說：「他的心中永遠抓牢了成本的概念。」

阿部目不轉睛地盯著包廂下的競技場，什麼也沒有說。自從盧卡斯揭發了地球聯邦用安娜來脅迫他的事情，阿部就處於心神不寧的狀態中，他總覺得盧卡斯無時不刻窺探著他。寬恕是人類最偉大也最愚蠢的美德，盧卡斯寬恕了阿部。

不，阿部知道，如果盧卡斯真的寬恕了自己就會親手扣下扳機；盧卡斯沒有殺他，沒有把事實告訴任何人，這表示盧卡斯正用另一種方式懲治他。

阿部開始失眠，開始懷疑身旁的一切事情，他相信四周到處都是波哥安排的眼線和陷阱，他進入一個沒有圍牆、沒有邊界也沒有刑期的牢獄中。更可怕的是，自己明明知道安娜早已不在人世，但是他卻又希望出現不可能的奇蹟。

當阿部得到地球聯邦方面暗示安娜在他們手上時，他就像是一隻撲向火炬的飛蛾，他很清晰自己的後果，那是一次痛快的焚燒和毀滅。當盧卡斯知道了以後，阿部卻成為一隻想追求毀滅，但是被一道玻璃橫隔在眼前的飛蛾，他不再可能死於焚燒，而是在玻璃的這一邊撞得遍地鱗粉，直到全身僵硬，震動著殘破的翅翼靜靜死亡。這整個程序將蔓延他的一生，無法自拔地被盧卡斯為他豎立的那道看不見的玻璃摧殘至死。

盧卡斯仍然那麼和善地把阿部當成親密的夥伴，盧卡斯是一個可怕的人物；阿部心想：如果把盧卡斯放在唐光榮的位置上，地球聯邦將有可能擊敗新麗姬亞帝國；但是盧卡斯所擁有的資源和唐光榮所擁有的資源比較起來卻像是微塵一般。

真正的悲哀在於阿部自己正被鎖困在這枚微塵之中。

◁

王抗在機艙中準備著落地時帶給舊大陸民眾的形相，他有些不悅地卸下一套橄欖色的禮服，因為酒保的微笑有些勉強。

然後他凝視著侍從官那張惶恐的臉龐，他得到了靈感。

◁

赤髮鬼首先出場，全場數萬名觀眾出現一片歡呼的聲音。

包廂中的盧卡斯徐徐吐出他獨特的品味，他喜歡自己訂製紙菸時要求的配方。

「這就是群眾，」盧卡斯說：「在超過一定數量之後，形成一個巨大的怪物。」

阿部怔怔地望向包廂下方，環視那些興奮的人群。

布葛布痴以虔敬的眼神望著盧卡斯，而盧卡斯迷茫的眼神望著廿公尺見方的競技場。

由堅硬的石板一塊塊鋪滿的台面仍有乾涸的血漬。

赤髮鬼身高兩公尺三十公分，赤色的長髮披散在肩胛骨上，粗壯的臂膀糾結著疤痕、筋脈和未拆除的縫線。以地球裔的人種而言，赤髮鬼算是巨大的怪物了。通常這種巨人型的選手下半身比較衰弱，而且動作也不靈敏，但是赤髮鬼卻是競技場間最輕靈的選手之一，下盤堅穩，跳躍超過三公尺半高度，而且擅長關節技，以地球人的觀點已經趨近於超人的角色。

接著，包希亞星人猬龍出場，他的左掌在飛躍的同時輕搭場邊的護欄，連續兩個空中翻滾後穩穩地竚立在赤髮鬼的面前，漂亮的動作立即引起一陣喝采。

猬龍和赤髮鬼相較起來小了一號，他只有兩公尺高，比一般的包希亞星人高不了多少，但是幾乎所有的包希亞星人都知道他的名字。猬龍是包希亞星格鬥技的超級明星；包希亞星人的好勇鬥狠在可知的宇宙人種中可以排在前三名內，而猬龍在包希亞星人中也是徒手格鬥技的前三名。

主持人走到競技場中央，宣布這是一場無限時間的單勝比賽，決鬥到一方倒下不再爬起來為止；然後他以誇張的語調報出赤髮鬼和猬龍的頭銜。

兩大高手即將對決。

這不是普通的競技場，場上的晶石地板可摔破頭顱和震斷脊椎。

在觀眾嘈雜的呼嘯間，赤髮鬼突然撲向猬龍，場中登時安靜下來，筋肉交擊的聲響沉悶地爆開，猬龍連續抵擋住赤髮鬼的直拳、肘攻擊和膝攻擊，他倏然抓住赤髮鬼的頭顱，彈跳起來用自己額頭上的角質肉瘤狠狠擊中赤髮鬼的顏面。

赤髮鬼龐大的身軀踉蹌倒退，他的雙掌摀住臉部，鮮血從指縫溢流而出；同一瞬間，赤髮鬼露出兩排肌塊的腹部連續被猬龍的拳頭擊中。幾乎沒有人看清猬龍出了幾拳，但是觀眾們都清晰地聽到七聲肌肉被拳頭捶打的音響。

赤髮鬼又倒退了三步，他放開雙掌，流滿鮮血的臉龐上，那對眼珠特別顯湣晶亮險惡，憤怒的火焰自瞳孔的深處噴濺出來。

赤髮鬼沒有倒下，他的鬥志被激昂起來了，全場爆出一陣喝采，因為赤髮鬼雖然巨大，卻以靈巧的關節技將猛攻過來的猬龍瞬間壓制住，猬龍面朝地面，雙臂被赤髮鬼反扣，他的脊柱被赤髮鬼沉重的膝蓋壓成弓型。眼看就要自背部被折成兩段。

包廂中的布葛布痴望了盧卡斯一眼。盧卡斯的嘴角浮漾著微笑，他知道布葛布痴想說什麼，一面盯著猬龍和赤髮鬼僵持的體姿，一面淡淡地說：「我喜歡看他們認真打架的樣子。」

布葛布痴錯過了現場的逆轉，當他將注意力移向爭鬥的擂台，猬龍竟然掙脫出赤髮鬼的壓制，三個滾翻之後拉開兩人的距離。

赤髮鬼滿頭腥紅色的鬈髮彷彿正在燃燒，他深深呼吸吐納，全身飽滿的肌肉突然膨脹起來，筋脈凸露出膚表，他的骨骼格格作響，整個人暴長了好幾吋，觀眾又爆出一陣陣喧囂。

「古代地球的祕術，」盧卡斯對布葛布痴說：「透過特別的呼吸法，讓血液充分輸入肌肉之中，並且將全身的組織提升到最高的燃燒狀態。」

猬龍再度搶攻，疾速挪移到赤髮鬼前方，這時兩人體形的差異更形明顯。猬龍攻擊的是赤髮鬼的下盤，在赤髮鬼運氣的過程中，猬龍想要乘隙而入，以拿手的左跳拳給予對手致命的打擊。猬龍的左跳拳速度已經凌越肉體的極限。

啪一聲，猬龍的左拳竟然被赤髮鬼巨大的右掌接住。

赤髮的巨人沒有撼動分毫就接住了猬龍的拳頭，但是猬龍全身竟然以巨人的右掌為支點，雙腿騰空掃中巨人的右側腹下方，最脆弱的下肋骨部位。

赤髮鬼鬆手，彎腰，顏面扭曲；猬龍落地，以雙手支撐，再以全身的彈力，將雙腳擊向巨人的右側腹肋骨。

赤髮鬼仍然沒有倒下，他彎著腰，最脆弱的肋骨受到格鬥高手的連續攻擊，那股痛徹心肺的感受使得他發出震響的怒吼。

「戰鬥的目的是要讓敵人落淚，」盧卡斯說：「不論種族、不論時空地點，真正的戰鬥還可以讓內行的觀眾落淚。」

猬龍發動連續攻擊，他的貫手綿密地擊中赤髮鬼擋住胸膛的肘臂，血霧在赤髮鬼堅韌的皮膚上源源濺灑。

「被攻擊也是一種藝術。」布葛布痴說：「包希亞格鬥技的精神在猬龍的攻擊中充分展現出來。」

「但是，」布葛布痴接著說：「包希亞格鬥技的最大弱點，也在於缺乏防衛技巧；在包希亞星，格鬥至死才能結束，格鬥是拚命的遊戲。」

赤髮鬼突然展開反擊，出拳無聲，但是猬龍卻被震飛了出去。

「赤髮鬼開始認真了。」盧卡斯說。

震飛猬龍的是一股強大的拳風。赤髮鬼的真正優點在於靈巧，但是直到現在，他發揮的重點竟然只是厚實的力道和防禦耐度。

「赤髮鬼的防禦力是猬龍不具備的。」布葛布痴說。

交談之際，赤髮鬼已經展開反擊，巨大的身軀發揮了靈活的特質。雖然那是很難想像的事情，但是赤髮鬼飛掠到猬龍身側時，他竟然能夠飄忽在敵人的身側和後方。每當猬龍轉身揮拳，赤髮鬼的身形就在瞬間閃逝。

盧卡斯押注的猬龍何時被擊倒，已經是群眾們唯一關切的焦點，盧卡斯的臉龐上卻浮現神祕的微笑。

▽

王抗換上了一套黃色的燕尾服，兩側肩膀直到袖口逢上了各種臉孔的錦繡，一個接著一個舊大陸英雄傳說中的偉大頭像遍布在外套的肩頭和臂身上。

「如何？」王抗對著他鍾愛的酒保說：「這套衣服上隱藏了這顆星球古老的歷史。」

「大統領高明，」酒保冷笑：「黃色的衣飾在我們綠色的星旗之前，是多麼地顯眼，像是，」酒保瞥了侍從官一眼：「馬戲團開場時候的小丑。」

王抗臉上的笑容凍住了。

王抗知道他掉入了一個可怕的陷阱，在兩個最親近的心腹面前，他發現世界開始褪色，艙壁中的事物扭曲浮晃，接著他轉過頭去看侍從官。那張惶恐戒慎的臉孔突然變成石雕般的森冷。

王抗望回酒保詭異的臉龐，用顫抖的聲音說：「我不喜歡你的玩笑。」

「無所謂，」酒保從櫃面的下方抽出一柄短槍，探索光線投射在王抗的眉心：

「你的舉止總是能夠取悅大家，我們都喜歡你。」

王抗大吼：「侍從官，通知後艙的警衛。」

「好的，」面如石雕的侍從官站起來：「我會通知他們，但是，我得先換上你的衣服。」

「挑橄欖色的那套如何？」酒保一邊目不轉睛地瞪著王抗，一邊建議侍從官。

「而且，在我換好衣服以前，」侍從官緩緩說：「你最好不要大吼。」

「碰！」侍從官做勢輕吼一聲，王抗被嚇得全身緊繃起來，然後他感到一陣熱辣的液體激潑在他的新褲管裏頭。

「拜託。」酒保嘆口氣，鄙夷地看著王抗的褲襠。

尿液瞬間變得濕冷，黃色的褲料貼在肌膚上變成幽晦的土褐色，羞恥心使得王抗清醒過來。

要是施施兒在，不，要是聽施施兒的話不要離開首都就好了。

王抗環視四周，要擊倒兩人也許可能，但是要逃過那管槍就不容易了。

「沒有機會了，大統領。」酒保安祥地說：「這顆星球已經給了你很多年，但是你放棄了所有的機會。」

「誰買通你們的，」王抗咆哮：「把槍放下，我可以給你們加倍的好處，只要你們把主謀者揭發出來。」

「閉口，」酒保說：「你知道這柄槍是什麼東西嗎？這是智慧次元槍。」

王抗的臉色變得鐵青：「騙人，這玩意還在實驗中。」

「噢？」酒保說：「我們不是正在進行實驗嗎？」

王抗定睛注視那柄槍，果然在槍身和槍管周圍安裝了各種精密的數碼定位儀和奇妙的符號。

「大統領，你的智商是一四七，」酒保微笑：「非常高的智慧，我把標尺調整到一八〇，換句話說，如果你的意識能夠掙脫出來，你的智慧就成長到一八〇了。」

侍從官換好了衣服，面對著一臉震驚的王抗，侍從官撕下了自己的臉皮，他撥弄著被頭罩壓抑的髮絲，那是一張王抗的臉。

「從現在開始，大統領你對奧瑪星的責任終於結束了，剩下的，就看你自己是不是能夠拯救你自己了。」

王抗茫然看著酒保和另一個自己。

王抗想通的同時，酒保已扣下扳機。

一道暗灰色的光籠罩王抗全身。

◁

新大陸力王市，賈鐵肩官邸。

賈鐵肩浸泡在巨大的浴缸中，四個髮色不同的赤裸仕女環繞在他的周圍，溫柔地按摩著他粗拙的四肢，圓滾滾的肚皮浮露在泡沫之間，肚臍上方盤纏著一個鬼面瘤。二十五年來那顆瘤從米粒大小成長到貓頭一般大小，為了這顆瘤他動過十次割除手術，但是每次更大的瘤體便自疤痕中央重新增長起來，紺灰色的糾纏紋理組構成一張魔鬼的臉龐。

賈鐵肩已經放棄了醫治這個怪瘤的念頭，他甚至開始相信那反而是一個幸運與權力的象徵，有時他在夢中還可以聽到鬼面瘤和他說話，久而久之，鬼面瘤成為他最自豪的吉祥象徵。賈鐵肩每逢重大事件時，就會夢見鬼面瘤在他身上移動。第一次當選國會議員的前夕，他夢見鬼面瘤爬到他的腰際，不斷擴大範疇，閃射出神奇的紫色光芒。而在克里斯多娃被罷免的當夜，賈鐵肩夢見鬼面瘤布滿金色的浮光爬上了他的胸膛，結果他並沒有因而喪失權力，反而進窺更具野心的地位。

而昨夜，賈鐵肩夢見鬼面瘤激射出彩虹般的強光，從原本的位置撲上他自己的臉孔；他夢見自己的臉孔被鬼面瘤取代！

浸泡在浴缸中的賈鐵肩不自覺淫笑著，他凝視自己肚臍上方那顆鬼面瘤，想到昨夜的夢，他相信這次的行動必然會使得他成為奧瑪星的最高統治者。

浴缸前方的巨形立體通訊網亮出交叉的圖案，賈鐵肩輕輕按下浴缸邊緣的按鈕。

賈敏將軍的形象出現在他的叔叔前方。

賈敏有些尷尬，他的眼前也出現賈鐵肩和裸女共浴的畫面；其實，賈敏已經習慣這種景觀，但是一旦看見泡沫間浮現的那顆鬼面瘤，就有一陣酸液自胃底翻騰而出。

「阿敏，事情布置妥當了沒？」賈鐵肩尖銳的聲音搔刮著蒸散霧氣的空間。

「我沒有辦法和羅哥連線，」賈敏流露出憂鬱的眼神：「我擔心，叔叔，萬一羅哥背叛我們……」

「羅哥？」賈鐵肩尖銳狂笑，水波因而震顫不已，四個仕女若無其事地撫弄著議長癡呆的四肢。

「被切斷通訊的可能是我的部隊，」賈敏說：「現在我唯一聯絡得上的只有叔叔你這裏。」

賈鐵肩差一點沉入了浴缸，他大吼：「有問題！」

賈敏正想說話，突然他背後出現了一個黑影。

賈敏回頭轉身，黑影晃動著，舉起手上的霰彈槍。

賈鐵肩目瞪口呆地看到眼前的畫面，賈敏低吟般地哭嚎，被槍聲淹沒，巨大而密集的彈孔從背對賈鐵肩的賈敏身上急遽地爆裂開來。

然後，賈敏倒向浴缸的方向。畫面一陣亂紋波動，雜音和蜜蜂般舞動的視域向賈鐵肩的瞳孔突襲而來。

仕女們仍然若無其事地輕輕搓揉著被震撼得一片空白的賈鐵肩。

畫面重新組構，羅哥的形象凝聚在賈鐵肩面前。

現在賈鐵肩已經吼不出聲來，他張口半晌，才喘過氣來：「羅哥，有人刺殺賈敏，我親眼，親眼看見賈敏倒在他的指揮中心。」

羅哥的眼珠彈跳而出，令人戰慄的嗓音徐徐流溢而出：「任何生物都有死亡的時刻，就連羅哥我也不會例外，當然，議長閣下您也完全不會例外。」

「羅哥！」賈鐵肩激動地質問：「是不是你動了什麼手腳？」

「我是羅哥，」羅哥說：「但是基於禮貌，您還是得叫羅哥為羅哥局長，」

羅哥像是教導小孩一般重複了一次：「羅哥局長！」

賈鐵肩覺得四壁無限制地延伸，空間不斷擴張；他短小的性器官縮入腹腔，全身像化入了泡沫一般鬆軟無力。

議長張大了嘴巴，他想跟著羅哥的語調喊出「羅哥局長」，可是什麼聲音都、發不出來。

立體顯像器受到些微的干擾，羅哥的影像扭曲擺動，九顆飛旋的眼珠變形為潑撒在鐵板上流動的雞蛋。

羅哥回復了原形，他的怪腔怪調也回復往常：「議長閣下，我是羅哥，我是來向您道別的。」

賈鐵肩也回過神來：「羅……羅哥局長，你要去哪裏？」

「不是羅哥我，」羅哥的九顆眼珠同時往前飛竄，似乎就要衝到賈鐵肩眼前：「議長閣下，是您要離開。」

裸女們的手勁加強，但是她們對於顯像器上發出的任何聲音似乎都沒有反應。

「我要離開？」賈鐵肩感到臍上的鬼面瘤在呻吟。

▽

叭達一聲，赤髮鬼看見自己的左手五指被猸龍的右掌折斷，全場安靜下來。

接著赤髮鬼眼睜睜地看見自己的左臂在一連串清脆的骨折聲中像是一條橡皮管般扭曲、拗折……。

布葛布痴睜大了眼睛，他第一次在競技場上看到這種驚駭的場面。

很多名譟一時的鬥士在此當場血濺五步，橫屍現場；但是像猬龍這種殘酷的斷肢技巧，卻是這個包希亞星人的權貴第一次目睹。

猬龍騰空躍起，連續翻轉兩圈，他仍然抓緊赤髮鬼毫無力量的手腕，那整條報廢的手臂在猬龍落地前已經扭攪得像一條被擰緊的浴巾。

這時，猬龍鬆手，赤髮鬼臉色蒼白如紙，回頭望著猬龍，凌厲的目光投射在猬龍鎮定的臉龐上。

「他一聲都不吭，」盧卡斯對布葛布痴說：「赤髮鬼竟然能夠容忍如此恐怖的摧殘而不發出聲音。」

赤髮鬼俯身，把自己的左掌壓在左膝之下，他用右手五指嵌入左臂與肩膀的接縫，血液自指頭和肩部之間流溢出來；在全場一片驚呼與狂嘯間，他自己將整隻左臂連皮帶骨撕裂下來。

◁

「他們都離開了，」羅哥說：「羅哥必須告訴閣下真相，我是羅哥，羅哥從來不說謊。羅哥傳輸幾個現場畫面，避免浪費時間。」

羅哥消失，他切換出幾個立體的傳真鏡頭。

首先是力王市的首都大道，那是一樁車禍現場，一輛氣浮艇被一輛重型武警巡邏車擠壓在沉重的裝甲下，四周用磁場護欄圍繞起來，法醫正穿越磁場裂開的一道入口進入現場，接著立體畫面特寫氣浮艇被壓擠得稀爛的前窗，一顆血流滿面的人頭以不自然的角度夾在車身間。

賈鐵肩驚懼地說：「是巴勃拉夫斯基！」

羅哥旁白：「前星務卿巴勃拉夫斯基，七分鐘前在首都大道車禍身亡。」

畫面切換，出現的是一具巨大的魚缸，中央有一隻巨大的綠色千髮海葵，不，那是一顆被按入魚缸中的人頭，人頭正在掙扎，淡綠色的頭髮在氣泡間飄舞。賈鐵肩看出那顆人頭是禿頂的，他更加感到不詳。

人頭勉強翻露出正面，整張臉被壓扁在玻璃面上，形成妖怪般的表情，不一會，沒有任何反抗發生，人頭以沉睡的表情緩緩栽入缸裏的砂石間，躲在角落的魚群好奇地游到髮叢間……

「蛤利公爵，一秒鐘前在他自己豪華的客廳中踏上他永恆的歸宿。有了這些大人物，閣下不會寂寞；」羅哥的形象重返賈鐵肩的眼前：「再會吧，羅哥向閣下道別。」

賈鐵肩還想說什麼，但是四個裸女突然將他按下浴池之中。

賈鐵肩絲毫動彈不得，眼睜睜看著水波漾上自己的視域。在水中，光源晃亂地折射著，女侍們潔白的肢體像是一座座巨大的大理石塊將他壓下無底的深海。胸腹中殘存的氧氣很快竭盡，當賈鐵肩忍不住吐出一長串的氣泡時，嗆鼻的熱水源源灌入他癡肥的五官，這時他看見的只是一片黑闇，無法觸摸的黑闇。

在臨死之前的剎那，賈鐵肩又聽到臍上的鬼面瘤在幽幽哭泣，他突然頓悟了一件事，鬼面瘤不是他幸運的象徵，而是代表著他生命中的危機，每一次他都逃過了危機，在千鈞一髮之刻反而竄上更高的位置。

在當選議員的前夕，夢見鬼面瘤盤據在他的大腿上。賈鐵肩想起來了，他是因為對手一次失敗的暗殺行動而得到同情票，頭頂上包裹著紗布上台向民眾謝票的。

在當選國會議長的一星期前，賈鐵肩也想起來了，他及時清除了一批議員任內提供他非法獻金的商界人士，當時他夢見鬼面瘤爬到他的腰際。

而克里斯多娃出事的那一夜，他夢見了鬼面瘤移動到胸膛上，那天他在力王市郊的一間別墅休假，當他出發離開別墅的半個小時後，一架失事的警用輕型飛機撞毀了頂樓上他的臥室……。

鬼面瘤不是賈鐵肩的幸運象徵，鬼面瘤是他的災難預告師。

賈鐵肩在一片黑闇中想通了這個道理。

然後他想到羅哥的會客廳中那條巨大的時間龍標本。

時間龍頂著絢爛無比的龍珠，八十對肉鰭一齊滑動，三色斜紋的幻美身軀在賈鐵肩黑闇的視域前快速穿越。

他聽到了時間龍的吼聲。

那是用一萬支鑽刀同時快速切割玻璃的淒厲音響。

賈鐵肩感到一種奧妙的滿足感，當他突然清楚自己的一生究竟是怎樣一回事以後，爆裂般疼痛的胸部不再感到任何苦楚，他意識到自己正在上升，在黑闇中隨著時間龍引起的水流而急遽上升；上升的同時他又意識到自己正在下降，許多堆砌在自己記憶中的事物撕裂了他一部分的靈魂，朝著地心的方向遁逝。

再會了，鬼面瘤。賈鐵肩向自己說。再會了，我的欲望的化身，鬼面瘤……。

嘩嘩一片水聲，四個女郎抖動著她們堅挺的乳房，自浴缸中站立起來，企鵝般醜怪的議長賈鐵肩睜大眼睛，靜靜躺在缸底，他臍上的鬼面瘤竟然悄悄地消失了。

◁

在賈鐵肩吐出胸腔中最後一顆氣泡時，奧瑪星另一個半球的一場地下格鬥仍然慘烈地進行著。

失去一隻左臂的赤髮鬼抵擋猬龍的進攻，血液自斷肢的截面上噴灑出來，他退到場邊的護欄前，狂喝一聲，右手出擊，強烈的掌風全場都能聽到，逼近的猬龍舉起雙臂屏擋，卻被震飛到二十公尺之外。

赤髮鬼趁此空隙，引身彈越，縱跳到五充尺高的護欄上方摘下一柄火炬，他閉起雙眼，將火炬煨近斷肢，一陣肌膚被烤焦的剝滋聲，青煙在焦黑的傷口上蒸騰而起。

「可怕的狂人，」沉默的阿部也開了口，這時全場又陷入了狂亂的情緒；阿部望著盧卡斯帶著笑意的臉龐：「但是赤髮鬼失血已經太多，就算他拚了老命也不見得能夠贏得這場比賽。」

「令我最懷疑的是，在沒有規則的地下武鬥場，即使常出人命，赤髮鬼和猬龍這種玩法卻從來沒看過。」布葛布痴沉吟著：「他們一定受到什麼要脅。」

赤髮鬼丟下火把，痛楚地蹲在地上，而猬龍搖搖晃晃地在二十公尺外站起來，群眾一陣驚呼，因為赤髮鬼剛才的手刀掃中了猬龍右側的臉龐和前胸，而猬龍的右眼正源源流出透明的水晶體。

猬龍顛躓地步向二十攻尺外蹲踞的巨大男人，他一面走，一面用右手的食指和拇指勾出那顆破碎的眼珠。

猬龍挖出了自己的右眼。

◁

穿著橄欖色統帥禮服的王抗步下傳統的階梯，機場的樂隊和歡呼的人潮早已等待在那兒；王抗下機的時候不喜歡用傳送光束，那樣會使得人們不能瞻仰他下階梯的優美姿態。

真正的王抗卻被封鎖在一個異次元空間中，他必須破解七十二道題目才能掙脫這座牢獄。

七十二個透明的方塊體一個接著一個套在一起，而王抗被困在最裏頭的方塊體中。

每個方塊體都有閃爍的稜線，一個套著一個的方塊重重圍困著飄浮在黑闇中的王抗，王抗必須一重重破解題目，否則他無法穿越那些看起來是透明的方塊。這並不是真正的問題，真正的問題是他如何在餓死、渴死在異次元世界之前回到現實世界中。

他已經破解了三個方塊。第四個方塊中浮現是一個方陣：

4	9	5	16
15	6	X	3
14	Z	11	Y
1	12	8	13

每行的和是34。王抗心算非常敏捷，他大吼：「X等於10，Y等於2，Z等於7。」

方塊消失，另一個方塊縮近他的四周，第五個方塊浮出白色數據，這次是一個更大的方陣：

11	f	4	23	17
18	12	6	b	24
e	19	c	7	a
2	d	20	14	8
8	3	22	16	15

王抗焦慮地看著複雜的方塊。他咬開舌尖，溼熱的血液渲染在口腔中，他的心跳漸漸減緩下來。「要活著出去，就得鎮定下來。」王抗告訴自己，他沒有開口說話，但是他在心中對自己說的話卻在方塊空間中迴盪餘音。

◁

王抗想到酒保，不是想到他為什麼會被背叛，而是想到第一次認識酒保的場景。

他知道自己會在方塊裏睡著了，他告訴自己不能睡著，但是他仍然睡著了。

他夢見自己走進一間綠色的酒吧中。

整間酒吧只有他的座機臥艙三、四倍大小，四壁都是綠色的裝潢，署名ＬＣ的版畫作品以固定的間隔懸掛著，畫面是一些變化的幾何圖形，筆觸非常強烈，色調對比鮮明大膽，可以看出原作者洋溢在畫面上的生命力。沿著屋頂稜線，一排鹵素燈以面壁的方位，將金黃色的燈光順勢自牆的立姿間流洩下來。

光流洩到每個白色的畫框上又朝畫框的左右兩側閃閃分流。

四壁和吧枱是金綠交滲的光澤，整間酒吧的中央走道空間卻染上了一種霧一般的綠，那種綠是白蘭地酒瓶一般的深鬱綠色，在沒有四季變化的酒吧空間中，出現一股濃厚的寒意。

王抗推開吧門，看見賈鐵肩坐在吧枱前點菸，偏頭徐徐吐出煙霧，瀰漫的煙霧在不同層次的光影間顯現截然相反的顏色，在明淨處煙霧帶著薄荷綠，而在晦暗處卻呈現潔淨的白色。

酒吧康旻思笑盈盈地站在吧枱後望著王抗。

王抗發現自己身上的鮮黃色禮服變成了綠色的禮服。

「剛才在飛機上我們向您開了一個小玩笑。」

吧枱前抽菸的男人變成盧卡斯的臉孔，沉穩的盧卡斯繼續說：「一切都沒有改變，一切都和昨天一樣。」

「我在哪裡？」王抗看著酒保，又望向盧卡斯。

「你在康旻思的吧枱前。」盧卡斯說。

酒保露出王抗熟悉的、制約的微笑。

「我在玩方陣遊戲，」盧卡斯接著說：「除了酒保之外，沒有人解答得比我快，大統領您要不要玩一玩？」

王抗轉身，他推開吧門。

走出綠色的空間，街上的景物卻令他感到恐懼，無邊的恐懼。

推開銅質的酒吧大門，眼前的街道是「綠區」和「藍區」之間的三條大街，地球移民和麗姬亞移民正用重武器互相攻擊，他看到的是童年時目擊的移民大械鬥，到處都是紅色和藍色的血液和碎屍，空氣中瀰漫著腐肉和硝煙混合的死亡氣息。

王抗突然感到無法呼吸，他想到他需要「剋癦立靈」，他的氣喘病又發作了，拍擊著自己的口袋想摸到那個小巧的金屬噴罐，什麼也沒有，他抓住自己的喉管，感到一把火正在灼燒他的胸腔。

燎朗的火光在廢墟間一叢叢升起，王抗返身推開酒吧的銅扉，衝入綠色的空間後立即用盡殘留的力量將門關上，背部貼著冰冷的銅皮無助地喘息。

酒保仍在微笑，圓渾的臉形像是一塊銀盤。他搖晃著不鏽鋼製的雪克杯，吧枱前的鹵素燈光流蕩在光焰四濺的杯身上。

「我永遠記不得這些無聊的雞尾酒名字，」吧枱前，一個背對著門口的黑影低沉地說：

「鮮豔的顏色只能讓我想到水果、有毒的飛蛾，還有那些噁心的奧瑪蝶。」

「大統領，地球原廠的老帕爾還剩下半瓶。」酒保說，但是並非對著王抗說。他虔敬地向黑影報告。

黑影沉默了一會，用王抗熟悉的音調說：「拎出來吧，我們幾個把它喝掉。」

王抗的氣喘仍然沒有改善，他癱坐在地面，連呻吟也發不出來，取代呻吟的是氣管發出的尖銳音籟。

「王抗呢？」黑影說：「喝捨不得的好酒，怎能沒有王抗在！」

▽

王抗仍然在夢中，他發現那些比異次元方塊更為可怕的囚籠已經一個個鎖定在他的潛意識裏，他知道眼前的黑影是誰，他知道自己倒退到永遠不願意回頭的一面鏡子前，他站起來，告訴自己：「我能夠呼吸，我能夠背誦童年聽過的每一首歌詞，我就能夠呼吸。」

但是他仍然無法呼吸，他站起來，把眼前看到的整間綠色酒吧推倒。

酒吧的一切像是一面道具牆般被推倒了。剩下的是一片黑闇。王抗閉起眼睛，再睜開的時候，他的臉龐因為貼在一對巨大的胸脯間而無法呼吸。

「我的孩子，」克里斯多娃說：「我願意用奧瑪星交換你的愛。」

王抗緩緩將臉龐自克里斯多娃潔白的乳房間抬起。

他看見克里斯多娃的瞳孔間散逸著奇妙的光暈。

奇妙的光暈，奇妙的克里斯多娃，她永遠不老的青春，誰也不相信她的年齡，而王抗更不相信她的年齡。女人可以偽造她的軀殼、偽造她的臉龐、偽造她的髮色，但是有兩樣東西是不可能偽造的，一個是瞳孔，一個是天然的體臭。處女的瞳孔和體臭比任何肉體的特徵都更能證明她處女的身分，而六十歲的女人可以改造一切，卻無法改造她六十歲的瞳孔和六十歲的體味。

王抗像是一塊海綿。

他無止盡地吸取著克里斯多娃那奇妙的眼光和青春的體香，他活在一個巨大的權謀家生命中的一小部分纏綣裏，他得到了一個嶄新的母親，但他也變成一個女孩，某種意義上的「一個女孩」，擁有男性的「一個女孩」。

當一隻母貓般做愛的克里斯多娃，仍然是一顆星球的主宰。王抗跪在屬於她的星球之上和她做愛，他忘記了這顆星球的南半球，忘記了屬於自己的記憶，他是克里斯多娃心愛的寵物。

克里斯多娃翻身，雙腿夾住王抗年輕的腰身，將他的寵物壓在她的胯下。王抗仰視克里斯多娃像聖母般光潔柔膩的臉龐，他覺得自己還是喘不過氣來。

「孩子，a 等於 1，b 等於 5，c 等於 13，d 等於 21，f 等於 10，而 g 等於 9。」

克里斯多娃說。

王抗熱淚盈眶地醒來，他大聲念出夢中克里斯多娃告訴他的答案，第五重方塊和二十五格方陣一起消失。第六重方塊上的題目是一道限時題，在限時截止時還答不出正確答案，就會永遠鎖在第六重方塊中。

題目是「707353209是某數的立方加上另一個數，這兩個數是什麼？【限時3分鐘】」

題目下浮現一個立體的倒數時間，自3:00疾速朝向0:00倒退計時……。

王抗滿頭大漢，他在0:23時大聲答道：「891的立方加上5238的值是707353209，這兩個數是891和5238！」讀秒數停頓在0:12，第六重方塊消失。

新的題目出現：6137是那四個數的平方和？共有幾組解答？

王抗感到四肢無力，他茫然望向眼前的習題，所有的符號都漂浮起來……。

▽

另一個王抗，穿著橄欖色的統帥禮服，氣宇軒昂地站立在閱兵禮車的後座上向夾道的群眾揮手致意。

他的禮車周圍籠罩著一層透明的磁場，以防任何預料之外的意外發生。

自由市的首長們分乘十七輛敞篷禮車尾隨在後，加上開道和護航的三百輛武警重裝甲車，龐大的車陣徐徐駛向舊大陸的行政中樞：琉璃宮。

空中飛翔著三個中隊的武裝戰鬥直升機，舊大陸軍團總司令可必思親自壓陣，他端坐在五千公尺高的浮堡上監視著從機場到琉璃宮沿線的一切動靜，二十八個校級高級參謀控制著一批通訊電子專家，掌握住近一千個固著的衛星監視畫面以及六十個裝置在隨行車隊上的攝影鏡頭。

除非麗姬亞人膽敢發動城市毀滅戰，大統領的安全毫無破綻。

◁

還剩下十六題。王抗已經解開了五十六道方塊鎖，剩下十六個囚困著他的方塊。

他看不到自己的樣子，異次元的時空和現實時空擁有不同的邏輯。他感到自己的頭髮不斷脫落下來，輕輕一抓，就是一把落髮。他也感到自己的肌膚產生了老化現象，雖然看不見自己的臉，但是憑著觸覺，他知道自己眼角的皮膚已經鬆弛。

睡了又醒，他不知道時間，時間在方塊中並不存在，胃和腸劇烈地摩擦著，他必須在自己餓死前逃出，也許在餓死前已經渴死也不一定，喉管像是燒紅的鋼管一般，他幾乎已經說不出話來，在不斷瀕臨自己肉體和智慧的臨界線前，他必須繼續支持下去。

第五十七道題目：6、28、（?）、8128、33560336。

問號中的數字是什麼，完全取決於數列的規則性。

而問號前後的四個數字，從6到33560336，到底存在著什麼樣的關係？只要找出規則性就可以找到答案。

王抗試圖發現問號之外的四個數之間存在著什麼樣的共通性，但是他無法發現任何的線索。就像是有五個人被個別關入五個異次元空間中，彼此完全無關。

不，王抗腦中閃現靈光，也許存在著規則，存在著規則……那存在的規則，不是那些數字外在的關聯性，而是數字本身內在的性質。

6的因數是1、2、3，6也恰好是它的因數之和，6等於1加2加3。

28的因數是1、2、4、7、14，28也等於它的因數之和。

6和28都是古希臘數學家歐幾里德發現的「完全數」！這個數列是個「玩全數」數列，任何數目只要是除本身之外的因數和等於本身，它就是一個「完全數」；

換句話說，問號的答案就是28和8128之間的「完全數」。

如果一個接一個數目字驗算下去，從28到8128，很可能沒算出來就已經死在裡頭了。王抗睜大眼珠，他必須找到其中的規則。

像鐮刀一般的問號挖著他的腦，他痛苦地捶打透明的牆。在這個無聊的立方體牢籠中，這些殘酷的數學比兵器還要來得可怕，王抗哭嚎著，他真的要死亡了，如果沒有解答。立方體？立方？王抗眨了眨眼，立方體的模型在腦中滾動，28是1的立方加上3的立方，而8128呢？8128會不會是自1開始連續奇數的立方和？

8128=13+33+53+73+93+113+133+153

王抗狂喊出聲，他已經知道答案在哪裏了，如果這項推測是正確的，那麼他只要驗算五個數就成功了……。王抗力竭聲嘶地喊道：「答案是496！」

第五十七道鎖打開了。

▽

赤髮鬼的腹部出現一道手掌長度的裂縫，一節粉紅色的腸子露出創口，仍然在慢慢蠕動。猬龍站立在赤髮鬼的正對面五步距離，兩人動也不動，最後的結果即將揭曉。

赤髮鬼顛躓地往前跨出一步，他殘存的一隻手高高地舉起，手掌中握著一顆跳動的心臟。失去了心臟的猬龍動也不動地站著。

「誰先倒下，誰就輸了，」盧卡斯轉頭對阿部說：「如果活的人倒下了，死的人站著，也不例外。」

阿部覺得盧卡斯的話別有所指，十分刺耳，雖然盧卡斯只是敘述客觀的規則。

赤髮鬼將心臟捏碎，仰頭張口接著滴落的血汁，全場爆出一波波的喝采；武鬥場的世界充滿了荒謬、反人性的情趣，他們似乎將鬥士們看成昆蟲之流的東西，阿部想到這裡，心中湧現強烈的不潔感。

「我認輸，沙庫爾閣下您畢竟高明，」布葛布痴輕鬆地對盧卡斯說：「赤髮鬼如您所料，果然結束了。」

話沒說完，僵立的猬龍突然發動攻擊，一拳擊中赤髮鬼的喉結，在赤髮鬼鬆開高舉的心臟，任血污潑灑在臉龐上繼而仰面倒下的同時，猬龍被挖出心臟的創口也噴出如注的血汁，像是被撞裂的消防栓一般。

赤髮鬼倒下了，他殘餘的一隻手摀住粉碎的喉嚨，一雙腳無意識地抽搐、彈動。但是猬龍仍然屹立著，保持他生前最後一次的攻擊姿勢。

盧卡斯站起來，他說：「謝謝你布葛布痴，真是一場值得記憶的比賽。時間到了，我們得趕到琉璃宮，別讓人們閒話沙庫爾傲慢，耽誤了代理大統領的就職致辭。」

阿部跟著站起來，他看了同時站起的布葛布痴一眼，想說什麼又把話吞了回去。

布葛布痴微笑，拍拍阿部肩膀，沉聲說：「我知道你的疑惑。我私下捐出一筆獎金，誰拿到就可以安心退休了。現在那筆錢已經屬於猬龍的家族。」

◁

王抗破解了第七十一道鎖。他閉緊雙目，沒有去看第七十二道題目，他必須先冷靜下來，一串串數字正在他的腦海中彼此碰撞，閃現金屬摩擦時發出的光芒。

他並不瞭解自己為什麼能夠連續解開七十一道題目，在死亡的威脅之下，他突然茅塞頓開，但是他也似乎用盡了一切生命的能源。

每一次面臨死亡，他終於能夠超越自己的極限，但是這一次他開始不斷懷疑自己還是能夠度過危機嗎？

王抗仍然緊閉雙目，他知道，如果聽施施兒的話，他就不會在這兒了。只要施施兒還活著，他就有翻身報仇的機會，但是他首先得逃出這黑闇無邊的異次元，揭穿那個替身的真面目。

王抗睜開眼睛。

最後一個透明的方塊密室包圍住他的上下四方。最後一道題目是一道選擇題：「『費爾馬最後定理』①成立②不成立，只有一次回答機會。」

王抗突然痛哭失聲，竭盡全身殘留的力量捶打透明的牆壁。「這完全不公平！」王抗在內心裏狂喊，他從來沒聽過「費爾馬最後定理」，他完全無法判斷哪一個答案才能解放自己，這是一場愚弄人的卑劣遊戲。

王抗憤怒的呻吟自齒縫迸出，「施施兒你在哪裡？」王抗內心出現自己尖銳的悲鳴。

◁

施施兒茫然地端坐，眼前的視訊牆現場播出王抗抵達琉璃宮後的公開演說。

穿著橄欖色禮服的大統領以沉重的語調向全星的同胞宣告：「……由於本座個人的健康問題，不能影響到整個奧瑪星的前途……，這次到舊大陸的目的，主要是為了和副統領沙庫爾討論目前的時局……。」

有一隻堅定地手掌輕輕壓在施施兒的肩膀上。

「本座沉痛地宣布，不得不暫時告別政壇，在醫療團的指示下，休養一段日子。依據星憲的規定，站在我身邊的副統領沙庫爾將代行我的職務，我在此呼籲執政黨的從政同志和各野黨的領導幹部，以及國會中各黨派的議員閣下們，還有忠誠於第九共和的三軍將士們，全力支持代理大統領沙庫爾，團結本星，保障本星的繁榮與安全，秉持星憲的精神……。」

施施兒關掉影像，他帶著悲傷的神情站起來，迴身面對背後的男人。

「沙德閣下，剛才畫面上那個人不是真正的大統領，」施施兒冷靜地說：「我確定那傢伙是個不折不扣的冒牌貨。」

「真正的王抗在這裏。」沙德指著自己的心窩：「你還年輕，你夠精明，知道怎樣做對大家、對這顆面臨危機的星球都會更有利。」

「您的意思？」施施兒的眉毛揚起，末梢輕輕顫抖。

「不是每一個人都有幸目睹時間龍，也不是每一個人都能坐上你的位置，」沙德走到衣架旁拎起自己的呢帽，自動門滑開，他戴上帽子：「沙庫爾，你也可以叫他盧卡斯，這個人將和王抗一樣需要你，而且他懂得如何適當接受一個優秀的星務卿的忠告。再會了，言盡於此。」

沙德離開了王抗的辦公室，他保持著微笑，一直到自己走到長廊的轉角才忍不住摀著嘴嗆咳起來，他弓著背喘息，血污自手指的夾縫間流溢而出。

△

王抗看著眼前的題目，他決定孤注一擲。

選擇哪一個答案都沒有把握，但是他不得不再賭一次。

沒有人願意死在這個冰冷漆黑的異次元空間中。

但是他又把自己的決心吞了回去，一個錯誤的選擇，就無法挽救了。在無邊的黑闇中，恐懼已經吞沒了他的下半身。

離現實的世界只有一線，只要說出正確的答案。

王抗決定了最後的答案，他向自己保證這個決定，他想大聲喊出自己的命運。

但是他竟然發不出任何聲音，連呻吟都呻吟不出來。

除了自己濁重的呼吸。除了黑闇之外的黑闇。

一九九三年五月五日於台北龍坡

附錄

「黑蟻與多巴哥」

黑蟻與多巴哥

奧瑪是個典型的星際移民社會。

因為星際人口的流動，也促使物種的流動。兩百多地球年以前，螞蟻被地球移民的貨櫃夾帶進來，竟然在奧瑪星生根繁衍，並且發展出巨大的體形，每隻工蟻都和觀光用的小型空中巴士差不多大小。

在奧瑪舊大陸中部的砂暴區，最大的一座蟻塚比地球上的古夫王金字塔還來得龐大。有一種奧瑪土產的昆蟲多巴哥和遠道而來的地球蟻發生了奇妙的共生關係。多巴哥的亞種非常多，從兩公釐大小到地球絕種的大象那麼大，共有七百二十一型。

奧瑪星和地球聯邦的金融制度完全不同，在這兒仍然使用地球早已廢棄的貨幣。人類手臂粗細的諾爾多巴哥就是奧瑪星政府養殖來製造鎳幣的原料。

至於體形類似大象的大波頓多巴哥，是寄生在黑蟻塚的特有種，他們是螞蟻的傭兵，平日無所事事，動也不動斂翅蟄伏，只將長著獨眼的圖釘臉伸出蟻塚的洞口，等待工蟻送來食料。

一旦蟻羣和蟻羣之間爆發戰爭，大波頓多巴哥就會捨身對抗敵方。

曾經有位地球的歷史學家親眼目睹大波頓多巴哥的攻擊行動，她以嘆為觀止來形容隸屬於黑蟻塚的傭兵集團如何阻遏紅蟻羣的過程。

珍妮弗的記載是在一架低空飛行的空中巴士裏完成的。潮水般淹沒大地的紅蟻羣急遽包圍黑蟻塚，這時，多巴哥以百隻為單位，一波多巴哥以七十度角仰飛至敵陣上方三百公尺，再以同樣角度俯衝而下，將笨重的軀體砸在敵陣之間。

在高速撞擊之下，多巴哥胸部組織和腹部組織同時震碎，並且在霎時融合在一起，胸部的鎳質甲殼和腹部的蟻乳混雜的結果，即刻引起化學反應，產生爆炸。換句話說，多巴哥這種生物是不折不扣的昆蟲炸彈，不信的話，你在奧瑪隨便拎住一隻小型多巴哥往牆上甩去，就可以聽到清脆的爆炸聲。

兩三波自殺式攻擊之後，通常已擊潰進襲的蟻羣。

珍妮弗如此記載：「……巨大的多巴哥朝向來犯的紅蟻羣疾速俯衝，一隻隻在蟻羣構成的紅織錦上爆裂開來，濃煙中，這波攻擊在紅蟻間造成一道不斷深陷的地塹，被炸得四分五裂的蟻屍源源滑入地塹底層，倖免者儘管費力掙扎，仍然隨著滾落的砂礫墜入黑闇。第二波多巴哥再度墜地，爆炸聲動天地、激盪氣流，紅蟻那艴褐色的血霧在戰區上空形成細雨，此刻，黑蟻反攻的陣式向前推進，……」

珍妮弗後來消失在奧瑪新大陸南方的一座廢墟市鎮中，她遺留在力王市和平飯店的旅遊記事由地球的複眼出版社印行，是二七一九年的年度暢銷書。

特別收錄

林燿德現象與台灣文學史的後現代轉折：
從《時間龍》的虛擬暴力書寫談起

劉紀蕙

前言

近年來，談論台灣文學或是文化的主體性問題時，時常出現具有暴力性格的排他性論述。游勝冠在《台灣文學本土論的興起與發展》（一九九六）一書中的結論便指出：「文學的本土化運動，是反動脫離本土社會、喪失民族立場的創作而提出的。」他繼續強調，「台灣文學的本土論，除了對抗西方、日本等隨著帝國主義入侵的強勢文學的支配性影響，也在打開長期受制於『中國』，因為『中國意識』作祟使得台灣文學不能落實本土社會現實的僵局。」（游勝冠，頁四五五）我認為：如果因為「民族立場」而限制我們對於文學創作或是藝術創作的體驗，或是無法在「落實本土社會現實」之外的書寫中觀察到本地作家在作品中所展示演出的想像力以及整體文化的內在動力，以及其中所鑲嵌的歷史與文化政治，那是十分可惜的[1]。我認為，如果我們反轉思考模式，探討本地作家為何有借用移植西方模式或是依戀中國符號的內在衝動，便可以深入討論這些所謂的「外來」元素如何宣洩本土文化內被壓抑的慾望衝突；也就是說，我希望透過討論所謂「他者文化」之書寫，來重新詮釋所謂「本土經驗」與「台灣意識」的負面層次[2]。

本文將以林燿德為例，探討八〇年代到九〇年代台灣文學後現代轉折的本土意義與歷史脈絡。台灣文學的後現代書寫中，特別吸引我注意的，是林燿德晚期的文字中時常出現大量含有暴力與血腥施虐的段落，例如《解謎人》（與黃凡合著）、《大日如來》、《大東區》與《時間龍》。評論林燿德的學者多半專注於林燿德具有象徵詩派或是後現代風格的詩、散文，「都市文學」的代表作品《惡地形》、《大東區》，與有史詩性格的《一九四七高砂百合》[3]，而不喜談論林燿德的科幻與魔幻作品，尤其不願面對含有觸目驚心的血腥與性愛場景的《解謎人》、《大日如來》與《時間龍》。林燿德文字中血腥施虐暴力的書寫，與西方沙德（Marquis de Sade）、洛特曼（Comte de Lautreamont）或是巴岱爾（Georges Bataille）同屬一個路數。在林燿德象徵派風格到後設解構風格再到此血腥暴力的筆法之間，我們能夠尋求什麼樣的理解基礎呢？若說是後現代式虛擬現實的暴力，那麼此種暴力要如何承受林燿德從八〇年代中期到九〇年代中期的總體文本中所投資的書寫計畫以及重寫文學史的慾望動力？

本文試圖從林燿德所引發的現象談起，先採取探掘文化地層的方式，釐清其後現代計畫的書寫脈絡與重寫文學史的動力基礎，以及其對於台灣文學史霸權敘述所持續進行批判的背景。

本文要進一步對照閱讀林燿德在一九九三年前後完成的科幻小說《時間龍》以及其他同時期的評論，以便深究林燿德的「後現代欲求」進入九〇年代之後展開的暴力書寫與施虐的本質。[4]因此，以下本文將逐次討論林燿德現象以及他的「後現代計畫」，台灣文學史的斷裂背後所要尋求的延續，虛擬實境下的施虐暴力書寫，以及暴力之下壓抑隱藏的愛欲對象。對林燿德的後現代計畫與文本進行徵狀式閱讀，我們可以再度窺探到台灣文化場域自七〇年代到九〇年代形態轉移的模式。

一、林燿德現象與他的「後現代計畫」

當林燿德的第一本散文集《一座城市的身世》於一九八七年出版時，瘂弦為其作序，指出林燿德於一九八五年間，發表過一百多首詩，獲頒十五項文學獎。因為林燿德「文學生命成長異乎尋常的快速」，使得他「變成了一個傳說，一個話題甚至一個『問題』」，有人批評他的「超速」，他的「心急」與「躁進」（《一座城市的身世》，頁二一）。當時，瘂弦一心護衛這位年輕的鬥士，包容他的「快速、銳利、凌厲」，而呵護著說：「年輕的，你衝刺吧，你躍動吧，你盡量向上生長吧！……你的旅途正長，你的故事剛剛開始。」（頁二三）然而，一九九六年一月，這段旅程已然結束，當時林燿德年僅三十四歲。

根據林燿德生前自己所編列的簡歷，在短短不到二十年的文學生涯中[5]，他除了出版詩、散文、小說、評論三十餘種，獲得三十餘項文學獎外，還編著選集四十餘種。林燿德的編輯計畫包括《中國現代海洋文學選》，《現代散文精選系列》，《新世代小說大系》，《台灣新世代詩人大系》，《當代台灣文學評論大系》，《世紀末偏航——八〇年代台灣文學論》，以及都市小說選，新人類小說等[6]。除此之外，林燿德也撰寫文學史議題的系列評論集，例如《一九四九以後——台灣新世代詩人初探》（一九八六），《不安海域——台灣新世代詩人新探》（一九八八），《觀念對話》（一九八九），《重組的星空》（一九九一），《期待的視野》（一九九三），《世紀末現代詩論集》（一九九五）。我們也注意到，在林燿德於一九八九到一九九六年擔任「中國青年寫作協會」[7]的秘書長期間，他主辦了一系列的學術研討會，主題包括八〇年代台灣文學（一九九〇），當代台灣通俗文學（一九九一），當代台灣女性文學（一九九二），當代台灣政治文學（一九九三），當代台灣都市文學（一九九四），當代台灣情色文學（一九九六），以及洛夫（一九九五）、羅門（一九九五）的專題研討會等，改變了「中國青年寫作協會」此組織的性格，也帶動了一系列重新思考當代台灣文學並且付諸理論化的論述。這一連串的學術建構的確掀起台灣一波「新世代文學」的風潮，也因此他促成了台灣文學史世紀末轉折的一個特殊現象。

林燿德這種至死方休的龐大精力與慾望，是無人能望其項背的。正如瘂弦十多年前所說，當時在台灣的文壇「尚屬僅見」（《一座城市的身世》，頁二二）。十年後回顧，亦然如此。

略覽評論林燿德的文章，我們看到林燿德被人稱呼為「帶著光速飛竄的神童」（馮青），「文明斷層的掃描者」（鄭明娳），「八〇年代的文學旗手」（葉石濤），「都市文化的黑色精靈」（楊斌華），「後現代主義的鼓吹者，偉大的獸」，「後現代和都市文學的旗手」（王浩威），「火焰人生」（司馬中原），甚至有人指出林燿德書寫的某種神祕性：「林燿德和他筆下死於『山神們的詛咒』的『偉大的拿布．瓦濤』一樣，『在這個世界整整活了三十四歲，環繞太陽三十四週』」（單德興，頁六八）。林燿德儼然成為了一則「傳說」！然而，他更是個「問題」。

問題在哪裡？問題就在於他所引起的所謂「後現代現象」。

由於林燿德大力引介「後現代主義」，以全副精力標舉「新世代」作家，積極宣揚都市文學，實驗資訊時代的虛擬真實、後設以及自我解構之文本，討論臺灣的後現代主義現象較具有代表性的理論家皆舉林燿德為例來說明後現代文學的特性（羅青、孟樊）[8]或是調侃的稱呼其為「後現代大師」（廖炳惠）[9]。其他論者亦皆以「後現代」作為林燿德的標籤，認為他的作品主要呈現了「後工業文明狀態」、「後現代消費社會」與「資訊時代」的新人類問題（朱雙一），凸顯後現代的「文類混淆」，百科全書式的引用典籍，「後結構書寫」（吳潛誠）。更有人認為林燿德的作品「是一種自由無度、破壞性的文學」，「醉心於反形式、反意義，尤其對傳統文學和現代經典的反叛更為激烈」，而認為這便是「後現代主義的現象」（王潤華，頁五至六）。

林燿德自然可以信手拈來一連串的「後現代」術語，例如李奧塔（Jean-Francois Lyotard）的「崇高」，哈山的「沈默」，德希達（Jacques Derrida）的「元書寫」，德勒茲（Gilles Deleuze）的「遊牧思想」，包希亞（Jean Baudrillard）的「擬態機器」（〈羅門VS後現代〉，頁一〇五），顯見他十分自覺地收集有關「後現代」的理論基礎。但是，如果「後現代」成為「標籤」與「編碼」，便都有誤導的嫌疑[10]，可能會阻礙我們理解林燿德的思考脈絡以及他所謂的「後現代」為何物。林燿德自己聲稱他是「永遠拒絕被編碼」的「愚人」（《不要驚動不要喚醒我所親愛》自序，頁二），不過，我們仍舊必須如同探掘地層一般，撥除文化史或是通俗論述建構出來的迷障，釐清文化地質與歷史脈絡，以便思索林燿德的文字碎片背後牽引的投注精力以及其同時隱藏壓抑的對象。或許我們也可以用廖炳惠的說法：在討論文化之交會時，例如後現代的狀況，我們要面對「後現代」是如何被翻譯的，如何在「番易，變動，重新發明」的過程中，牽引出「其文化對應物之政治意涵」，如此或許我們可以「了解這種翻譯（或移植）後現代過程之中，台灣社會的具體欲求、挪用策略及其再詮釋之歷史脈絡」（〈台灣：後現代或後殖民〉）。我的說法則是：探討本地作家借用移植西方模式或是依戀中國符號，可以讓我們深入討論這些所謂的「外來」元素如何宣洩本土文化內被壓抑的慾望衝突，並且重新詮釋所謂「本土經驗」與「台灣意識」

林燿德在《迷宮零件》（一九九三）的序文〈如何對抗保險箱製造商的陽謀〉中曾經寫道：「微笑而優雅的胡丁尼，一個掙脫束縛的專家，他的形象常常被我用來檢驗我心中那些文學人物，很多人不到四十歲就死在保險箱裡，很多人拒絕挑戰而乘船去了非洲……這個世界上層遞的、互相顛覆的文學理念其實也是一座比一座嚴密的保險箱」（頁九）。他在《新世代小說大系》總序中也說要「解放加諸文學靈魂的各種桎梏」（頁四）。那麼，我們可以開始問的問題是：林燿德他自己所試圖不斷逃逸的「保險箱」或是打開的「桎梏」鎖住的是什麼樣的文化理念與心態？林燿德所翻譯、改寫並展演的「後現代欲求」對應的是什麼性質的文化框架與侷限？我認為，要了解林燿德現象的歷史脈絡以及其內在的文化對應物，我們需要先將林燿德的後現代計畫放置於台灣社會七〇年代到九〇年代的歷史脈絡中，尋求林燿德所鋪陳的戰鬥對象或是壓抑物。

首先，我們要先討論林燿德的「後現代計畫」與台灣文學的後現代轉向。

廖炳惠在一九九五年的〈比較文學與現代詩學在台灣——試論台灣的「後現代詩」〉一文中，曾經指出林燿德「並未真正界定後現代主義」，因此廖炳惠認為林燿德在評論羅門時指出羅門對後現代提出了「批判與修正」，是「一廂情願或退轉入某種大型敘述（如進化史觀或追求『行進中的永恆』的形上學架構與反消費文化）」（頁七六至七七）。廖炳惠認為，林燿德不對「認知與政經行為背後的文化與語言屬性（identity）問題提出反省，也因此在他的詩中，文化主體性（subjectivity）與歷史過程中的理論與實際權力關係，往往是被含混的大型理論一筆帶過」（頁八四），「把後現代主義視作同一而且連貫的整體，並且以另一個抽象的理論去加以修正：以『前進中的永恆』…去修正後現代思想」（頁八五至八六）。因此，廖炳惠指出，林燿德所使用的「現代主義或是大型神話」，以及他感興趣的「電腦、科技、色情、欲求、核爆、國際政治等」，其實是晚期現代主義的風格（頁八七）。廖炳惠並指出：台灣後現代理論家如楊茂林、鍾明德、羅門與林燿德等人，其實對後現代主義都僅是一知半解，然而由於這種「文化困境及焦慮」，而想一方面挪用後現代主義，一方面又以堅持其「屬性與理論」的方式加以修正或是揚棄（頁九〇）。

廖炳惠長年專注後現代主義引發的問題，自然見解深刻。但是，在釐清林燿德的「後現代狀況」之脈絡前，我們並不具有充分的條件來談論林燿德所使用的「後現代」辭彙。讓我們先進入林燿德的「後現代計畫」，檢查一下此辭彙所附著的論述。而且，我認為，林燿德的「後現代計畫」正是為了要執行他對於既定「認知與政經行為背後的文化與語言屬性問題」的反省，以及對「文化主體性與歷史過程中的理論與實際權力關係」進行批判。

林燿德於一九八七年發表的〈資訊紀元——《後現代狀況》說明〉一詩中，聲稱要「揭露政治解構、經濟解構、文化解構的現象；以開放的胸襟、相對的態度倡導後現代藝術觀念、都市文學與資訊思考，正視當代〈世界－台灣〉思潮的走向與流變」（《都市終端機》，頁二〇四）。這首詩似乎是他對於開啟「後現代」的正式宣言。這個宣言與一九八六年羅青對於「後現代主義」的介紹，以及同一年中國時報人間副刊登出的「後現代主義專輯」，隔年詹明信受邀來台講學，《當代》刊登詹明信在北京的講座內容，《文星》以詹明信為封面人物等等，共同在台灣匯聚成一波又一波強勢的後現代主義風潮[11]。

不過，我們注意到，一九八五到一九八六年間，林燿德已經反覆使用此辭彙，並且與多人討論「後現代」的概念。一九八五年林燿德在〈不安海域——八〇年代前期台灣現代詩風潮試論〉一文中提及「後現代主義的萌芽」的概念，他引用「解構」、「後設」、「拼貼」、「影像複製」、「資訊晶片」、「並時系統」、「都市思考」等特質，他的用意是要指出台灣地區已經邁入後工業社會，以及「第四代詩壇新秀」[12]或是後來他所使用的「新世代作家」已經崛起的現象。林燿德在一九八六年發表於〈文藝月刊〉的一篇評論夏宇詩作的文章中，他用了「後現代主義傾向」的觀念來說明夏宇詩作中「瓦解主題」、「文不對題」、「解構」的書寫模式，並認為夏宇「敏感地把握住後工業社會特質」（〈積木頑童〉，頁一三〇）。羅門對於「後現代」的興趣，應該也是被林燿德於一九八六年間以書信方式與他討論「後現代主義」而開啟的[13]。林燿德也曾經說過，在一九八六年間，羅青與他討論過「後現代主義是否能夠引介進台灣的問題」（〈八〇年代現代詩世代交替現象〉，註十二，頁六二）。一九八六年十二月，「四度空間」出版《日出金色》，收錄林燿德、柯順隆、陳克華、也駝、赫胥氏五人的詩作，而羅青撰寫總序〈後現代狀況出現了〉，指出這些年輕詩人生長於資訊化後工業社會，作品中「我們可以聞到相當濃重的『後現代主義』氣息」（《日出金色》，頁十五）。此後，林燿德便與「後現代」語彙牢不可分。

可是，如果我們閱讀林燿德的詩作，我們更會注意到，林燿德詩作中出現所謂「後現代主義氣息」，是遠遠早於一九八六年。一九八六年凌雲夢（鄭明娳）評論林燿德第一本詩集《銀碗盛雪》時，便已指出林燿德詩作所具有的「後現代主義風格」，顯現了「後工業社會作家的特質」（〈詭異的銀碗——林燿德詩作初探〉，頁八八）。凌雲夢指出林燿德「在一九八五年以『解構』觀點完成的〈線性思考計畫書〉可說是後現代主義的宣言詩之一」（頁一〇三）。其實此詩書寫於一九八四，後來收錄於《都市終端機》，與夏宇在一九八五年自費出版的《備忘錄》寫作時間十分接近。

當我們重讀林燿德在一九八四到一九八五年間所寫的詩作，我們的確會注意到許多作品中呈現與〈線性思考計畫書〉類似的後設實驗與解構衝動，例如〈U235〉、〈文明幾何〉以及《日出金色》之中的〈薪傳〉、〈天空中的垃圾〉、〈革命罐頭〉、〈世界偉人傳〉等。白靈在為《都市終端機》作序時指出，林燿德一九八五年之前的詩作都不被各詩刊所接受，直到一九八五年羅青負責的《草根》以增刊的方式一次刊登他二十幾首詩，並獲得幾項文學獎之後，才受到重視（〈停駐在地上的星星〉，頁十四）。林燿德在《銀碗盛雪》的〈跋〉中也透露，一九八二年他便已經將他自一九七七年到一九八二年間的作品給瘂弦看（《銀碗盛雪》，頁二二一）。一九八五年，他再度將一九八二年到一九八五年間的詩作交給楊牧、羅青與張漢良等人。看來，在一九八五年之前林燿德一直沒有任何管道可以發表他的詩作。林燿德一九八五年間所發表的「一百多首詩作」，自然包含了他在一九八〇年到一九八五年間被當時各詩社詩刊拒絕而積壓的稿件。

這些事實讓我們清楚的看到：林燿德的詩作能夠被接受，羅青扮演了相當大的扶助功能。因此，我們也必須說，羅青敏感地在林燿德等人身上，觀察到了強大的叛離前行代體制的慾望，這種叛逆正符合了他自己當時要引介的「後現代主義」的補充條件。而且，我們要繼續說：林燿德配合羅青而使用「後現代」，其實正是為了完成他自己的斷裂野心。他在一九八五年之前備受冷落忽視，也導致他對於詩社壟斷詩壇的現象深痛惡絕。他日後所使用的「後現代」或是「新世代」、「當代」，對他來說，都是要與前行代詩壇傳統宣稱斷裂的手段。

對於「後現代」，林燿德從未堅持其「屬性與理論」。他在一九八七年間與瘂弦的討論中便曾經表示，不要將後現代文學思想稱作「主義」，因為「任何思想被稱作『主義』，其意義便固定了，變成了一個解釋，一個發展模式」（頁十七），他認為這應該是個「把什麼東西都可以往裡面裝的後現代主義大口袋」（〈在城市裡成長〉，頁十八）。林燿德在一九九〇年《世紀末偏航》之〈總序：以當代視野書寫八〇年代台灣文學史〉中，繼續針對「後現代主義」提出討論：「八〇年代的文學主流是後現代主義嗎？……用當代的角度來看，在這個階段我們『發現』並且『創造』了所謂的『後現代主義』。……然而，後現代主義的出現並未蔚成這段文學史上真正的主流，它的意義在提供另一種『文學創作方法』及『如何看待文學』的選擇。」（《世紀末偏航》，頁十）。在一九九三年的〈環繞現代台灣詩史的若干意見〉一文中，林燿德指出「所謂『後現代』一詞指的是現代主義之後，無以名之的階段，匿名的、未來的主流正潛隱在糾結、多元、破碎的面貌之下；換言之，『後現代』只是一個期待新天新地的過渡性指稱詞，『後現代』本身期待著『後現代』的幻逝」（頁二六）。同年在〈羅門VS後現代〉一文中，林燿德也反覆指出「後現代主義是一群聲音而不是一套體系完整的文學哲學，甚至可說它（們）是反哲學、反文化的」（〈羅門VS後現代〉，頁一〇五）。「後現代本身也與它（們）所抗擷的現代主義混種雜交，彼此身世絞纏，成為『刺蝟』與『狐狸』的混種；尤其不可忽略的是，『後現代主義』一詞即是無以名之的（諸）事務，無論有多大的發展空間，終究是一個過渡性的思潮」（〈羅門VS後現代〉，頁一一一）。

林燿德的「後現代」是個斷裂意圖之下所使用的「過渡性的思潮」，那麼這個「過渡」是從何處開始轉向？導引到何處？

二、台灣文學史「世代交替」的斷裂與延續

林燿德的「後現代計畫」是要鬆動掌控台灣詩壇數十年的三大詩派的體制。他於一九八八年八月與張錯的對談中，就直接指出「笠」、「藍星」、「創世紀」三大詩派控制文學獎的評審，「數十年來左右詩壇」，鬥爭劇烈，使得成長中的中生代若無法接受老一代的保護，便可能「遭受『整頓』、『封殺』、『除名』」（《國文天地》四卷三期，頁三三）。他認為雖然三大詩派皆由反抗當時的政治禁忌或是社會制度而起，但是卻也皆由「革命」志士而一躍成為「暴君」（頁三五）。林燿德更直指七〇年代的詩人大力批判現代主義之晦澀與舶來，問題即

在於派別之間的「權力結構」（頁三四），而此「權力結構」對於詩壇造成了「隱形的桎梏」（頁三八）。當時，林燿德便已經認為，是否能夠扭轉此「環境的制約」，便是要先能夠「意識這個結構的腐朽」（頁三八），而對他來說，「後現代主義」正是「瓦解」過去權力結構的「過渡性」策略，是一個「開放系統」，使「密閉系統中禁錮的事物被解放出來，所有被鎖住的門戶都可打開」（頁三九）[14]。我們很清楚的看出，林燿德使用「後現代」辭彙所在乎的是「新世代」促成的「世代交替」。他在一九九五年的〈八〇年代現代詩世代交替現象〉一文中明白指出：「文壇世代之間代代相承的關係」是一種「迷信」，至於「新世代所形成的新正文，絕對導致過去對於現代詩壇的敘述知識的崩潰」（頁五四）。

林燿德的「斷裂」計畫之下，同時卻有重寫文學史的野心。林燿德指出，羅青在一九八八年連載於《台北評論》的〈台灣地區後現代狀況及年表初編〉是一種「重新書寫歷史的欲望」，藉由重新編輯文學史的「解構之道」來解除重壓在「新世代」肩膀上的「歷史的負擔」（〈八〇年代現代詩世代交替現象〉，頁五六）。其實，這種為了「解構」而「重新書寫歷史的慾望」，正是林燿德從一九八五年到一九九五年間所有活動的動力基礎。林燿德在《惡地形》的〈後記〉中說，「我存在，因為書寫，因為思考，因為不相信任何『真理』和『文藝政策』」（頁二五五）。他與黃凡在《新世代小說大系》總序中宣稱：「我們書寫當代，也創造當代。」（頁四）《一九九〇》序詩〈我們〉中，林燿德寫道：「瓦解與重建並時發生／整座紛亂的世界引誘青空擴張／優雅地我們為下個世紀的生靈導航／人類的詩史正為『我的世代』

而存在」。因此，「我的世代」是需要透過「瓦解」、「重建」而得以擴張，並且得以執行「導航」的工作。

林燿德以「史」的面貌建構當代的慾望是十分強大的。林燿德說：「對於歷史的重新理解，意味著我們正參與過去我們未曾參與創造的世界（對於迫近吾人眼前的「當代世界」則可說是「再參與」），在這種慾望萌生或者付諸實踐的同時，歷史是一個正文的事實也不曾有所改變。……重新思考文學史的組織原則，仍然是一種形式主義，只是這種新的形式主義……正意圖擴展它的領域至非文學與構成歷史語境的社會體制」（〈環繞現代台灣詩史的若干意見〉，頁八至九）。從林燿德散置四處的文字，詩、散文、小說、序、評論、訪談等，以及他所設計的文選與研討會，我們發現，林燿德製造了世代交替的斷裂以及新世代的興起。此世代交替，已經完成了台灣文化史重新書寫歷史的自覺，也帶出了台灣現代文學史的新的面貌。

林燿德自始至終都持續而嚴肅地面對重新思考文學史的問題[15]以及他批判現有詩社、文選與文學史撰寫者的立場[16]。我們從林燿德在一九八五年到一九八六年間陸續發表於《文藝月刊》、《文訊》、《春秋》與《淡水河》的新世代詩人評論系列（後收錄於《一九四九以後》），便看出他已經展現了重新詮釋討論台灣的現代詩史的野心。在《一九四九以後》的〈後記〉中，林燿德指出，「脫離了文學史，詩不過是一些個別的愛憎喜怒，甚至只是一些互相擁抱又彼此瓦解、無關昨日也無關明日的記號遊戲」（頁二九三）。而當林燿德將詩放置入文學的脈絡源流之後，他看到了什麼牽連呢？林燿德認為：「由於新世代的成長與加入，詩派之間的互動關係由平行延伸至垂直，不但各種團體因詩觀和意識形態的差異而各有堅持，即使同一組合中的各世代也有內在衝突」（《一九四九以後》，頁二九四）。林燿德在〈環繞現代台灣詩史的若干意見〉這篇文章中，更指出戰後台灣詩史分期模式的諸多謬誤，認為無論是古繼堂的《台灣新詩發展史》[17]，或是葉石濤的《台灣文學史綱》[18]，創世紀詩社的觀點，笠詩社的觀點，無論是以詩社史為軸線，或是以十年一期的武斷區分，或是以生理年齡層的「代」作切割，都引發相當複雜的文化史生態座標與其脈絡的問題（〈環繞現代台灣詩史的若干意見〉，頁十三至二三）。林燿德集中火力抨擊傳統研究台灣文學史之「現代主義」（五、六〇年代），「寫實主義」（七〇年代），「後現代主義」（八〇年代）的序列思惟，指出其中必然有相對陣營之成員重複或是同一詩人文體分裂的現象[19]（〈環繞現代台灣詩史的若干意見〉，頁二〇至二一）。林燿德亦批評彭瑞金所提出「台灣文學也有它一貫的選擇性」而被「撿選」的「神話」（彭瑞金，頁二三三）。他認為彭瑞金指責新世代作家「試圖在自主化、本土化的趨向、使命之外，找到一些可以向自己的『離經叛道』交代的藉口」，卻「逃不過台灣新文學運動的篩網」（彭瑞金，頁二三〇至二三一），反映出彭瑞金的「焦慮感」以及「敵視」，而正好呈現「文壇的『世代政治』」（頁十六）。林燿德更批判夏志清的《中國現代小說史》「結構破綻太多」，對於上海二、三〇年代現代主義新感覺派作家毫無討論，「也令人驚訝」，而成為「意識形態偏見和文學史謬誤的『鉅著』」（《觀念對話》，頁一九〇）。

然而，在林燿德奮力脫離文壇「政權」的掌控之際，林燿德的台灣文學史書寫計畫到底是什麼呢？當他賦予作品新的歷史身分時，他流露出了什麼形態的歷史詮釋法則以及自身的意識形態位置呢？王浩威在林燿德過世後，曾為文指出：林燿德「從來不是他自以為的後現代；相反的，他就像是紀弦或尉天驄一樣，是一頭前現代或現代的獨步的獸。」（〈偉大的獸——林燿德文學理論的建構〉，頁六一）王浩威的這個論斷既是蹊蹺，卻又有其真理存在。原因是：其實林燿德雖然時時標舉後現代，但是，如同王浩威所指出而大家都清楚的，林燿德「不斷地編各種文學選集，提倡不同的文學史觀」，所以林燿德的確是在進行王浩威所說的「前現代或現代的建構的鉅大工程」（頁六一）。當我們細讀林燿德前後的文字以及他所有的書寫計畫，我們會發現他的確一直都企圖銜接「現代」——銜接六〇年代現代派紀弦、林亨泰[20]，銜接三〇年代新感覺派施蟄存[21]，銜接法國前現代詩人波特萊爾、韓鮑、馬拉美[22]。楊牧評論林燿德早期《銀碗盛雪》中的詩作時，亦稱其中有「一些紀弦，一些瘂弦，一些商禽，一些方莘」（〈詩和詩的結構〉，頁四）。

王浩威特意舉出紀弦與尉天驄兩個現代文學論戰中的對立陣營，並將林燿德與他們二位比對。對於紀弦，林燿德大概會心有戚戚焉，卻也會不太服氣[23]；對於尉天驄，林燿德則會不假辭色地冷嘲熱諷一番，指其如同「不懂得如何／在橢圓形的次／元中行動」而「固執地沿襲喪亡的圓周軌道／被夾殺在卡死的時針上」的「寫實主義者」（〈寫實主義者〉，《都市終端機》，頁一〇〇），甚至是為了鞏固政權而執行排他性「暴力」的法西斯主義者[24]。有意思的是，紀弦與尉天驄恰好代表了林燿德「後現代計畫」戰場的兩個主要對話對象。也就是說，林燿德的「後現代計畫」是要對寫實主義者開戰，向現代靠攏，以及重寫台灣文學史。

如果我們細讀他前後的文字，尤其是他於一九八七年到一九八九年之間持續與「不同世代的詩人」對話[25]，我們已經可以看到林燿德的書寫與「對話」。都是他所撰寫的「台灣現代文學史」。他尋找六〇年代現代派紀弦、林亨泰，尋找到中國三〇年代新感覺派施蟄存，也尋找到法國前現代詩人以及超現實詩人。林燿德要翻轉當時台灣三大詩社的壟斷，修正台灣的「現代派」僅出自紀弦，而指出日據時代「跨越語言的一代」的詩人林亨泰對於台灣「現代派」的重要影響[26]，要平衡八〇年代台灣文壇重新挖掘日據時代台灣新文學，只重視「數連翹數草本」[27]等寫實鄉土的本土作家。林燿德曾經說過：「對於『超現實主義』在台灣的發展，我們再也不能以義和團式的觀點視為洪水猛獸，而應該以本土化的趨勢重新審定台灣『超現實主義』詩潮的功過」（《觀念對話》，頁一七九）。林燿德也說過，相對於如同「北斗七星」的三大詩社，紀弦以及林亨泰等人的歷史定位則如同「一塊陸沈的島沈睡在歷史的洪濤中，因為黑闇遮蔽了眼睛使得我們還未洞悉」[28]（〈權力架構與現代詩的發展：林燿德與張錯對談〉，頁一〇七）。他指出日據時代的台灣新詩是「台灣新詩的『前現代派』時期」（〈台灣的「前現代派」與「現代派」：林燿德與林亨泰對談〉，頁八五），屬於「銀鈴會」的林亨泰是二〇年代開始發展的台灣「前現代派」之「高峰」，與承接大陸「現代派」的紀弦會聚合流而成為台灣的「現代派」（頁七八）。

林燿德也認為上海三〇年代「新感覺派小說」之劉吶鷗、施蟄存與穆時英等人在中國現代文學中的位置十分重要，而提出「現代主義在中國和台灣兩地的發展必須予以新的評估」之議題（《觀念對話》，頁一七二）。林燿德指出：「自一九二八年起，上海新感覺派的開始，乃是中國現代文學首度真正跟世界文學同步發展……是對晚清以降中國小說寫實主義傳統的一個反證」[29]（〈與新感覺派大師施蟄存先生對談〉，頁一三三至一三四）。林燿德的看法是：都市文學正式的發展有三個階段，第一階段是上海的「新感覺派」，第二階段是紀弦的台灣「現代派」與《創世紀》掀起的「後期現代派運動」，第三階段便是他自己「在八〇年代提創的新世代『都市文學』」（《觀念對話》，頁一八二）。他認為，三〇年代的上海與六〇年代的台灣都呈現了注重「內在現實」的「意識流」與「超現實主義」的影響痕跡。而他自己於二十世紀末所提出的「都市文學」，則將「兼容個人意識川流與集體潛意識」呈現「貫時的文化暗示、民族之夢和並時的社會潛意識」（《觀念對話》，頁一八二）。

所以，從上述所列種種環繞台灣現代文學史的重要議題，我們看到林燿德的「後現代」是要脫離八〇年代壟斷詩壇的體制，企圖銜接的上海三〇年代新感覺派作家、台灣日據時代現代主義作家、台灣五、六〇年代現代派、台灣超現實主義，以迄於台灣八〇年代他自己所提倡的「新世代」與都市文學。林燿德曾經指出：「即令是八〇年代出現的『後現代思潮』，其出發點雖在於反動『現代主義』，也可歸納在【現代派】此一追求前衛性的路線中」（《觀念對話》，頁九九）。在此，我們也看到林燿德的尋根企圖，以及他試圖解釋自己的動機。林燿德指出施蟄存作品中「外在的客觀世界被改造出一種心靈空間」，是內在投射出去後，「產生的一種嶄新的現實」（〈與新感覺派大師施蟄存先生對談〉，頁一四一）。這與他的寫作，尤其是他後期的魔幻書寫，是同性質的展現。我們可以說，林燿德要鋪陳的台灣現代文學史，是「另一意識層次的文學史」，探索個人意識地層、民族之夢、文化暗示以及社會集體潛意識的流動。

三、《時間龍》中虛擬的後設文學史政治戰場

然而，這個脫離七、八〇年代體制與尋求「另一意識層次文學史」的動力，為何在九〇年代初期發展成為血腥暴力的書寫風格？此處，我們便需要轉而進入他後期作品《時間龍》的暴力書寫以及其中科幻想像層次的變態、血腥與性，以便理解在林燿德革命性書寫中隱藏的法西斯式施虐衝動的起點與內在壓抑的愛欲對象，也得以窺探到台灣文化場域九〇年代初期的暴力論述基礎。

《時間龍》完稿於一九九三年五月。在林燿德撰寫《時間龍》的前後期間，他同時也完成了論文〈環繞現代台灣詩史的若干意見〉，〈「羅門思想」與「後現代」〉，〈八〇年代台灣政治小說〉，〈台灣當代科幻文學〉，〈當代台灣文學評論大系：文學現象卷〉，〈小說迷宮

裡的政治迴廊〉以及散文集《迷宮零件》[30]。顯然，當時林燿德所關注的問題除了科幻書寫之外[31]，十分密集地集中於台灣文學中的政治性以及台灣詩史論述中的政治性。

雖然《時間龍》的科幻性質使得這個作品似乎完全超越於這幾個散文與論著的脈絡，但是，正如林燿德在〈環繞現代台灣詩史的若干意見〉所說，「文學作品即是顯現權力的場域」（〈環繞現代台灣詩史的若干意見〉，頁七至八）。仔細閱讀，我們其實可以在《時間龍》與這幾個評論文本之間看到許多互相交錯的議題：除了台海兩岸的政治鬥爭血腥場景，也看到了林燿德所檢討的台灣文學論爭之中的政治現象以及暴力性格，世代交替之間的路線派系之爭以及其中牽涉的言論暴力血腥。張漢良曾經在談論林燿德〈五〇年代〉一詩時，指出林燿德在詩中玩弄「孤獨的」之語碼重複，此作為「看似遊戲，卻有嚴肅的史的意義」，因為此「孤獨」語碼由「過分重複」轉移為「語碼不足」，正是「文學史上斷代語碼演變的過程」（〈都市詩言談——台灣的例子〉，頁五一）。林燿德另外還有〈六〇年代〉、〈七〇年代〉、〈二二八〉等對於歷史時刻的後設書寫。其實，我們正可以比照張漢良討論〈五〇年代〉一詩的思惟模式，重新檢查林燿德在《時間龍》中所玩弄的科幻語碼邏輯以及其中所流露的施虐／受虐書寫，如何再度返回指涉他所關切的台灣現代文學史八〇年代與九〇年代之間的權力架構與世代交替的議題。

談論《時間龍》的評論者，多半皆困惑於其中「詭譎玄奇」，而勉強凸顯此書的「宇宙」性格，指出此書「揣擬未來世界星際社會的權力角逐」（子桑），如同「3D立體圖」，營造出「精密的後現代迷宮」，呈現一部「犯下重重性別歧誤」，「化繁為簡的世界史縮影」（陳裕盛），或是「已經來到或正在到來的資訊時代的背景」（朱雙一），或是「個體」與「權力機構」的衝突（洪凌、紀大偉）。對於林燿德本人而言，《時間龍》的意義卻絕對在於其中切身相關的「政治性」。林燿德曾經明言指出，「以科幻形式完成的政治小說過去一直為論者所忽略」（〈小說迷宮中的政治迴路〉，頁十四）。林燿德自己將他一九八四年完成的《雙星浮沈錄》歸類於延續艾西莫夫的史觀派科幻傳統，結合歷史、政治、科幻和戰爭（《新世代小說大系》總序及科幻卷前言，頁十一至十二），至於一九九四年根據《雙星浮沈錄》改寫的《時間龍》，林燿德則在〈小說迷宮中的政治迴路〉一文中將其所作《時間龍》與葉言都的〈高卡檔案〉並列為以「科幻空間」發展的政治小說（頁一四八）。

林燿德在撰寫《時間龍》的同年所寫的〈台灣當代科幻文學〉一文中指出，艾西莫夫的《最後的問題》提出人類捨棄肉體的束縛而進化成新的生命形態，是一種「宏觀科幻」的科幻主流，而葉言都的〈高卡檔案〉則屬於「微觀科幻」，不處理「人類全體興亡錄」，而處理「個別或社會局部性問題」（〈台灣當代科幻文學（上）〉，頁四八）。林燿德也說，科幻小說的價值不在於「提出解決問題的方法」，而在於「提出正確的問題」（〈台灣當代科幻文學〉，頁四四）。林燿德自己於一九九三年創作完成的《時間龍》顯然便是他自己所謂的「微觀科幻」，處理「個別或社會局部性問題」，而非全人類的世界史[32]。那麼，林燿德在一九九三年改寫《雙星浮沈錄》而發展的《時間龍》所提出的是什麼問題？他處理的「個別或社會局部性問題」是什麼？在《時間龍》這個「替代的現實」（alternatereality）與「不同的歷史時間」中，我們可以看到了什麼「作者實徵現實的存在」（Darko Suvin，頁三三）這部《時間龍》如何是「關於我們的故事」（Darko Suvin，頁三七）？或者，我們如何看到如同詹明信所說，一場「非常世俗的政治現實的力場」（頁六三）？

的確，閱讀《時間龍》，正如同閱讀台灣文化場域中的權力消長與鬥爭，我們可以從書中情節發展直接聯想到台灣政局轉變之間的微妙關係[33]。〈雙星浮沈錄〉（一九八四）是《時間龍》的前身，這篇中篇小說鋪陳「基爾星」的被地球所棄而居民遷往移民星球「奧瑪」：

> 地球聯邦以放棄基爾星為條件而換取了新麗姬亞帝國的和平保證，在條約中新帝國寬大地給予基爾政府三年的緩衝時間。一夜之間，三千萬基爾公民陷入混亂和悲傷中，土地、股票和被地球聯邦立法禁止輸出的二十億柴基達農奴的交易價格都狂暴地跌至冰點。真政令基爾公民恐懼的是，在新帝國征服下的異族都被裝置上心智控制系統以及施加遺傳工程手術，使他們成為徹底的生產工具。（頁六一至六二）

《時間龍》改編自〈雙星浮沈錄〉全書分兩大部分，第一部份「基爾篇」敘述基爾星被新麗姬亞帝國接收的血腥場景，以及原本是地球移民後代的基爾星人流亡至奧瑪星，重建家園的過程。第二部份「奧瑪篇」含三章，『巨像族』、『新大陸』與『時間龍』，故事場景在移民至「典型的星際移民社會」奧瑪星的新大陸上，分別以基爾星第一代流亡領袖盧卡斯以及在奧瑪星發展出權力基礎的王抗為重心。奧瑪星新大陸的意識形態戰場由三大政團掌控：一個是出身貧民窟、結合中生代的政客與公會領袖的王抗；一個是企圖復辟的國會議長賈鐵肩，以擁護被驅逐出境的四十年專制領袖克里斯多娃，而聯合舊貴族、新興資本家、中央檔案局和首都衛戍團等勢力團體；一個是被逼迫到舊大陸卻仍舊遙控三分之一國會議員的第一代流亡領袖魯卡斯。在主張恢復貴族院以及貴族俸祿制度的舊貴族派系當中，仍舊有以「新貴族連線」為號召，擁護克里斯多娃復位的紅派，以及信奉現實主義而支持議長賈鐵肩主政的白派。在這個科幻架構中，無論是流亡政權與巨像族的時代，或是新大陸的三大政權，隨處都可見權力傾軋運作中的暴力與嗜血的場景。

《時間龍》中從「基爾篇」、「巨像族」到「新大陸」的世代交替，從地球聯邦唐氏跨星企業的操控力量，基爾星的被佔據，地球移民流亡到奧瑪星，移民地奧瑪星的舊大陸與新大陸之緊張關係，以及奧瑪政局中三大政治力量的糾結與權力分配的方式等等，我們似乎可以轉折看到大陸失守，國民政府移師台灣，以致於台灣舊勢力與新生代政治勢力的交鋒，以及新生代政治生態的分布圖像。《時間龍》甚至亦如同林燿德所反覆指出的台灣八〇年代文壇大勢：「寫實派陣營在八〇年代初期首先爆發左統與右獨的分裂，繼而右獨系統的台灣作家又出現激進派與前行代的推擠運動」（〈羅門VS後現代〉，頁一〇四）。林燿德說：「八〇年代的世代交替」正如同「政權爭奪」（〈八〇年代現代詩世代交替現象〉，頁五二）。《時間龍》中的權力傾軋與意識形態派系鬥爭，儼然複製台灣八〇年代至九〇年代初期的意識形態戰場。

林燿德認為：八〇年代的新世代作家是「斷裂的世代」，除了本土作家群中出現急獨派新世代與曖昧的舊世代之間的路線之爭，亦有外省裔新世代與四九年自大陸遷移來台的外省前輩之間的批判與分歧（〈小說迷宮中的政治迴路〉，頁十五）。林燿德在〈小說迷宮中的政治迴路〉中，也清楚指出台灣當代劇烈演變的意識形態戰場：

> 從戒嚴到解嚴，從「總體外交」到「彈性外交」，從蔣氏家族的威權領導到民主體制的翻修重建，從「一個中國」到「兩個中國」，從中國國民黨一黨獨大到「台灣國民黨」與民進黨、新黨鼎足而立的新政局……這些劇烈的情勢變遷，跨越了七〇年代末期到九〇年代初期的台灣，和意識形態一詞同樣充滿著歧義的八〇年代正是斗換星移的主戰場。（頁一四二至一四三）

對照著林燿德自己對於文壇的批判以及他對於時局的評論，回頭檢查《時間龍》書中的政治聯想，使我們注意到《時間龍》中的權力結構與鬥爭的暴力血腥，似乎正是林燿德後設性的呈現詩壇或是文壇生態中意識形態戰場的科幻想像。也就是說，林燿德以極權、法西斯、權力結構傾壓之血腥暴力，再次演出文學論述場域中出現的專制、壟斷與排他性。

四、暴力書寫流露之施虐與壓抑

值得我們注意的，是《時間龍》中大篇幅鋪陳的暴力書寫。《時間龍》的「新大陸」描寫同時在奧瑪星的兩大半球所發生的權力鬥爭與血腥競賽：一個半球的競技場中，身高兩公尺三十公分、帶有赤色長髮的「地球人後裔」赤髮鬼與「包西亞星人」熠龍相互撕裂拗折敵手的肢體，挖出捏碎對方眼睛心臟，而雙方同時慘死的慘酷格鬥，則更是既卡通又寓言式地呈現了在權謀操弄之下，如何令勢力對等的兩方敵手俱毀。這一連串血腥謀殺的變態趣味，轉折呈現了某種本土與後現代交鋒之下的廝殺痕跡。另一個半球同時發生的，則是由特務機關「中央檔案局」羅波以及副議長沙德，或是隱身背後的操控者盧卡斯，逐一消滅各派系領袖。令人觸目驚心的，是羅波非人化而卡通式的塑形與血腥的殺戮手段。中央檔案局局長羅波的軀體有如「無數贅疣疊積而成的一團肉球，一層七彩疥癬鋪在他的皮膚上；當他說話的時候，全身湧現一綻綻膨脹的氣泡」（頁二三〇）。他有可以剝離身軀、分散四處監視他人的九顆大眼珠，以及可以吸食活人的「肛門一般的口器」（頁二三二）。當羅波要消滅反對者舊貴族紅派領袖巴甫洛娃女伯爵時，他可以用赭紅色觸鬚迅速捲住女伯爵而當場一節一節肢體活吞，而差一點噴出一蓬血霧（頁二三八至二三九）。羅波也依照類似手法剷除白派領袖蛤利公爵，星務卿巴勃拉夫斯基，國會議長賈鐵肩，以及大統領王抗。中央檔案局，或是情報局、國安局等機構消滅對手的血腥手段，不以暗喻呈現，而成為實質行動。

對於法西斯式的排他性暴力，林燿德的批判態度十分清楚。林燿德曾經指出「本土意識」、「認同台灣」或是「建立台灣文化主體」的問題已經成為對「非我族類」的排除動作的基準。一九三三年的學者會指出：「探親文學」是由「中國的」、「兩岸的」副刊發展出來的。如果這類文學的自我定位是先作中國文學（或世界文學、華人文學），再作台灣文學，或者根本不願屈居地方文學（或小國文學）之為，難道「我們」也要強迫「他們」入籍台灣？（引自〈小說迷宮中的政治迴路〉，頁五）[34]林燿德認為這種建立「我們」與「他們」的壁壘分明，與五〇年代中期的「文化清潔運動」以及「文革」的肅清計畫，都一樣「具備暴力的本質」（頁四至五）。林燿德在一九九五年台灣現代詩史研討會中所提〈八〇年代現代詩世代交替現象〉一文中，仍舊堅持「現實世界中前行代所獲得的聲譽和『政權』也許是實至名歸，但在文學的流變中，每一個時代的『期待視野』必當如洛夫當年所說的『一種獨立思考與自由創造的精神』，這種精神是不可能自法西斯式的傳統言談（以及九〇年代民粹主義式的『本土迷思』）中誕生的」。（《世紀末現代詩論集》，頁五五）[35]

對於林燿德來說，此種論述中排他性的「暴力」在文學創作、文學論述、街頭動亂、政治鬥爭或是競技場上的廝殺，都是同質的。無論是展現於「左翼統派政治小說」、「右翼統派政治小說」，或是本土「獨派政治小說」，都「擁有激烈的革命性和絕對的排他性」（頁一八四），他甚至指出：「政治文學論述的競逐對抗，並沒有充分落實在創作發展的關切上，而是以作家人格乃至文學史的內容做為賭注的意識形態鬥爭。……小說家、文論家都和他們創造與詮釋的知識份子形象融滙疊合，走出小說文本進入現實文本，何者是實踐、何者是失落，現實中的幻象、幻象中的現實，均已失去界限，竟然已經無法清晰辨識」（頁一八五）。這種包希亞式的虛擬場景與現實之交融，使得文本中的暴力走入街頭，街頭的暴力進入文學論述場域，而文學論述場域的暴力再度於文本中復活。這就是《時間龍》中暴力書寫的基礎。

我們似乎看到林燿德在《時間龍》中所探討的，除了是台灣文化論述場域中的世代交替以及法西斯壟斷之下的暴力之外，更是人類追求毀滅的神祕性格。根據《時間龍》書中的描寫，時間龍是出產於奧瑪南路西海、目前存活量不到三十隻的稀有動物，全長兩百多公尺，身上粗大的鱗片浮泛著輕金屬的光澤，頭部是火鶴頭部的放大，額頂有一排「幻美炫惑」色澤的深紫色龍珠（頁二二七）。中央檔案局局長羅哥的各種大型異獸標本收藏之中，便有一隻時間龍。在書中幾處情節的交代中，我們觀察到：時間龍似乎是權力交錯之樞紐，或是野心在時間之流中所面對的毀滅。大統領王抗被對手設計陷害時，所乘坐的是「時間龍號」星表巡弋客機。國會議長賈鐵肩被羅波謀害臨死前最後一刻，看到時間龍快速穿越他的眼前，也聽到時間龍的吼聲。

林燿德在一九九三年的《迷宮零件》中有一篇〈魚夢〉，是林燿德以後設之方式說明《時間龍》的設計背景。此文描述史記秦始皇本記中記載秦始皇東巡琅琊，夢見海神，占夢博士曰此為「惡神」，始皇乃令人準備巨大網具以及連弩，要射殺此大魚。林燿德寫道：「始皇崇拜統治大地的嶽神而敵視汪洋裡的魚龍，正寓言著大陸文明對於原始慾望的壓抑傾向」（〈魚夢〉，頁三八）。「秦始皇夢中的海神一但化身為大魚，就該是一尾『時間龍』吧。幾億年的地殼變遷、海洋翻覆，不可計數的事物生滅，魚的意象就是永恆的音樂、穿越時間的時間龍，就是生殖和死亡的慾望圖騰」（〈魚夢〉，頁四三）。當林燿德討論到了人類「追求毀滅」的複雜原因時，他說：「我想到了這個詭譎的畫面，發現這個世界擁有許多隱密的『負空間』，……這種晦闇的、獉狉未啟的心智，貫穿人類禍亂的歷史，它們存在於人類誕生之前，也存在於人類滅亡之後」（〈魚夢〉，頁四三）。透過「時間龍」這個這個神話式的想像，林燿德試圖呈現人類製造禍亂、「追求毀滅」的「慾望圖騰」，探索這個毀滅之心靈所存在的隱密的「負空間」中。《時間龍》中的科幻空間便是這個「負空間」，這個心靈的場域重複搬演生殖與毀滅的慾望。

林燿德顯然注意到，在毀滅慾望與權力爭奪之架構下，有兩個極端的對立：一端是無思考與無反省的集體性格，另一端則是擁有個人癖性的獨特想像。《時間龍》中對於奧瑪蝶的描寫，充分呈現此書對於沒有反省能力而將領袖神格化的集體生命的不屑：

> 一種無盡繁衍、不存在著個體意志的集體生命，沒有反省、沒有愛憎、沒有下一秒鐘的憂慮，牠們活著，千萬隻、億兆隻蝶活在這個星球的每一個角落，然而，真正的奧瑪蝶只有一隻，那就是牠們全部加總起來的一隻集體生命。（頁一七〇）

這些奧瑪蝶，就如同集體中的個人，平素蟄伏而不起眼，而當數以千萬計的奧瑪變種蝴蝶集結在廢鐵教巨像的頭頂，則造成了特殊的「神像光環」（頁二二一）。

相對於奧瑪蝶卑微的集體生命，則是夢獸族千奇百怪的變身，是變化的意志，是個人被撲殺的想像與慾望。而在不同的傳說中流傳著夢獸族不同的形態：在新大陸北方的傳說中，夢獸族能夠「幻化為各種形體，出入於各種環境，洞悉人類的思惟，控制他人的意志」，他們被視為「貪求無厭的慾魔」，「任意變幻偽裝」，他們沒有性別，傳給後代的基因是「會變化的意志」（頁一六二至一六三）。王抗的母親說，這些夢獸族是悲哀的流亡者，永遠必須逃避仇恨他們的人類的追捕，不再張揚變身的本領（頁一六三）。王抗的母親以及父親是夢獸族，而他無法忍受他因此而「一生成為被嫌惡、被踐踏、被捕獵的對象」（頁一六四）。書中一處提及，夢獸族會混雜進入人類之中，默默繁衍，例如自稱是胡迪尼二十五世的職業魔術師（頁一一六）。

奇特的是，明顯比擬為想像力與藝術家的「夢獸族」是個必須隱藏身分，「被嫌惡、被踐踏、被捕獵」的對象，似乎是個該隱額頭無法抹除的死亡標記。書中說明夢獸族是已經被奧瑪古賢人獵夢者色色加消滅而不再被提及的物種，是奧瑪星政府宣稱已經滅絕的魔種。在開拓殖民期的古典時代留下的建築物可以看到南方開拓初期的人文風格以及夢獸族的痕跡，這些街道大廈的樓壁上詭異的晶石雕刻圖案，有各種神奇的異獸，例如赤裸的女人在背脊上生長出六對帶爪的翅膀，九頭的海龍頸項間有多刺的肉盔，全身布滿瞳孔的連體人，臟器延伸到體外的恐怖神祇（頁一八八）。

此處，「開拓殖民」初期的「魔種」，承繼「古典時代」的圖像思惟與人文風格，似乎遙遙指向遠古與中土的想像。林燿德的詩作中亦有豐富遠古中土想像，例如《都市之甍》中的〈焱炎〉：

綠洲上一座荒廢的古城
荒廢如我們淪陷的都會。
……
默默面對西夏民族遺留下來的方塊文字
我們心中隱隱悵痛
……
用漢字的原型拼貼剪輯出比漢字更為複雜、艱
澀的優越感，直到整個民族被遺失在中國這塊
古老的大陸上演變成飄飄渺渺的傳說……

同樣是《都市之甍》中的〈上邪變〉、〈神殿之甍〉、〈夢之甍〉，也都有如同林燿德早期於一九八二年所寫的〈文明記事〉（《銀碗盛雪》）中的遠古漢文化想像。那麼，「被嫌惡、被踐踏、被捕獵」的夢獸族所指為何？或許就是隱藏在林燿德身上的少年中國情懷，或者是來自神州中原之後裔的身分。

林燿德於一九七八年發表在《三三集刊》第十四輯的〈掌紋〉，是不被他收錄於作品集中而我們可以找得到的少數林燿德早期的作品之一。〈掌紋〉中的詩句，例如「我狂傲地歌過嘯過／我狂傲的土地／每一線的飛揚／飛揚著開拔鋪向四方豪情／是一揮就的潑墨」，與「三三集刊」同一輯中楊澤的〈拔劍〉，或是楊澤同時期的〈彷彿在君父的城邦〉，以及溫瑞安的《山河錄》，都充分流露七〇年代的抒情、浪漫、中國情懷。林燿德初識「三三」與「神州」之人，是他才十六歲的時候。他在被溫瑞安收錄於《坦蕩山河》內的〈浮雲西北是神州〉一文中寫道：

> 自從看過「龍哭千里」，心頭上總常飄上一襲清淺的白衣，……大地極目洪荒，而白衣盡是創傷……白衣在江南，在中原，在風塵的塞上。
>
> 看到了大哥是驚見，連拱手作揖都忘了自然，這就是白衣嗎？……大哥不高，卻覺得比誰都大，兩隻眼是兩把明炬，焰光灼人，卻又要人愛，卻又要人憐，竟是震懾之下又要人生出酸楚，竟有如此的天人，真想要去緊緊緊緊的去擁抱他……（頁二六七、二六八）

這段話宛如寶玉與秦鍾相遇時的情感。少年林燿德結束這場相遇時感嘆：

……神州人的濃情和激盪，豪邁和溫婉，一個銳芒四射的社團，南天楚地的悲歌，北漠大荒的王朝。中華五千年來斑駁的青銅，拿在他們的手裡，都成了金光茫茫，一刀一斧，要來開朝，要來闢天下。（頁二七三）

少年林燿德的文學熱情以及年輕時的同性情慾在此激烈地附著於白衣溫瑞安的影子與無限延展的「神州」意象。

林燿德日後在評楊澤詩作時指出，楊澤的作品可以說是「浪漫婉約派的典型」，其「修辭素養」、「淑世襟懷」以及「文化鄉愁與歷史意識」，共同組成了「楊澤印象」（〈檣桅上的薔薇〉，頁五九），這些印象似乎也正好是林燿德早年詩作給人的印象[36]。林燿德早年的作品，例如《銀碗盛雪》中的〈文明記事〉，便同時有溫瑞安、楊澤，甚至胡蘭成的影子：

用立四極的神話來記憶黃土的緬邈
用女媧來懷想母權
用詩來詠嘆宇宙
用愛來散播文明
……
那向空濛打出一掌的男子

著白衣以致衣袖滾滿陽光的來勢
掌紋遂自焚為流火薔薇

談到楊澤的《彷彿在君父的城邦》，林燿德寫道：「畢竟君父不存，城邦亦非城邦，古代中國已湮沒於歷史黃昏的餘光下，那徘徊於現實與古典、鄉土情感與中國意識之際的少年楊澤，最後定會道出『撈月不成』的讖語」（頁六二）。顯然他當時已經意識到了此中國意識之不合時宜。

王浩威亦曾指出，林燿德年輕時代參與「三三」與「神州」，日後甚為緘默，不再提起。「三三」當年「充滿青春和理想」的「浪漫的愛國少年」，「消失在【林燿德】的著作檔案中」，林燿德篡改身世後[37]，另外以「後現代和都市文學的旗手」身分出現：

這個少年影像不但在身世的記錄中消失，甚且轉而成為他所控訴的箭靶了：『七〇年代披上「寫實主義」外衣的浪漫主義作家則採取了置身事外的敵對角度，他們對於都市的控訴瞬即誇張為城鄉對立。』（林燿德〈都市：文學變遷的新座標〉）這些七〇年代寫實手法的浪漫主義作家，固然主要是指鄉土文學派的「吳晟等詩人」，但不也包括了〈三三〉、〈神州〉和還是剃著三分平頭的高中生林燿德？（〈重組的星空！重組的星空？〉，頁三〇一）

但是，王浩威此處評論的內在矛盾是，雖然「三三」以及「神州」成員亦是「七〇年代」的「浪漫主義作家」，但是，他所指林燿德批判的「披上『寫實主義』外衣的浪漫主義作家」，其實正是在意識形態上與「三三」和「神州」等「浪漫祖國懷鄉」對立的「浪漫本土化鄉土文學」。此種對立，在八〇年代與九〇年代仍然持續，卻轉型成為「大中國主義」以及「本土意識」的意識形態衝突[38]。

林燿德早年多數詩稿被他自己焚毀，或是因為一九八〇年溫瑞安事件之故，也或許是因為當時中國情結之論戰而自我檢查[39]。在他一九八四年所寫給朱天心的一首詩，也透露出他對於少年林燿德的告別：「妳這行行且遊獵的女子／我的好姐姐／莫笑兄弟是一箭射去新羅國的達摩／不留中原不在區區意氣……妳當掌握文明的桂棹／我則磬控以歷史之劍／橫／斬／落英繽紛／正是時代的風景」（〈行行且遊獵〉，頁一八八至一九一）。這首詩被收錄在《都市終端機》中第四卷的「私人檔案」中，也算是自傳式的告白。對於林燿德高中時期的經驗，羅門在紀念林燿德的研討會中亦也曾經談過：林燿德向他披露年輕時期「曾經在溫某某的政治事件中，被人誣告入獄，接受折磨一段日子，非常痛苦。」羅門認為這就是為什麼林燿德反覆強調「歷史一直在說謊」以及「沒有絕對的真理」的觀念（〈立體掃描林燿德詩的創作世界〉，頁二二四至二二五）。〈行行且遊獵〉中，林燿德問：「如果曾經是受誰胯辱的韓信／來日誰是容我僭王的高祖」？溫瑞安事件對林燿德所帶來的打擊與屈辱，必然是與過去斷裂的主要外在力量之一，而八〇年代初期對於「中國情結」的檢討，亦是加速此斷裂的另一動力。

但是，林燿德要告別的少年時代，他要「橫斷」的歷史情感，他要揮別的白衣影子，卻在《時間龍》中對於「夢獸族」的複雜情感，以及他對於「一襲白衣翩翩地閃動在不同的樂器間」的錫利加之描述中再次浮現。錫利加這個吸引無數子弟卻被人背叛暗殺的錫利加教創教者與教主，就像是當年吸引無數熱情少年的白衣溫瑞安一般，建立了使眾人心靈「融為一體」的宗教，模塑出一個「平原極目、鷗飛九霄」的遼闊神州，安撫了眾多受挫的靈魂。林燿德要以劍「橫斷」過去，如同自斲，需要以殘忍之心執行。在他施虐式的暴力書寫中，在他反覆描寫白衣「錫利加」教主被刺的場景，我們看到了林燿德的創傷經驗。

五、結語：「橫斷」之後

林燿德的「後現代計畫」所執行的，是對於前行代的斷裂動作；他企圖瓦解建構文學史者意識形態上的法西斯式壟斷以及線性史觀的謬誤，從而挖掘出「陸沈的島」。林燿德的文學史觀自然是朝向並時性的多重文化系統與多元文本的掌握，面對同一時代矛盾現象的並存，而發展「文化詩學」或是「歷史詩學」的概念（〈環繞現代台灣詩史的若干意見〉，頁九至十）[40]。

然而，我們也注意到，林燿德的文學史斷裂，目的是要尋求中國與台灣文學中的「現代」與「前衛」脈絡，或是另一意識層次的書寫史。林燿德曾說：「對所謂合法化的語言傳統的叛逆，本身就是一種反體制的訊息，而現代詩的基本精神，正是一個從語言本身開始反體制的意識歷程」（《觀念對話》，二五〇）。他尋找「現代」與「前衛」，便是要揭開文學史中對於語言、體制以及對意識統合狀態的叛逆書寫。林燿德曾經說明魔幻寫實的手法[30]：「讓客觀分裂，同一客觀事件變成多元存在，而且每一破碎單元皆是真實的（或說沒有一個是真的，也沒有一個是假的），同時並立，終極的真相遂多元顯現不同的面向和結局。」（楊麗玲，頁四六）。林燿德的後現代文學史，就是要從如同魔幻寫實的分裂客觀現實並存之中尋得。林燿德的文選、研討會、觀念對話，共同組成了他所建構的後現代文學史。此外，在他後設式的科幻書寫中，我們也看到他翻轉現實而呈現的文學史戰場。

林燿德在《大東區》的〈自序〉中寫道：「八〇年代末期到九〇年代初期，是我對文學的態度更為清晰的一個階段。……我開始明白自己的限制以及只有自己一個人可以深入的神奇領域。……我的心靈視野開始開展，知道如何在現實中找到無數通往夢幻和惡魔的通到，如何在世人的想像力中看到現實和歷史被扭曲的倒影，如何進入他者的內在或者穿越集體的幻相，如何表達卑鄙與崇高並存的自我」（頁五）。在《時間龍》中，我們看到林燿德翻轉現實，以暴力書寫展演出台灣文壇與政壇之騷亂與暴力而呈現當時文化集體潛意識的同時，「被嫌惡、被踐踏、被捕獵」的「夢獸族」以及白衣神州人被刺的創傷場景卻不自覺地反覆出現。外省人後裔的被迫緘默或是否認出身，在此施虐與受虐慾望並陳的矛盾中充分展現，此矛盾也同時揭露了八〇年代末期到九〇年代前半期台灣整體文化場域尚未化解的不安與內在衝突。

註釋

1. 我在「戰後五十年台灣文學國際學術研討會」發表此文之後，楊青矗在《自由時報》發表了一篇短論〈台灣文學的認同〉，指出我表現出了「殖民統治的心態」，要求「台灣人要完全接受統治者的外來殖民文化才算心胸廣闊，否則就狹窄、暴力。」楊青矗鼓勵台灣作家與學者「不能因有這種【暴力】字眼就退縮或禮讓，應該再奮鬥與抗爭，否則就僅有被同化一途。」我想，站在研究台灣文學史或是整體文化史的立場，我是無法同意楊青矗這種觀點的。文學以及藝術是台灣人展現各種層次的意識狀態的場域。對於已經發生的文化歷程，我們能夠說哪一部份才是我們可以接受，哪一部份我們要否認甚至拒絕討論嗎？這種立場的選擇似乎呈現了我們對於人性以及藝術形式的容忍程度。不過，更為重要的是，歷史是不容我們改寫的。唯有面對，才能夠有理解與同情的起點。

2. 我過去幾年的研究工作便在處理此問題：我試圖面對台灣二十世紀文學史中各時期的現代主義、前衛運動、超現實論述以及後現代轉折，並且思考這些文學現象在本地發生的時代脈絡與本土意義。我曾經探討過一九三〇年代的超現實作家楊熾昌的詩論、詩作與當時的文化論述關係，一九四〇年代以至五〇年代現代主義詩社銀鈴會的林亨泰與紀弦的關係，五〇年代、六〇年代超現實風潮的台灣、中國兩脈背景以及視覺影響管道。此處八〇年代到九〇年代的後現代轉折，是此計畫的最後一項工作。

3. 例如談論《一九四七高砂百合》的歷史想像（曾麗玲），台灣版圖認同（齊隆壬），神話符號系統（鄭恆雄），史詩結構（鄭恆雄、朱雙一），或是談論《大東區》、《迷宮零件》、《惡地形》、《鋼鐵蝴蝶》的都市文學性格、資訊社會與後現代性（吳潛誠、辛金順、黃寶蓮、陳佳玟、韓雪臨）等。

4. 同時期的陳裕盛、洪凌亦展露出類似的暴力書寫風格。

5. 據他所言，他自一九七七年開始創作，最早的散文〈浮雲西北是神州〉被收錄於溫瑞安所編之《坦蕩神州》，另外一個早期作品〈掌紋〉抒情長詩發表於《三三集刊》。見《一九四九以後》附錄之〈林燿德寫作年表〉。

6. 這些選集的出版年次如下：《中國現代海洋文學選》於一九八七年出版，共三冊；《現代散文精選系列》於一九八九至一九九二年間出版，共十五冊，與鄭明娳合編；《新世代小說大系》於一九八九出版，十二冊，與黃凡合編；《台灣新世代詩人大系》於一九九〇出版，共二冊，與簡政珍合編；《當代台灣文學評論大系》於一九九三，共五冊。

7. 中國青年寫作協會成立於一九五三年八月，由當時的救國團主任蔣經國支持，組織兩百多位作家學者而成。在五、六〇年代曾經是「戰鬥文藝」的主要倡導單位。《幼獅文藝》亦是中國青年寫作協會所創辦。林燿德受到司馬中原的鼓勵與支持，於一九八九年起擔任中國青年寫作協會的秘書長，帶動了一連串有活力的學術活動。

8. 羅青在他一九八九年出版的《什麼是後現代主義》一書的〈導言〉中列舉「臺灣地區研究後現代主義的重要學者與創作者」中，列出文學部份的代表性作家有夏宇、黃智溶、林燿德、鴻鴻、歐團圓、羅任玲、西西、黃凡、張大春、白靈、羅青、林群盛、陳裕盛（頁十六）。孟樊於一九九〇年的「八〇年代台灣文學研討會」中所提〈台灣後現代詩的理論與實踐〉一文中，大致取用羅青的羅列，但是增加了一些詩人，並且將台灣後現代詩人區分有自覺性的後現代詩人，例如羅青、林燿德、游喚、古添洪、林群盛與孟樊，以及「非自覺性詩人」，例如夏宇、陳克華、羅任玲、田運良、丘緩、鴻鴻（頁一六六）。其實，注意到「後現代詩人」的自覺自發，是林燿德的概念。林燿德在一九八七年與瘂弦的討論中提及後現代主義在台灣文壇的現象時，他指出其中有批評家的回溯，亦有作家自覺自發的創作（〈在城市裡成長〉，頁十）。

9. 廖炳惠在一九九九年的〈台灣：後現代或後殖民〉指出羅青與林燿德皆為「翻譯／番易」後現代主義而「幫助我們了解台灣之後蔣時期」相當有幫助的「後現代大師」。

10. 例如孟樊在他的〈台灣後現代詩的理論與實踐〉文章中，羅列「後現代詩」的「特色」：「寓言、移心、解構、延異、開放形式、複數本文、眾聲喧譁、崇高滑落、精神分裂、雌雄同體、同性戀、高貴感情喪失、魔幻寫實、文類融合、後設語言、博議、拼貼與混合、意符遊戲、意指失蹤、中心消失、圖像詩、打油詩、非利士汀氣質、即興演出、諧擬、徵引、形式與內容分離、黑色幽默、冰冷之感、消遣與無聊、會話」（頁二〇九）。孟樊認為這樣的「診斷書」，「自然無法完全涵蓋所有有關台灣後現代詩的一切特徵，但相信『雖不中，亦不遠矣』」（頁二〇九）。台灣研究後現代主義現象的論文，或多或少都有類此羅列「後現代」辭彙，企圖一網打盡而深怕無法摸透全套招數的焦慮。如此龐雜而無歷史脈絡意識的「特色」羅列，或許也就是台灣後現代現象的笑話之一。

11.這股後現代主義風潮與同時期解開體制權力中心的氛圍之中醞釀的其他文化動作有相互呼應之處，例如一九八六年蔣經國召集「革新小組」研擬解除戒嚴與黨禁，同年民進黨成立，一九八七年宣佈解嚴令，一九八八年開放報禁，同年「五二〇」街頭運動等。

12.此處所謂的「第四代」，是沿用羅青於《草根》復刊首期以社長身分執筆撰寫的宣言中所提的詩人世代劃分之新標準，指一九五六以降出生的「變化的一代」。羅青將一九一一到二一年間出生者劃分為第一代，一九二一年到四一年為第二代，一九四一到五六年出生者為第三代，一九五六以降出生者為第四代。第一代與第二代為「憂患的一代」，第三代為「戰後的一代」，第四代為「變化的一代」。羅青〈專精與秩序——草根宣言第二號〉，引自林燿德〈不安海域〉，收錄於《重組的星空》，頁二五、五六至五七。

13.根據羅門的說法，林燿德於一九八六年對於「後現代主義」此一思潮「曾來信，以筆談方式，希望我表示一些看法，我已思考過，將另文來談論」（〈讀凌雲夢的「林燿德詩做初探」有感〉，頁九〇）。羅門曾有詩作批判後現代主義，例如〈長在「後現代」背後的一顆黑痣〉、〈世紀末病在都市裡〉、〈後現代A管道〉、〈後現代〇管道〉、〈古典的悲情故事〉等。而他於一九九二年發表的〈從「第三自然螺旋型架構」世界對後現代的省思〉則是從一九八八年的一篇論稿延伸發展而成的正式論文（林燿德，〈羅門VS後現代〉，頁一〇九）。一九八八年的論稿就是被林燿德收錄在《觀念對話》中的對談稿。

14. 林燿德對於文學論述場域暴力的批判，還包括他對於某些提倡後現代主義者的批判：「用編年譜的方式，企圖說明台灣已成為後工業社會所以要後現代主義」，是一種用「權威法西斯式的態度來鼓吹『後現代主義』，……顯示另一種爭取權力結構核心的意圖」（《觀念對話》，頁三九）。

15. 單德興在紀念林燿德的研討會上，亦曾指出林燿德雖然「經常被刻劃為新世代、後現代的作家，卻有著強烈的歷史意識」（頁六四）。單德興很敏銳的注意到林燿德的「歷史意識」，並且自林燿德數篇文字中，擷取其對於文學史以及詩史之抱負的文字，可參見該文頁六四至六六。

16. 林燿德曾經嚴厲批判三大詩社透過文學獎對於詩壇的壟斷，批判文選，批判文學史撰寫者如葉石濤、彭瑞金、古繼堂、夏志清等，詳見後文。

17. 古繼堂將台灣新詩發展史區分為四期：「成長期」（一九二三到一九四五），「融合期」（一九四五到一九五五），「西化期」（一九五六到一九七〇），「回歸期」（一九七一到一九八六）。林燿德認為古繼堂以「外部因素」決定文學史的分期，在其處理個別詩人時，則會將詩作「扭曲、壓縮在過分簡化的社會辯證史的框架中」（〈環繞現代台灣詩史的若干意見〉，頁十四至十五）。

18. 葉石濤的《台灣文學史綱》則由於《笠詩社》的「自主意識」與「台灣性格」，而將其列為台灣詩史的主流。此舉備受林燿德的批評。

19. 對於文學史，林燿德則一向都主張建立於歷史的「不連續史觀」、非進化論、多元系統並存等概念：「擷取某一階段的並時性斷層，重建同一階段作品的次序，進而揭示特定歷史階段的文學的系統，再進一步擷取此一段曾前後歷時關係和前述並時斷層予以排定，便能釐清文學貫時性的變化。」（〈環繞現代台灣詩史的若干意見〉，頁十三）

20. 在林燿德的《觀念對話》中，他刻意訪問林亨泰，指出林亨泰與紀弦同時「開啟戰後台灣現代詩發展序幕」（頁七八），而林亨泰其實是「現代派」背後「冷靜睿智的理論家」（頁八十）。

21. 林燿德曾經於一九九〇年與鄭明娳一起親赴上海，訪問「現代派小說最重要的開創者之一」施蟄存（〈與新感覺派大師施蟄存先生對談〉）。

22. 林燿德曾經先後以法國象徵派詩人為題寫詩，例如《一九九〇》中的〈馬拉美〉、〈韓鮑〉、〈阿波利奈〉以及《不要驚動不要喚醒我所親愛》中的〈軍火商人韓鮑〉。林燿德對於這些象徵詩人的興趣，說明了他的詩作中的某些象徵傾向的特質。

23. 林燿德重視紀弦在台灣現代文學史上的意義，認為紀弦等人的歷史定位「像是一塊陸沈的島沈睡在歷史的洪濤中」（《觀念對話》，頁一〇七），卻明顯認為其詩論在當今看來已顯得過於「疏陋」（《觀念對話》，頁一〇六）。

24. 林燿德反覆指出七〇年代「寫實主義」與「現代主義」之爭，是「權力架構」排擠而導致的「暴力」或是「暴君、酷吏」的行為，甚至有「法西斯」的性格。較具代表性的文字可見《觀念對話》中與張錯的對話〈權力架構與現代詩的發展〉（一九八八），以及〈小說迷宮中的政治迴路〉（一九九三）。詳見後文之討論。

25. 這個系列的對話對象包括白萩、余光中、林亨泰、張錯、葉維廉、楊牧、鄭愁予、簡政珍、羅門、羅青，目的是要呈現這些詩人「在八〇年代末期的視角與觀點」，以便在對話中「共同揭示了文學史的一個角落」（《觀念對話》，〈題解〉，頁十）。

26. 見林燿德另外替林亨泰作傳所寫的序言。〈林亨泰註〉，頁一五一至一六九。

27. 林燿德意指吳濁流的歷史小說《台灣連翹》以及其他寫實主義文學。

28. 林燿德對於林亨泰的研究算是先驅，日後有關林亨泰在台灣現代詩史位置的研究也陸續出現，例如呂興昌的〈林亨泰四〇年代新詩研究——跨越語言一代的詩人研究之二〉（一九九二），林亨泰自己談的〈台灣詩史上的一次大融合（前期）：一九五〇年代後半期的台灣詩壇〉（一九九五），陳明台的〈清音依舊繚繞——解散後銀鈴會同人的走向〉（一九九五），三木直大的〈悲情之歌——林亨泰的中華民國〉（一九九七），陳明台的〈論戰後台灣現代詩所受日本前衛詩潮的影響——以跨越語言一代的詩人為中心來探討〉（一九九七），劉紀蕙〈台灣現代運動中超現實脈絡的日本淵源：談林亨泰的知性美學與歷史批判〉（一九九八）以及〈前衛的推離與淨化運動：論林亨泰與楊熾昌的前衛詩論以及其被遮蓋的際遇〉（一九九九）。

29. 林燿德要強調施蟄存的魔幻寫實書寫比拉丁每週的卡彭提爾與阿斯圖里亞斯「還早了近二十年」（〈與新感覺派大師施蟄存先生對談〉，頁一三五）。

30. 這些文字的發表時間分別是〈環繞現代台灣詩史的若干意見〉（一九九三年五月十五日，彰化師大第一屆現代詩學會議），〈「羅門思想」與「後現代」〉（一九九三年八月六日至十一日，羅門蓉子文學世界學術研討會），〈八〇年代台灣政治小說〉（一九九三年十一月五日至六日，近代台灣小說與社會研討會），〈台灣當代科幻文學〉（一九九三年，《幼獅文藝》），〈當代台灣文學評論大系：文學現象卷〉（一九九三年，正中書局），〈小說迷宮裡的政治迴廊〉（一九九三年十二月，當代台灣政治文學研討會），散文集《迷宮零件》（一九九三）。

31. 林燿德的作品持續呈現他對於科幻虛構以及魔幻寫實手法的濃厚興趣。從林燿德早期發表的詩作如《銀碗盛雪》中的科幻敘事詩〈木星早晨〉，或是如「U二三五」、「亞空間」、「角錐晶體」、「分子結構式」等自然科學語彙的大量出現，我們便已經窺得林燿德此種書寫癖好。這種科幻結合魔幻的書寫方式，持續在《都市終端機》（一九八八）中的《不明物體叢考》，《都市之薨》（一九八九）中的長詩〈夢薨〉，以及他晚期的《不要驚動不要喚醒我所親愛》（一九九六）中的〈時間晶石〉，亦清楚呈現。而小說方面，則自一九八四年的《雙星浮沈錄》，到《解謎人》（一九八九，與黃凡合著）、《大日如來》（一九九一）、《時間龍》（一九九四）與《大東區》（一九九五），都明顯的結合科幻與魔幻寫實的性格。林燿德自己對於科幻小說的興趣，也顯露在他一九八九年與黃凡合作編輯「新世代小說大系」時，特別推出《科幻卷》。

32. 林燿德認為八〇年代的科幻文壇主導者如張系國、黃凡與王建元等，「都直接間接地鼓舞了架構龐大的科幻小說和包容人類過去、現在、未來的『全史』三重指向，側重於創作者世界觀與世界史的衝擊」，然而這種「烏托邦」與「反烏托邦」的架構卻已經成為「窠臼」，因此，林燿德當時指出「九〇年代也正是重拾回微觀科幻和輕科幻的良機」（〈台灣當代科幻文學（下）〉，頁四七）。

33. 星球一直是林燿德處理國家概念的替代版圖。他早年曾經分別以〈恆星之最〉來描寫蔣中正之永恆，另以〈惑星〉來寫信仰的搖動。凌雲夢（鄭明娳）在一九八六年也指出，林燿德早年詩集《銀碗盛雪》中「木星早晨」裡的〈星球之愛：雙星篇〉藉由一對奇異的天體，「影射當今的中國問題」。（頁一〇七）

34. 林燿德此處所舉例子是廖朝陽在中正大學歷史系所舉辦的「第二屆台灣經驗研討會」評論林燿德的〈八〇年代台灣政治小說〉一文時提出的看法。廖朝陽此觀點與往後有關「空白主體」的論點，顯然已有相當大幅度的轉變。

35. 林燿德對此議題關切之深，可以在他預計於一九九六年四月的「台灣本土文化學術研討會」中所提之論文〈當代台灣小說中的國家認同問題〉篇名可見。根據林燿德的著作目錄，此研討會是由台灣師範大學國文學系與人文教育中心主辦。此著作目錄刊於《林燿德紀念輯》，《聯合文學》十二卷五期，頁六二至六九。此篇論文已經列在林燿德生前所自行編訂的簡歷之中，可見他對此書寫計畫的重視，只可惜他於一九九六年一月間猝死，使得此書寫計畫無法完成。

36. 例如《銀碗盛雪》中備受楊牧青睞的〈聽你說紅樓〉便是一例。《都市終端機》內「私人廣告」卷所收錄的幾首早期詩作，例如〈遊池〉，〈與妳訣別〉亦是如此。

37. 王浩威說林燿德刻意「篡改身世」，完全不提及他三三集刊與神州詩社的歷史，甚至對於溫瑞安與方娥真，「卻是從來沒被以『一九四九以後』文學史為己任的林燿德，稍作評論或詮釋」（〈重組的星空！重組的星空？〉，頁三〇〇）。此語有誤。其實林燿德所編的《台灣新世代詩人大系》便收錄溫瑞安與方娥真的詩。溫瑞安一九八〇年冤獄案於一九八七年平反後，林燿德往返港台，刻意為他出版詩集《楚漢》（尚書出版社，一九九〇年），並作序評論溫瑞安的《山河錄》是「七〇年代華文詩的最高成就之一」（〈筆走龍蛇〉，頁六）。該文亦稱：「對於『溫瑞安這個人』這檔事，筆者只能指出：『我永遠支持他，他永遠是大哥』（頁五）。而且，若仔細閱讀，林燿德於一九九五年第六度修改的〈軍火商韓鮑〉這首長詩中，透過韓鮑與魏蘭的關係，以及其中詩行，「曾經是一個詩人／這種，一生難以啟齒的醜事」，「無父無天，我不再相信你如同不再／相信朽敗的魏蘭」，「十九歲，韓鮑點燃《地獄季節》／離棄他的詩和情人……／啊……這一八七三年的自焚」，我們看到了林燿德自己與溫瑞安的影子。然而，當我指出林燿德詩作中韓鮑與魏蘭的關係透露了林燿德自己與溫瑞安的影子，我並不意圖指出林燿德與溫瑞安有韓鮑與魏蘭的具體同性戀人的關係，而是要指出林燿德書寫中流動的同性情慾，以及透過書寫韓鮑與魏蘭，林燿德處理了他與溫瑞安對於過去「曾經是一個詩人」的個人歷史，一個屬於神州詩社的詩人歷史。

38. 林燿德認為，七〇年代的「本土意識以及大中國主義」以及八〇年代前期的「後工業心靈與田園屬性」兩組衝突，則仍然是現階段詩潮焦點所在（《一九四九以後》，頁二九四）。林燿德在〈小說迷宮中的政治迴路〉一文中亦直接指出此意識形態衝突的持續。

39.一九八四年宋冬陽於「台灣文藝」八十六期發表〈現階段台灣文學本土化的問題〉，三月號「夏潮論壇」推出「台灣結的大解剖」專題加以反駁，引發一場意識形態的台灣文學論戰。

40.林燿德屢次引用張漢良〈詩潮與詩史〉一文，借重其中所鋪陳「不連續史觀」的概念，並譽此文為「八〇年代台灣文學界探討文學史議題的重要文獻」（註八，頁三〇），顯見其對於張漢良的重視。不過，與其說林燿德受到了張漢良的影響，不如說林燿德發現張漢良之說對他來說甚為有利，正好可供他發揮他自己的文學史觀點。

41.林燿德曾經說過他的書寫近魔幻寫實，而他坦承自己深受阿斯圖里亞斯的《玉米人》與盧爾福的《佩德羅・巴拉莫》的影響（楊麗玲訪問林燿德，頁四七）。

引用書目

Suvin, Darko（蘇恩文），單德興譯，〈科幻與創新〉，《中外文學》十四卷一期（一九八五年六月），頁二七至四八。

Jameson, Fredric（詹明信），卓世盟譯，〈科幻小說中文類方面的不連貫性〉，《中外文學》十四卷一期（一九八五年六月），頁四九至六四。

三木直大，陳明台譯，〈悲情之歌——林亨泰的中華民國〉，《笠》一九七期（一九九七年二月），頁八四至九九。

王浩威，〈重組的星空！重組的星空？〉，《林燿德與新世代作家文學論》，台北：行政院文建會建設委員會，一九九七年，頁二九五至三二二。

王浩威，〈偉大的獸——林燿德文學理論的建構〉，「光與火：林燿德紀念輯」，《聯合文學》十二卷五期（一九九六年），頁五五至六一。

王潤華，〈從沈從文的「都市文明」到林燿德的「終端機文化」〉，《當代台灣都市文學》。

司馬中原，〈火焰人生〉，《林燿德與新世代作家文學論》，台北：行政院文建會建設委員會，一九九七年，頁四五九至四六〇。
白靈，〈停駐在地上的星星〉，收錄於林燿德《都市終端機》，頁十三至四〇。
朱雙一，〈資訊文明的審視焦點和深度關照——林燿德小說論〉，「光與火：林燿德紀念輯」，《聯合文學》十二卷五期（一九九六年），頁四四至四九。
吳潛誠，〈遊走在後現代城市的想像迷宮——重讀林燿德的散文創作〉，「光與火：林燿德紀念輯」，《聯合文學》十二卷五期（一九九六年），頁五〇至五四。
呂興昌，〈林亨泰四〇年代新詩研究——跨越語言一代的詩人研究之二〉，原載《鍾理和逝世三十二週年暨台灣文學學術研討會論文集要》，高雄：高雄縣政府，一九九二年十一月二十五日；後收錄於呂興昌著《台灣詩人研究論文集》，台南：台南市立文化中心，一九九五年，頁二七三至三四六。
瘂弦，〈在城市裡成長——林燿德散文作品印象〉，林燿德散文集《一座城市的身世》，台北：時報出版社，一九八七年，頁十一至二四。
孟樊，〈台灣後現代詩的理論與實踐〉，《世紀末偏航：八〇年代台灣文學論》，台北：時報文化，一九九〇年，頁一四三至二二五。
廖炳惠，〈比較文學與現代詩學在台灣——試論台灣的「後現代詩」〉，《第二屆現代詩學會議論文集》，彰化：國立彰化師範大學國文系，一九九五年，頁六九至九五。

林亨泰，〈台灣詩史上的一次大融合（前期）：一九五〇年代後半期的台灣詩壇〉，《台灣現代詩史研討會》，一九九五年；後收錄於《台灣現代詩史論》，台北：文訊雜誌社，一九九六，頁九九至一〇六。
林燿德（一九七八），〈浮雲西北是神州〉，收錄於溫瑞安《坦蕩神州》，台南：長河出版社，一九七八年，頁二六五至二七三。
林燿德（一九七八），〈掌紋〉，《三三集刊》十四輯「女兒家」，馬叔禮等編，台北：皇冠出版社，一九七八年，頁九三至九九。
林燿德（一九八二），〈文明記事〉，《銀碗盛雪》，《銀碗盛雪》，台北：洪範書店，一九八七年，頁七五至八五。
林燿德（一九八三），〈寫實主義者〉，《都市終端機》，台北：書林出版社，一九八八年，頁九九至一〇〇。
林燿德（一九八四），〈行行且遊獵〉，《都市終端機》，台北：書林出版社，一九八八年，頁一八八至一九一。
林燿德（一九八五），〈不安海域——八〇年代前期台灣現代詩風潮試論〉，收錄於《重組的星空：林燿德評論集》，台北：業強出版社，一九九一年。
林燿德（一九八六），〈後記〉，《一九四九之後》，台北：爾雅出版社，一九八六年，頁二九三至二九七。

林燿德（一九八六），〈恆星之最——武嶺巨人與現代中國〉，〈後記〉，《恆星之最——武嶺巨人與現代中國》，林燿德等著，台北：黎明出版社，一九八七年。
林燿德（一九八六），〈薪傳〉，〈天空的垃圾〉，〈革命罐頭〉，《日出金色》，四度空間五人集，台北：文鏡文化出版，一九八六年，頁一〇九至一一〇、一一七至一二一、一四三。
林燿德（一九八六），〈積木頑童〉，《一九四九以後》，台北：爾雅出版社，一九八六年，頁一二七至一四〇。
林燿德（一九八六），〈檣桅上的薔薇〉，《一九四九之後》，台北：爾雅出版社，一九八六年，頁五九至七九。
林燿德（一九八八），〈燚炎〉，《都市之甍》，台北：漢光出版社，一九八九年，頁一九九至二一〇。
林燿德（一九八八），〈台灣的「前現代派」與「現代派」：與林亨泰對談〉，《觀念對話》，台北：漢光出版社，一九八九年，頁七八至九八。
林燿德（一九八九），〈以書寫肯定存有：與簡政珍對話〉，《觀念對話》，台北：漢光出版社，一九八九年，頁一六三至一九二。
林燿德（一九八八），〈後記〉，《惡地形》，台北：希代出版有限公司，一九八八年，頁二五五至二五六。
林燿德（一九八八），〈權力架構與現代詩的發展：張錯與林燿德對談〉，《國文天地》四卷三期（一九八八年），頁三二至三九；後收錄於《觀念對話》，台北：漢光出版社，一九八九年。

林燿德（一九八九），〈《觀念對話》題解〉，《觀念對話》，台北：漢光出版社，一九八九年，頁九至十。

林耀德（一九九〇），〈林亨泰註〉，收錄於林亨泰著《跨不過的歷史》台北：尚書文化出版社，一九九〇，頁一五一至一六九。

林燿德（一九九〇），〈筆走龍蛇〉，《楚漢：溫瑞安詩集》，溫瑞安，尚書出版社，一九九〇年，頁五至七。

林燿德（一九九〇），〈與新感覺派大師施蟄存先生對談〉，鄭名娳&林燿德專訪，《聯合文學》六卷九期（一九九〇年），頁一三〇至一四一。

林燿德（一九九三），《時間龍》，台北：時報文化，一九九四年。

林燿德（一九九三），〈小說迷宮中的政治迴路〉，《敏感地帶——探索小說的意識真相》，台北：駱駝出版社，一九九六，頁一至六八。

林燿德（一九九三），〈台灣當代科幻文學（上）（下）〉，《幼獅文藝》四七五、四七六期（一九九三年七月、八月）。

林燿德（一九九三），〈如何對抗保險箱製造商的陽謀〉，《迷宮零件》，台北：聯經出版社，一九九三年，頁七至九、三六至四四。

林燿德（一九九三），〈魚夢〉，《迷宮零件》，台北：聯經出版社，一九九三年，頁三六至四四。

林燿德（一九九三），〈環繞現代台灣詩史的若干意見〉，收錄於《世紀末現代詩論集》，台北：羚傑企業有限公司，一九九五年，頁七至三三。
林燿德（一九九五），〈八〇年代現代詩世代交替現象〉，《世紀末現代詩論集》，台北：羚傑企業有限公司，一九九五年，頁五一至六二。
林燿德（一九九五），〈自序：拒絕編號的愚人〉，《不要驚動不要喚醒我所親愛》，台北：文鶴出版社，一九九六年，頁一至二。
林燿德（一九九五），〈軍火商韓鮑〉，《不要驚動不要喚醒我所親愛》，台北：文鶴出版社，一九九六年，頁六七至一三八。
林燿德（一九九五），〈自序〉，《大東區》，台北：聯合文學出版社，一九九五年，頁五。
洪凌、紀大偉，〈當代台灣科幻小說的都會冷酷異境〉，鄭明娳編《當代台灣都市文學論》。
淩雲夢（鄭明娳），〈詭異的銀碗——林燿德詩作初探〉，《藍星詩刊》八期（一九七六年七月），頁八八至一〇八。
張漢良，〈都市詩言談——台灣的例子〉，《當代》三十二期（一九八八年十二月），頁三八至五二。
陳明台，〈清音依舊繚繞——解散後銀鈴會同人的走向〉，《台灣詩史「銀鈴會」論文集》，林亨泰主編，彰化：磺溪文化學會編印，一九九五年，頁九二至一一五。

陳明台，〈論戰後台灣現代詩所受日本前衛詩潮的影響——以跨越語言一代的詩人為中心來探討〉，原發表於一九九七年五月十七日彰化師範大學舉辦的「第三次現代詩學會議」，後刊登於《笠》二〇〇期（一九九七年八月），頁九一至一〇八。

陳裕盛，〈晚近科幻小說的冷酷異境——遊走於權力稜線的《時間龍》〉，《林燿德與新世代作家文學論》，台北：行政院文化建設委員會，一九九七年，頁四二九至四四四。

單德興，〈講評八〇年代的文學旗手〉，《林燿德與新世代作家文學論》，台北：行政院文化建設委員會，一九九七年，頁六一至七〇。

彭瑞金，《台灣新文學運動四十年》，台北：自立晚報社文化出版社，一九九一年。

馮青，〈帶著光速飛竄的神童——一個解碼者／革命之子／林燿德〉，原載於《自由青年》六九七期（一九八七年）；後收錄於林燿德《都市終端機》，台北：書林出版社，一九八八年，頁二七五至二九九。

楊牧，〈詩和詩的結構：林燿德作品試論〉，林燿德詩集《銀碗盛雪》，台北：洪範書店，一九八七年，頁一至六。

楊青矗，〈台灣文學的認同〉，《自由時報》一九八八年十一月二十三日，第十五版。

楊斌華，〈解構：〈都市文化的黑色精靈〉——評林燿德的詩〉《藍星詩刊》二十三期（一九九〇年四月），頁一二五至一三五。

楊麗玲，〈文學惡地形上的戰將：林燿德〉，《自由青年》八十三卷二期，總號七二六（一九九〇年二月），頁四二至四七。
廖炳惠（一九九五），〈比較文學與現代詩學在台灣——試論台灣的「後現代詩」〉，《第二屆現代詩學會議論文集》，彰化：彰化師範大學國文學系，一九九五年，頁六九至九六。
廖炳惠，〈台灣：後現代或是後殖民〉，《書寫台灣》，台北：麥田出版社。
劉紀蕙（一九九八），〈台灣現代運動中超現實脈絡的日本淵源：談林亨泰的知性美學與歷史批判〉，《比較文學：第一回東亞細亞比較文學學術發表論文集》，漢城：韓國比較文學會，一九九八年，頁一九至四五。
劉紀蕙（一九九九），〈前衛的推離與淨化運動：論林亨泰與楊熾昌的前衛詩論以及其被遮蓋的際遇〉，《書寫台灣：後殖民、後現代與文學史》，台北：麥田出版社，一九九九。
羅門（一九九七），〈立體掃描林燿德詩的創作世界〉，《林燿德與新世代作家文學論》，台北：行政院文化建設委員會，一九九七年，頁二一九至二六三。
羅門（一九八六），〈讀凌雲夢的「林燿德詩作初探」有感〉，《藍星詩刊》九期（一九八六年十月），頁八二至九〇。
羅青，《什麼是後現代主義》，台北：業強出版社，一九八九年。
羅青，〈後現代狀況出現了〉，《日出金色》，台北：文鏡出版社，一九八六年，頁一至十九。

釀文學37　PG0489

時間龍

作　　者	林燿德
主　　編	楊宗翰
責任編輯	孫偉迪
圖文排版	陳宛鈴
封面設計	陳佩蓉

出版策劃	釀出版
製作發行	秀威資訊科技股份有限公司 114 台北市內湖區瑞光路76巷65號1樓 電話：+886-2-2796-3638　傳真：+886-2-2796-1377 服務信箱：service@showwe.com.tw http://www.showwe.com.tw
郵政劃撥	19563868　戶名：秀威資訊科技股份有限公司
展售門市	國家書店【松江門市】 104 台北市中山區松江路209號1樓 電話：+886-2-2518-0207　傳真：+886-2-2518-0778
網路訂購	秀威網路書店：http://www.bodbooks.com.tw 國家網路書店：http://www.govbooks.com.tw
法律顧問	毛國樑　律師
總 經 銷	聯合發行股份有限公司 231新北市新店區寶橋路235巷6弄6號4F 電話：+886-2-2917-8022　傳真：+886-2-2915-6275

出版日期	2011年10月　BOD一版
定　　價	340元

國家圖書館出版品預行編目

時間龍 / 林燿德著. -- 一版. -- 臺北市：釀出版,
2011.10
面； 公分. --（語言文學類 ; PG0489）
BOD版
ISBN 978-986-6095-44-3（平裝）

857.7 100015942

讀者回函卡

感謝您購買本書，為提升服務品質，請填妥以下資料，將讀者回函卡直接寄回或傳真本公司，收到您的寶貴意見後，我們會收藏記錄及檢討，謝謝！

如您需要了解本公司最新出版書目、購書優惠或企劃活動，歡迎您上網查詢或下載相關資料：http:// www.showwe.com.tw

您購買的書名：______________________________

出生日期：________年________月________日

學歷：□高中（含）以下　□大專　□研究所（含）以上

職業：□製造業　□金融業　□資訊業　□軍警　□傳播業　□自由業

□服務業　□公務員　□教職　□學生　□家管　□其它____

購書地點：□網路書店　□實體書店　□書展　□郵購　□贈閱　□其他

您從何得知本書的消息？

□網路書店　□實體書店　□網路搜尋　□電子報　□書訊　□雜誌

□傳播媒體　□親友推薦　□網站推薦　□部落格　□其他________

您對本書的評價：（請填代號　1.非常滿意　2.滿意　3.尚可　4.再改進）

封面設計____　版面編排____　內容____　文／譯筆____　價格____

讀完書後您覺得：

□很有收穫　□有收穫　□收穫不多　□沒收穫

對我們的建議：______________________________

請貼
郵票

11466
台北市內湖區瑞光路 76 巷 65 號 1 樓

秀威資訊科技股份有限公司　　　　收

BOD 數位出版事業部

....

（請沿線對折寄回，謝謝！）

姓　　名：____________________　年齡：________　性別：□女　□男

郵遞區號：□□□□□

地　　址：____

聯絡電話：(日) ________________________ (夜) __________________________

E-mail：____